梨子小姐與自己相處。

白輅——著

目次

Chapter 01

蟲島舊話

擁有工作，擁有更賺錢的工作，
幾乎是所有蟲島人從小到大的人生追求。

關於我的故事，恐怕要從兩年前開始，然而年齡越大，記憶力越差，新生活替換舊生活，往日記憶亦會知趣退縮。好在，我是一個半吊子的日記愛好者，雖斷斷續續，過往的人生依然留下了印記。

我記錄這些生活的初衷並不是想與人分享，只是想萬一孤獨終老時陷入老年痴呆，身旁又沒有好心人幫我早點了結，我好歹可以在每個失憶的清晨翻開日記，用曾經的點滴提醒自己我是誰，不至於在腦袋和屁股的雙重失禁下度過餘生。當然，這只是兩年前的想法，後來發生的事讓我明白，生活並不如此，或者說，即便如此也不必害怕。

兒時，我喜歡偷看別人的日記。我想知道那些高傲的人是不是有不為人知的自卑，謙謙君子的背後是否藏著洋洋得意，一本正經的淑女會不會寂寞難耐，自詡成熟的哥哥姐姐是不是正在幹一些會讓我咯咯發笑的蠢事。顯然，這些行為會給我帶來或多或少的趣味。不過迄今為止，讓我記憶最深刻的，還是外婆的日記，它讓我發現了此生最沉重的祕密。

不過這本書的主角並不是她，而是我。

我叫梨子，來自蟲島。如果此刻的你在蟲島上空鳥瞰，你會看到一座沙色薄霧籠罩下的蟲形大島。倘若你不緊張，我會拉著你的手墜落，去體驗那片陰濕冰冷、散發著金屬光澤的巨蘑菇地。

在蟲島上，高樓大廈以蘑菇的形態連成片，陽光下更彰顯出一種冰冷的金屬感，僅從表面，你很難想像這裡能有什麼生命特徵。但是當你穿過這片密布的蘑菇冠後，你會發現一座沒有黑夜的城市。

這座城市二十四小時都是繁榮的，高樓大廈一座座拔地而起，好像一片巨碩的金針菇培養皿。從下向上看，幾乎沒有縫隙留給天空。一片蘑菇冠連著一片蘑菇冠，遮天蔽日，燈光長明，忙碌的人們享受著永恆的白天。蟲島的孩子多半並不親近大自然，對他們而言，絕大多數的昆蟲與植物只是一種象徵知識庫的名詞而已，年紀更小的孩子甚至沒有體會過黑夜與白天之分，他們多半以為黑色的空氣不過是父母催促他們睡覺所搞的小把戲。

擁有工作，擁有更賺錢的工作，幾乎是所有蟲島人從小到大的人生追求。每個人從孩童時期就要去自然化，那些天性中的自由與散漫務必去除，取而代之的是以十五分鐘為一個節點的知識灌輸與技能訓練。每個人的完成度都會被記錄在區塊鏈上，如果成年之前無法做到正確性格的更替，那麼他將無法進入社會，必須繼續集中而持續的訓練，直到合格為止。所以，你經常會看到一些上了年紀、目光呆滯的人，這都是過度馴化的結果。

站在蟲島的中心，你會看到一個用白金鑄造的巨大標語，上面寫著：「勞動使人自由。」在這裡，永恆的白天讓二十四小時工作制成為可能。在蟲島，人被分為三大等級：上等階級、中等階級和下等階級。當然，也許還有看不到的階級。中等階級和下等階級彼此輪替，所以這兩個階層的人更為拼命，底層是因為偶爾看得到希望，而中層則是因為常常感到絕望。金錢與階層的向上，是每個人一生的主旋律。而暴富已經成為一種宗教式的信仰，雖然大多數人畢生都無緣觸碰真正的財富，但並不妨礙他們虔誠地匍匐在財富腳下。對階層的焦慮裹挾著每一個人，沒有人願意向下拉扯自己的人生，不斷向上是他們生活的底色與背景。據說上等階層為了階層與財富的可持續性，已經開始研發一種定向生育疫苗，兒時打了這種昂貴疫苗的人之間才可以喜結連理、成功生育，保證了財富在世代傳承時不會向下一個階層外溢。在這個二十四小時工作制的地方，你總是能看到匆匆上下班的人，尤其在早上，你永遠能看到這幅景象——少數人興致勃勃地走在上班路上，眼神裡澎湃著野心。大部分人則像行屍走肉，如同流水線上的罐頭。還有一些人是你的眼睛絕不會忽略的，他們面目猙獰，任由死灰般的臉色罩著自己，如同下一秒就要進地獄。

蟲島的人們匆匆忙忙，沒人願意駐足於一時一刻，彷彿身處於塔克拉瑪干沙漠，稍有停頓就命不久矣。人們說話的聲音像是在快速地敲擊著木板，響亮而高頻，作為聽眾你必須聚精會神，否則你會覺得自己錯過了什麼。人們像是天然地處於一場隨時開啟卻不知何時結束的比賽。所以奔跑即正義，然而大多數人都像是搞不清狀況的足球運動員，不知道自己該在什麼位置，也不知道球賽會有怎樣的走勢，他們只是努力地來回跑，好讓自己不閒著，不落於人後，用身體動作演繹著生命的意義。

那些追求精神享受卻不參與工作的人，在蟲島被視為精神病患者，醫生會判斷他們患有一種現實失調症，意即無法適應現實所呈現出的逃避狀態，他們會被送到敬業所進行充分的治療，他們在那裡必須勞動，必須具備競爭精神，必須對金錢有積極的渴望。也許你以為世界上真的有人可以熱愛精神世界而視錢財如糞土，但是在那裡，這種不接地氣的病大部分都可以治好，如果工作不努力會遭到電擊，工作落後也會遭到電擊。相反，工作好的人會免於電擊，並且給予他們更好的食物和居住條件。後來你會發現，那些剛開始聲稱自己熱衷精神世界的人，都學會了拼命工作，等他們離開那裡，他們也會拼命工作，在對工作的厭惡和不工作的恐懼之間，他們會自然地忍耐前者。

在這樣的地方，人與人之間總是劍拔弩張的競爭關係，如果你進步太快，那麼你不會有老朋友；如果你進步太慢，又會被踢出原有的圈子。一切的社交都是動態平衡，每個人都會藉由計算自己的名利指數來默默推算自己的位置。友誼在這裡已經成為一個完全過時的詞，如果你厲害，你可以成為任何人的「朋友」，如果你活在社會的邊緣，能有的只是互相取暖罷了。心心相印的東西早就沒了生長的沃土，激烈的競爭已經讓蟲島人徹底地工具化了。孩子承襲父母的理性化追求，學著成為一個優秀的工具人，而成年人用工具的角度看待所有的人與物。所以，你越是出人頭地就會有越多的工具任你差遣，你越是邊緣渺小就越會被人當差遣工具。人和物看起來只是生物屬性上的差別，如果以工具屬性來衡量，界限早已變得十分模糊。

這就是我的家鄉。我相信每個人都是自己家鄉的一部分，而他的家鄉也總是或多或少地成為他的一部分，但是我只想偷偷說，雖然熱愛家鄉是一種樸實而美好的感情，但它卻並非每個人的義務，尤其是當你的人生信念與家鄉的文化相左的時候，你會隨時感到被孤立，那麼你只能選擇改變自己或者去一個新的地方做自己。

那時候的我住在外婆的房子裡，工作也還不錯，顫顫巍巍地立在中產階級的最後一層階梯。打從工作以來，我始終向上觀摩，以保證我的吃穿用度始終像一個對生活有期待的中產階級。可是兩年前，外婆去世，我被裁員，原以為即將開啟的婚姻也因為男友的突然消失而驟然停擺，住著的房子即將被母親賣掉。一切的現實都告訴我，我已經墮入了社會底層，我怕自己因為飢餓難耐而被迫賣淫，開始閱讀各種道德書籍提升自律指數。我開始在網上瘋狂搜索如何在死後不被動物和昆蟲啃噬的防範之術。各種恐懼的想法束縛著我，我像是一個智力低下的蜘蛛人，被黏在一張大網上無處翻身。

好在，這一切並沒有發生。現在的我有充足的時光為你拼湊出過去的記憶，為你寫出我人生中特別到不能再特別的一年。也許在故事的一開始，你會以為我是個乏味的女人，確實如此，在這個社會的馴化下，誰又沒幾分乏味呢？誰又能逃脫乏味的包圍呢？

Chapter 02

你知道你是誰？

每個人的世界都是一個螺門島，
我們都在幻覺與真實的交雜中度過了自己的一生。

一

日期：二月十三日

嘗試看書三次，失敗三次。

嘗試冥想五次，失敗五次。

嘗試聯繫狄森屏兩次，放棄兩次。

接到獵人頭電話三次，拒絕兩次，被拒絕一次。

嘗試關機戒掉滑手機八次，開機八次。

二十八歲生日願望：原地消失。

被裁員整整三個月了，依然沒有找到想要的工作，不是和以前一個樣，就是不如以前。

距離不一定產生美，但距離一定可以產生清醒。我肯定、確定，以及認定——自己根本不喜歡這份當年魂牽夢縈、後來拼死拼活幹了七年的工作。但現在的我急需一份工作，產生這種想法實在是荒誕，我又能怎麼辦呢？在蟲島，一個普通人如果斗膽半年不上班，很快就會被扔進敬業所。

狄森屏消失了，大家都說務必緊緊把握優質好男人，過了這村沒這店。基於對這個年齡層未婚男女比例的清醒認知，自然該咬著牙說我願意。然而，若以生理層面的天然驅動而言，他並不比一塊藍莓起士蛋糕更容易讓我喪失理智，我也絕不會告訴他，與他相處的兩年多來，我沒有一次自慰的時候會想著他。可是生在蟲島這種鬼地方，女人在男人心中的價值是按照年齡論資排輩的。到了我這個年齡，結婚就像是搶椅子遊戲，沒人關心你想坐在哪兒，只關心你千萬別剩下。而狄森屏，這種工作體面、熟悉中產階級生活趣味的周正男人，是不少女人眼裡的一塊大肥肉。而我，被他選擇，甚至要表現得感恩戴德。

噩夢一場連著一場，昨晚夢到生孩子，孩子腦袋剛出來就喊著買學區房進名校，我對他說：「你給我滾回去吧。」一把將他按回了肚子裡。醒來之後很沮喪，我發現人總妄想自己是自己的主人，可是到頭來連自己的器官都控制不了，卵巢是我的，但是它對我大腦的操控遠勝於我。

好煩躁！三十歲前結婚的火車馬上要出站了，而我連車票都沒有搞到。

今天又看到林黛絲在網路炫耀自己部門的慶功會，嘴角都咧到了後腦勺，真是小人得志。要是沒有她從中作梗，裁員哪會這麼早發生。每次看到她都很煩，更煩的是，為什麼她一出現，我就會加倍地討厭自己。蟲島人的勢利真是無孔不入。才幾個月而已，所有人都不認識我了，連最要好的Cici也不知道去了哪裡。唉，有時候覺得自己很荒誕，這些年忙忙碌碌的到底圖什麼。

讓人欣慰的事只有兩件：拉琪聯繫我，想找我和她一起開拳館；人間蒸發的伊鳩，不知道從什麼鬼地方寄來一張卡片，勾引我去當衝浪教練。只是隨口和母親提起，她就暴跳如雷，覺得做生意不是這個階層的人該想的，穿著暴露和野男人上班更不是正經工作，找個體面工作、早點結婚才是正道。我一直是她的虛榮來源，優秀的學習成績，大公司管理階層的頭銜，這些標籤始終讓她在人前多些臉面。三個月不工作，相比於折磨我，可能更折磨她。然而，經濟不景氣，大公司哪是那麼好進的。這年頭，蟲島的年輕人大多有點思覺失調症，一方面樂見那些壟斷一切的巨頭快點倒閉，來一場平等的狂歡，另一方面又拼命擠破頭，想要用朝九晚十二的體面方式獻祭自己的青春。我體面了七年，也許在別人眼中很不錯，但我早已從頭皮厭倦到了腳指甲尖。

真希望自己能發瘋。如果瘋得比較輕，我會衝出去找拉琪開拳館。如果瘋得徹底，我會去找伊鳩，在衝浪中忘記我姓甚名誰。可是我不敢瘋，我裝得像個人。激烈的批鬥之後我鑽進了衣櫃裡，用兩根指頭洩了憤。

人就像是養在細頸燒瓶裡的小鴨子，小的時候還能活蹦亂跳，越長大越被束縛，在不斷的變形中學著適應令人窒息的生命。真希望人的身體可以一鍵消失，如果我變成空氣，就會擁有永恆的自由。

剛落筆，母親就打來了電話。

「媽。」

「梨子，外婆這間房子要賣掉，你可以四處發一下資訊，看有沒有買家。」

「這麼快？」

「嗯。」

「好。」

二

那個時候的我，懷疑、懦弱、絕望，成天宅著，好像一個被人遺忘的過期罐頭。外婆的去世更是給我致命一擊，我從小被她撫養長大，沒想到她這麼快就離我而去。外婆去世前時而昏迷，時而胡言亂語，離開的前一夜，她突然說出一句讓我非常困擾的話：「你知道你是誰？」我不知道她到底在說什麼，只能抱著她不停地告訴她我是梨子，她沒有回答，只是突然「啊」了一聲，呼吸愈加急促，很快，殘存的意識被死亡吞噬，她永遠地離開了我。然而，她那句話留在我的記憶中，久繞心頭，揮之不去。

二十八歲的我，像是突然被人生遊戲踢出局，幾乎失去了人生中的一切——工作、戀人、至親。他們像商量好的多米諾骨牌，一個接一個地塌陷下去。因他們而構建的世界觀，瞬間也成為斷壁殘垣。我倚賴酒精，倚賴菸草，沉淪其中，任由精神一片廢墟。

唯一的慰藉，就是還住在外婆的房子裡，一套帶有院子的一樓小公寓。它是我唯一的殼。雖然外婆走了，但她的味道還在，是一種柔軟的、帶著乾樹葉味道的土壞氣息。這一切都給我安全感，哭累了就會睡得著。房子一旦售出，這份安全感也會隨之終結。

掛了電話，我又給自己開了瓶酒，環視著房間，思忖著最後與它相處的日子，不可避免地陷入了回憶。在酒精的作用下，我對每一個老物件的感受都被放大。

這個老房子裡，離我最近的，是我的衣櫃。它伴隨著我的少女時代到現在，裡面更迭著每一季的衣服、包包，以及我當時最喜歡的味道。更重要的，它是完全屬於我的伊甸園。在青春期的日子裡，我常常脫了衣服在衣櫃的鏡前來回打量，我摸著自己的胸部，擔心它們長不大，又擔心它們長得太大，我打量著我的臀部，它們已經變得渾圓，像塗了蜂蜜的麵團。肉體的變化會告訴你，你每一天都在接近成年，這種感覺讓我期待又欣喜。十五歲的一天，我拉開衣櫃把自己藏了進去，黑暗中是我熟悉的味道，清新又陳舊，糾纏著隱約的花果香。它們鬆弛了我的緊張感，我將自己蜷成迴紋針狀，試圖嘗試某些成年人諱莫如深的祕密。作為一個新手我並不膽怯，反復耐心的嘗試之後，大腦中碰的一聲巨響，感覺自己上了天。我第一次意識到，原來人對於自由、對於空間的感受與真實的物理距離之間相去甚遠。進去時，衣櫃是那麼狹小，以至於我不得不蜷得像塊石頭，可突然間，整個人飛在天上，自由極了。從那天開始，這裡成了我的避難所。

我最喜歡的，是客廳的書架，它是我一直以來的精神家園。從我懂事以來，它就在那裡，外婆雖然只是一個普通的超市收銀員，但是她有著與職業十分不相符的愛好，那就是看書。除了書架，家裡還有很多箱子，裡面放著她的藏書，大多數是在蟲島根本賣不出去的冷門著作。外婆在一家二十四小時營業的超市上班，天剛亮她就出門，太陽落山前她會回家，她向來不喜歡掙多餘的錢，大多數時候默默無聞地藏身在自己的小房間。門被反鎖著，她到底在房間裡做什麼於我而言是一個長久的祕密。她並不願意與我交流太多，也沒有什麼聊得來的朋友。一切都被妥貼地隱藏在她那肥大而遲緩的身體裡，像是一個孤獨的蘋果。

書架上除了書，就是我兒時的照片。我從未見過自己的外公，幾乎所有的兒時記憶都與外婆有關：陪外婆去河邊撈魚的我，抱著大肥魚滿載而歸的我，以及陪外婆餵流浪貓的我。還有一張幾年前衝浪的照片，外婆曾說這張笑得最好，是我該有的樣子，所以放在了最顯眼的位置。架子最高處，是一排我做的蠟燭，我是一個狂熱的手工愛好者，尤其喜歡做蠟燭，因為我可以根據自己的想法，把蠟燭做成喜愛的形狀和顏色，根據它的主題來設計它的氣味。斷臂維納斯是我一直鍾愛的主題，正是因為她失卻了兩根手臂，所以在創作中充滿了可能性。那段日子，我做了一款荊棘維納斯，她雙手被荊棘束縛，雙眼蒙著緞帶，像極了塔羅牌中的寶劍八。

維納斯的旁邊是一張家庭合照。十二歲那年，我獲得了蟲島頂尖少年人才獎，難得地，除了外婆，還有滿面春風的父母，四個人拍了一張合照留念，這也是我人生第一張與父母的合照。我踮起腳扶著書架，想拿下這張照片再看看。結果我重心失衡，拉著書架開始晃動，維納斯推著相框衝向下面的小魚缸，一同碎在了地上。玻璃碎了一地，照片全部浸濕了，我手忙腳亂地想要拿出照片，卻沒想到刺破了手，外婆的臉瞬間被染得血水模糊。「啊！外婆！」我扯著袖口擦照片，可是畫面徹底花了。小金魚落在地上跳了幾下，很快就沒了動靜。

眼前一片狼藉，不斷漫延的血水又一次刺穿了我脆弱的神經。我只覺得眼裡像是進了玻璃碎片，激烈的刺痛從眼眶蔓延到頭頂，一陣酸楚的淚水洩了出來。「我真是個廢物啊！」難以遏制地，我撲倒在地上號哭起來。

突然，背上一錘重擊，緊接著頭頂又是一擊。我被驚嚇得沒了眼淚。抬頭一看，眼前竟站著一隻長著碩大耳朵、杏眼細身的棕紅色小貓。小貓低下頭，一口吞下了地上的金魚。

「你……你怎麼進來的？」我被嚇得不輕，竟對牠說起了人話。

「毛──毛──喵──喵──」牠似乎是一隻短舌頭貓，操著奇怪的口音衝我「毛毛」叫。

我意識到牠可能是餓了所以才衝進來。冰箱裡有魚乾，於是我起身準備拿給牠。

「說自己是廢物的女孩是蠢女孩。」

身後發出一種奇怪的聲音。可我回頭卻發現一個人都沒有。

「說自己是廢物的女孩都是蠢女孩，看在吃了魚的分兒上我告訴你真相。」

「你？」我汗毛倒立，瞪著眼前的這隻貓。若不是親眼看到牠的三瓣嘴一鼓一合，你絕不相信這話是從貓的嘴裡發出的。牠的聲音與人不同，調子高而短促、音色纖細卻不銳利，是一種幼童嗓子獨有、未經歲月摧殘的清澈感。

「我嗅到老婆婆走了，所以過來看看。」

「謝謝。」我依然懷疑眼前的一切，「她會感受到你的好心的。」

「你正陷入巨大的自我否定當中。」

「謝謝，這個和你無關。」我不想和陌生人討論自己的不堪，即便是陌生的貓也一樣。

「唔……我對蠢人缺乏同情心……不過老實說你應該感謝我，在我的評價體系裡，還沒有把你放進最蠢的那一類。」

「你知道什麼？你有什麼資格評價我？」雖然牠長得很可愛，但是刻薄的口氣讓我很不舒服。

「你工作丟了，男友跑了，外婆沒了，想要原地蒸發。」

我很震驚。

牠看著我瞪大的眼睛，得意起來，「看，這就是你為什麼蠢，不驗證事實就對我肆意抨擊。」

「我只是不想被隨意貼標籤！」

「嗷嗚，不想貼標籤？剛還為以前的標籤沾沾自喜呢，嘖嘖。」

我給牠放下魚乾背過頭去，想讓牠盡快閉嘴。

沒想到牠很快就吃完了，舔著嘴巴又開始說話，白色的小尖牙上上下下，「看在小魚乾的分兒上，我對你有一點點同情心。如果你覺得自己還可以搶救一下的話，說不定可以聽我的。」

「哦吼！聽一隻貓的？我的天！」我對牠翻了個白眼。

「怎麼了？」

「我呢，覺得自己早就墮入了人生的谷底，卻突然發現還有很大空間。」

「因為有我拯救你啊。」牠突然很高興，跳到我的肩膀上，舔拭我散發著酸腐味道的頭皮。

我把牠摘了下來，「我只是在想，我如今竟然淪落到要聽一隻貓的。」

「那又怎樣，不妨礙我知道你心裡在想什麼。」

「噢？不是說貓能和死人通靈嗎？那你快點告訴我，我已經死了！」

「嗷嗚，你就這麼想死？」牠伸長脖子做出嘔吐狀，「你這酸臭的身體，貓吃了只會中毒。」

「正好，我就怕自己變成一個全身是洞的無名裸屍。」

「其實和死人通靈只是你們片面的看法，跟活人也能通。」

「可是我餵過那麼多貓，為什麼從沒見過任何一隻貓說話？」

「唉，你們人類無聊的煩惱太多了，和你們說話，我們會不堪負荷。」

好像也對，我心裡居然點點頭。

「相信我的話，我帶你去一個專治蠢病的地方。下次回來，也許你不會再有那麼多無聊的困擾了。」

「你憑什麼要幫我？」我對牠的動機依然將信將疑。

「呼……真是愚蠢的蟲島人。」牠瞪大了眼睛，白色的鬍鬚炸開來。

我打量著眼前這隻貓，雖然說話刻薄，但長相還算正直，面貌甚至有幾分威儀。一個荒誕的想法冒了出來，生活已經不能更差了，跟牠去看看說不定會清醒點，一隻貓咪又不能拿我怎樣。

「好吧，信你一次！你要帶我去哪裡？」

「到時候你就會知道的。明天早上六點，你在家裡等著我，準備一個大一點的背包，最好下面墊點棉花。我會告訴你怎麼做。好了，多給我一點小魚乾，我要走了。」

我從魚乾裡挑出幾根最大的放在盤子裡，牠一口叼起，然後消失在夜色裡。

整晚的哭泣讓我的眼皮變得異常沉重，很快就睡著了。夢裡出現了一個穿著白裙的桃心臉女孩，她飛快地向前跑，我在後面追著她，奔跑的同時還看到曾經的那些獎盃和榮譽一個接一個地落在了後面，我不斷回頭想帶著它們，但失去控制的雙腿不斷狂奔，最終，她消失在一片白色的火焰裡，我的夢境也歸於寂靜。

三

「好痛！」我的鼻子上突然有個像熱砂紙一般的東西來回摩擦，散發出一股濕潤的腥味。一睜眼，發現一對閃著綠光的眼睛直勾勾地盯著我，嚇得我一聲尖叫。

「好吵！」對方被嚇得彈了起來。

定睛一看，是那隻大耳朵貓，才想起昨晚答應牠的事。我到底是怎麼了，怎麼會答應牠去什麼亂七八糟的鬼地方？心裡不禁有些猶豫。

「已經六點了！」牠彈起來落在我的胸口，壓得我又痛又窒息，「還不走嗎？」

「好……好……走……」感覺得罪牠不會有好處，我只好爬了起來，翻出一個超大雙肩包，塞進一個抱枕，「為什麼要背包？我們去拿什麼？」

大耳朵貓徑直跳了進去，「國王出征難道不需要鑾駕？」

「好吧，你這個虛榮的大耳朵貓！」我心想，貓小鬼大還挺會享受的。

「不要叫我大耳朵貓，阿比西尼亞貓與神同在，不容凡人褻瀆！」

我還是第一次聽說這個貓種，「還需要軟墊嗎？」

「不需要了，謝謝，你可以叫我馬可・奧理略。」

「邁克・奧利奧？感覺很好吃的樣子。」我忍不住笑了。

「馬可！M—A—R—C—U—S。」

「好吧，馬可大帝，我們走吧！」

「快點！蟲島大廈A座一樓，到時候我告訴你怎麼做。別讓我晃得太厲害！」

我把馬可放在副駕駛座位上，開車穿街過巷，半小時後抵達了蟲島大廈。

「去A座一樓的七號電梯，你一定要在七點之前一個人占著它，不要讓任何人進來，七點整的時候按下二六四五七五一，二—六—四—五—七—五—一。」馬可在雙肩包裡發出了最後的指示。

我看看手表，已經是六點五十七分，飛快地衝進七號電梯按下關門鍵。此時的電梯已經開始向上運行了，我緊張得口乾舌燥。萬幸的是，電梯上下運行幾下之後並沒有人進來，看到秒針跳過五十九分五十九秒，我飛速按下二六四五七五一。

「啪噠」一聲，奇怪的事情發生了，電梯突然開始飛速地向下走，樓層的數字也瞬間變成了不斷閃動的亂碼，緊接著是一陣不規律的晃動，電梯好像進入了新的軌道，像雲霄飛車一樣劇烈地晃動著，我緊緊抓著扶手，生怕自己被甩成肉泥。一陣噁心的眩暈之後，電梯門打開了。我本以為自己會翻江倒海地嘔吐一番，結果那感覺竟被眼前的景色給逼了回去。

「莫內！好像莫內筆下的風景。」我被眼前的景色震撼了。這是怎樣的一座城市！簡直無比地輕盈！如果將蟲島形容為一堆立著的鐵釘，那眼前的這座城市更像是一片又一片的鵝毛。沒有俄羅斯方塊般的車流，沒有寬廣到令人生畏的馬路，沒有兩條腿不夠用的人群，沒有令人壓抑的高樓大廈，而是大片布滿植被的空地與形態各異的懸空建築。

「這是哪裡？」我有些恍惚。

「跟我走！」馬可飛快地向前奔跑。

「為什麼看不到人？」我很疑惑，這麼漂亮的地方，人怎麼會這麼少。

「因為不是每個人都有資格待在這裡。」

「什麼人有資格呢？」

馬可不說話，我只好跟著牠一路向前。很快，馬可停在了一個圓形懸空建築的下面。「卯，貓，毛！」一個直梯從建築裡應聲而下，馬可一躍而入，我追著牠進入了這個怪異的建築。從外面看，那是一個圓形的餅狀建築，從裡面看，至少我進入的房型，像是一個巨大的蠶豆。

「這房間真像一個蠶豆！」

「哦，我倒是覺得像兔腰……」馬可舔了舔嘴巴。

此時，從旁邊的房間裡傳出一個聲音，「馬可，你又背著我偷偷去蟲島了！」

「誰讓佛島這麼無聊，只有蟲島的老鼠才是最美味的。」果然，「兔腰」是成對的。馬可帶我進了另一側「兔腰」。

原來這裡叫佛島。我跟著馬可走向一個巨大的桌子，後面坐著一個身穿麻袍的男人。

看到他的那一刻起，我便難以克制地不斷靠近他，因為他太像我曾經的衝浪教練了，我看著他愣了好一會兒，「伊鳩？」

對方抬頭看了看我，「歡迎來到佛島！」

「是伊鳩？」他太像伊鳩了，以至於我完全忘記了基本的禮貌。

對方沒說話，只是笑了笑，突然，他從桌子後面站了起來。

我腦中「啊」了一聲，他絕不是伊鳩。因為我眼前的這個男人竟然如此地矮小，他那清瘦的面龐竟然長在一個鼓著大包的矮小身體上，或者說，他本不該矮小甚至可能很高大，可是身體過度的彎折讓他顯得如此矮小。

我對自己的無禮感到尷尬，暗想他一定是馬可的主人。

「我是貓哲學研究所的創辦人雅圖．佛。這麼多年來我一直研究人。」他衝我笑了笑，「但人實在是太無可救藥了！所以我轉而研究貓。」對方熱情地挑了挑他那對粗密的眉毛，伸出自己的右手。

「您好！」我伸出手去，「我是梨子，您是馬可的主人？」

「主人？喵！一個國王怎麼會有主人？他是我的兩腳門徒！」馬可傲嬌地站在雅圖的肩膀上走來走去。

「馬可是我的研究助理，主要負責組織各類貓咪來參與我的研究，當然，也包括牠自己。」

「嗚呼！多麼殘酷！我作為貓中聖哲，居然要被人拿來做實驗工具！」馬可嘴上說著話，眼睛卻瞄向了餐桌上的生魚片，未等大家反應過來，牠已經將其一掃而光。「嗝……這個，這個無聊的女孩，為了一些無聊的問題庸人自擾，我想考驗你近期是不是有進步，所以帶她來瞧瞧你。」

「哦，馬可陛下，看來蟲島的老鼠不僅讓你變胖，也讓你長了一顆體恤人的心臟啊！」

「噉嗚……」馬可瞪了雅圖一眼，瞬間倒下了，陽光包圍著牠，牠開始自在地打滾。發出愜意的呼呼聲。巨大的落地窗環繞著馬可，將牠紅色的皮毛照得閃閃發亮，我才注意到牠的下巴是白色的，在熾烈的陽光下散發著瑩白的光，一伸一合甚是可愛。

我開始打量這個神奇的地方。「兔腰」的背部是一整塊的弧形玻璃，整個建築在緩緩升高，讓我有機會一覽窗外的風貌。整個城市極為開闊，但是幾乎看不到什麼人煙，也沒有任何高聳的辦公大樓，幾乎所有的地方都被淺色的植被覆蓋著，但這裡的植被又與別處不同，彷彿是被某種演算法精確地安排過，大小、比例、顏色都極為和諧。這種極致的平衡似乎只有大自然能做到，但你的眼睛不會騙自己，這一切都是人為的，它超越了那種自然天成的野蠻感受，更像是蒙德里安的格子，是一種強烈的秩序感帶來的平衡感受，第一眼看過去讓人感動，仔細關注每一個細節又令人生畏，你甚至不敢走向任何一個街區，生怕自己破壞了這種極致的平衡美。

如果說這裡有什麼是天然的，恐怕是遠方的海水，視野由近至遠，你可以看到大片的海水，這裡的海水比蟲島的安靜許多，被陽光切割成魚鱗般的樣子。整個城市沒有濃稠的情緒，而是散發出一種透明的淡藍色。這裡的一切相比他處，彷彿飽和度都減半，是一種柔盈的半透明色調。這是一種怎樣的感覺呢？你會覺得一旦踏上這樣的土地，靈魂就不再承受肉體的拖累，剎那間變得輕盈起來。佛島像是一顆漂在海中的藍色寶石，藍色沉浸於藍色，你感受不到它的存在，你又不能說它不存在。

四

世界上百分之九十的悲哀出自人們不了解自己，自己的能力、弱點，甚至是自身真正的美德。我們大多數人對自己就像對完全的陌生人一樣，走完了幾乎整個一生。

——西德尼・哈里斯

一陣寒暄之後我在客廳落坐，馬可窩在我身旁的桌子上。

「梨子小姐，馬可說你是帶著問題來的。」

「對，我想離開蟲島。家人、戀人、工作都沒了，我不知道待在蟲島還有什麼意義。」

「為什麼想離開，想去哪裡？」

「不知道，我只想過一種自由的生活，做自己就好。沒人會問我有沒有結婚，在哪裡工作，賺多少錢。能清淨自在，想怎麼活就怎麼活。」

「喔，聽起來是一種不錯的生活。」

「呵，其實很可笑是不是？我也知道不可能。我能去哪兒呢？異想天開而已……」說到這裡，我不禁嘆了口氣，「這些年我越來越討厭自己，像一個麻木的工具人，整天忙忙碌碌也換不來快樂，成天怕這個、怕那個，縮在框框裡，從來沒有活出過自己。」

「討厭自己，又想活出自己？」

「是的……很矛盾……說來您也許不信，裁員、失戀這些事我早有所料，但我寧可拖著也不去改變。看起來是三個月前的事，但是早在幾年前我就認定這個部門沒前途。公司實施縮減策略，被裁是早晚的事，可是我就是賴在那裡耗到第七年。」

「為什麼沒有離開呢？」

「我不僅沒有離開，而且工作更努力了，後來還升了職。別人都以為我很熱愛這個工作，但我知道自己是怕，所以拼命地讓自己的業績更好，好到不行，奢望那天不會到來。」

「被裁之後有後悔嗎？」

「後悔？我倒是希望我悔得捶胸頓足，那樣我會對自己的厭惡少一點。但事實是，宣布被裁員的那一瞬間，我突然感到久違的輕鬆，像是心裡懸著的石頭落了地。」

「看來你承受了很久的折磨。」

「對，一種窩囊的自我折磨……戀愛也是這樣，他不辭而別對我打擊很大，您也許以為我很愛他，但根本不是，我喜歡衝浪、藝術、文學，但他覺得這些完全是浪費生命，總之，我熱愛什麼，他否定什麼。但我不想和他分手，因為我快三十歲了，離開他不會有更好的選擇。可是我忍不住，我腦子裡總有分手的戲碼，後來終於成了現實。工作、戀愛甚至大學主修項目，一切的一切……事與願違像是我的宿命，像是有雙命運的大手，總會把我推向最不想要的結果。」

面對我的訴說，雅圖眼中並無波瀾，「梨子小姐，可以跟我講講你了解的自己嗎？」

「我？我是梨子，二十八歲，畢業於蟲島中央大學，主修管理，曾經獲得過蟲島頂尖少年人才獎。畢業後，以第三名的選拔成績進入蟲島第二大科技巨頭瑞興公司，連續三年被評選為最佳員工，工作第四年成為瑞興公司的傳統業務六部主管，具備二十人以上團隊的管理經驗。」

「哦，看來你是一個職場精英。」雅圖點了點頭，不過並不像是為我的成績贊許，「還有嗎？更多關於你自己，而不是外在的標籤。」

「可是……這些就是我啊……」這麼多年來我都是這樣介紹自己的，沒想過還能怎麼講，「或者只能說說其他的特徵了，身高一百六十五公分、小麥膚色、栗色短髮、細長眼睛、水瓶座、性格外向、完美主義者。哦對了，在MBTI人格分析中，我是INFP。」

「喔，很全面，不過，好像還是表面的你。」

「表面的我？」我有點不太明白他在問什麼了，掘地三尺我也只有這些特點。

「以這些年我對蟲島人的了解，你們大多喜歡用標籤來解釋自己，但幾乎從不觀察自己的精神世界。」

「會這樣嗎？可是如果不聽從精神世界，人又怎麼正常生活呢？」

「那既然已經按照精神世界的指引生活，為什麼還是覺得不快樂？」

我竟然不知如何作答，我討厭的生活看起來都是我自己選的。如果這就是遵從精神世界，我又為什麼會不快樂呢？

「所以，您的意思是，我並不了解自己的精神世界？」

「就像你的這份工作，它帶給你安全感，也讓你覺得不快樂。所以你更像是在服從某種生活，而不是探索屬於自己的生活。如果真如你所講想要活出自己，那你至少要了解自己。」

「我總覺得體內有兩個自己，一個想逃脫，另一個想服從，所以總是自我折磨……我也常常會問自己，難道一輩子都要這樣下去嗎？」

雅圖點點頭，「人會在確認自我和探索自我之間搖擺。」

「確認自我和探索自我？」我還是第一次聽說這個概念，「這兩者之間有區別嗎？」

「一個是證明我是誰，另一個是發現我是誰。」

「聽起來有些道理，但我還是不太明白。」

「在自我這個概念普及之前，世界上的絕大多數人從來沒有想過要活出自我，都是自然而然、隨波逐流地過一生。後來人人都知道了，就有了探索自我的自覺。這個過程讓人發現真實的自己，體會自己的不同，去哺育自己的特殊性，這一切都會讓人更深刻地體會到自己活著。」

「對！這是我喜歡的狀態，每當我衝浪或者做蠟燭的時候，都會全副身心沉浸在一種沒有功利的熱情之中，不需要誰去評價什麼、認可什麼，而是忘我地沉浸在一種無窮無盡的探索中……可是，其他的事情就不是這樣了……」

雅圖點點頭，「相比於不那麼確定的探索自我，人們更在意的是確認自我。在蟲島這樣的社會，人們被施加了太多的影響，自我不再像是一種覺醒，更像是一種自我證明的枷鎖。人們會用職業、婚姻、房子、穿著諸如此類的外在標籤來確認自我的存在。這些標籤會讓人執迷、讓人恐慌，對自我的搖擺和否定也隨之產生。」

我突然想起昨晚的夢境，我為什麼會因為那些榮譽的丟失而感到難過，因為我覺得沒有那些，我甚至無法解釋我是誰，「對，是這樣的，我不知道這算不算我痛苦的根源。我快三十歲了，總覺得應該像打卡一樣拿到很多標籤：工作、婚姻、房子……可是，現在這一切都沒了，我覺得自己很失敗。可是沒有這些，我還有什麼呢？人很難拋開這些外在的東西還對自己有信心。您說人應該了解自己的精神世界，可是我不知道我除了這些欲望還有什麼，我甚至覺得我連隨波逐流的能力都沒有，得不到痛苦，得到了也痛苦，總是自我衝突、自我折磨。」

「梨子小姐，其實你應該感到欣慰。」

「欣慰？您不要取笑我了。」我想不通承受這麼多痛苦哪裡還有欣慰之處。

「痛苦是一種通道，能引發你的自我覺察，這是探索自我的開端。覺察自己是很難的，對於大多數人而言，腦袋裡盡是過去、未來和外部世界的碎片。至於想幹什麼、該幹什麼，他們似乎有很強的主見，但其實他們很難分辨其中哪些是自己的思想，哪些是外部施加給他的。所以也可以說，他們從來沒有過真正的自由，從出生到進墳墓，都不曾完整地了解自己和周圍的世界。」

「您覺得，我該怎麼了解我自己呢？」

「打破觀念對自己的束縛，正視自己的特殊性，找到自己的純粹面。」

「觀念對自己的束縛？」

「這世界有很多東西看不見、摸不著甚至不存在，但是它們卻對人形成了最大的控制和傷害，讓人們永遠活在迷失當中。」

「嗷嗚！」馬可突然醒了，伸了一個舒暢的懶腰，「我餓了……」

雅圖哈哈大笑，「你醒來得正是時候，快安排梨子小姐吃點東西，早點休息吧！」

我恍然間才意識到，窗外竟然已經入夜了。

「哈嗞……」馬可打了哈欠，「睡我那裡就好啦！」

「好啊，那就參觀一下你的寶殿。」雅圖看著我，「梨子小姐，明天我們會為你準備歡迎宴會，到時候繼續聊！」

雅圖離開了，我則跟隨馬可離開了客廳。

剛踏進貓窩，一隻小鳥飛了出來，我被眼前的景象驚呆了，蟲島上的貓窩都是巴掌大小，然而眼前的貓窩比我的公寓大五倍，像是一個迷你的貓咪迪士尼公園。通天樹、理毛美容儀、跑步機、刷牙機、泡泡機，各種高低、大小、形態的墊子供人躺臥，各式各樣的機械小鳥在空中來回穿梭，羽毛綺麗，足以亂真。馬可如同野豹一般瞬間躍起，咬住一隻小鳥落了下來，牠輕輕撥打小鳥，小鳥又飛了起來。

馬可轉過頭來，「這些小鳥幫我保持靈敏，讓我時刻謹記自己是一隻貓。你知道嗎？貓被人養久了，會忘記自己是一隻貓。」

「是嗎？」我整個人倒進巨大的鬆軟墊子，「但我想，我在你這裡住久了，會忘記自己是一個人。」

「喔……做一隻兩腳斯芬克斯貓也不錯，你會有很多無條件關愛你的男主人。」

「哦，馬可，你嘴太毒了，我可是保持獨立的女權主義者。」我不經意轉頭，發現後面陳列著一排又一排馬可與其他貓咪的合影，「這些照片真棒，有很多漂亮的貓！」

「我幫雅圖做事，平時我會幫他召集各種類型的貓，做很多關於貓咪行為的心理研究。」

「貓咪行為的心理研究？」

「比如人呼喚狗，狗會響應度很高，而貓則不然，貓的行為取決於牠當時的想法。雅圖認為，人就是狗性太重所以不幸福，人總以別人的看法確定自己的價值，所以成天被使喚，但貓就不一樣，樂於獨處，享受孤獨，所以人對貓的欣賞更純粹，貓擁有的幸福也更純粹。」

「狗性太重……」真是一個有趣的視角。我抱起馬可嗅了嗅牠的腦袋，竟然是甜甜的焦糖味兒，「你說得對，其實人很虛偽，總說狗是人類的好朋友，卻沒人想當一條狗；總說貓勢利高冷，卻常常羡慕貓。」

「只有純粹，才會輕盈有智慧。」馬可輕身一躍，跳到了與我一般高的櫃子上，俯瞰著我說，「時間不早了。」

我會意，躺在墊子上準備睡覺。很快，馬可在我身邊睡著了，而我卻沒有絲毫睡意，各種雜念在腦子裡來回衝撞，我想讓自己靜下來，於是掏出筆記本，開始寫下這一天的日記。

五

日期：二月十四日

有時候我在想，我體內不同的梨子，到底哪一個才是魔鬼？

世界上沒有比在蟲島活著更簡單的事了。在蟲島，每一個人都被培養出同樣的世界觀，隨時可以從集體中吸收認可與力量，從秩序中得到安全感，從統一的標準中找到自己的位置。在蟲島，一個幸福的人生標準是顯而易見的：好學校，好工作，在狹小的蟲島上有一座漂亮的房子，與門當戶對的人生個孩子，讓他開始在某個標準中找到自己的位置。

我並非天生好命，但也算是一個幸運兒，我擅長學習、擅長上班，在不斷證明自己幸福的路上前進著。坦白說，拿到好處的人沒必要質疑頒獎規則，成為一個與眾不同的怪胎是不划算的。

但是，人們總是被一種叫作「自我」的東西困擾著，給自己添些不必要的麻煩。我很懷疑，人是否應該堅持所謂的自我，自我真的能讓人更幸福嗎？人沒有了自我，外界給了他答案，他只需努力就好。可是一旦有了自我，內在與外在就有了衝突，心中就有了轟轟作響的矛盾，它只會讓人躁動不安，讓人對外界滋生不滿。

如果我是一個沒有自我的女人，恐怕會幸福得多。我無須懷疑，無須抗爭，無須證明，只需生出孩子，讓他盡情吸吮奶水，人生的使命便完成了十之八九。無論嫁給何種自大的男人，我始終接納他、追隨他，毫無怨言地與之融為一體，在他每一個荒誕的思考與動作之後保持微笑，以他的尊嚴為尊嚴，以他的滿足為滿足，絕不爭辯是粗鄙還是高尚，誰說這又不是幸福呢？

可是我，我不夠純粹，既不純粹地愚蠢，也不純粹地智慧。我只是一堆外界觀念與天然基因交雜的混合物，它們在我的體內游離、碰撞，讓我產生欲望，也讓我產生恐懼，平靜自我呱呱墜地那天開始早已漸行漸遠，成年人唯一的平靜恐怕就是交媾後的片刻。

飛翔的毛毛蟲曾說：「在蟲島，每個人的眉頭都是一個π，無窮無盡……那是他們沒有完全消弭的自我。」我想我也是一直如此，也許生活還不夠艱難，以至於有太多的時間自尋煩惱。可是，真的能接受自己混混沌沌過一生嗎？如果走向垂暮之年才發現對自己一無所知，那我到底有沒有在這個世界上存在過？

六

第二天清晨，馬可帶我來到餐廳。坐定之後我發現，這是一場全螺宴，烤的、焗的、炒的、炸的、生的……三十多種螺，彷彿要把螺的吃法一網打盡。

坐定之後，我迫不及待地延續昨天的話題。

「佛先生，您昨天說到打破觀念，可是到底該怎麼打破呢？」

「打破？」雅圖晃了晃桌上的杯子，「觀念可以被打破嗎？」

「這……」我突然意識到，觀念是無形的。

「梨子小姐，講講你熟悉的那些觀念吧。」

「上不了好學校就沒有好前途，沒有好工作這輩子就完了，三十歲前必須結婚，結了婚才能生孩子，不生孩子的人生不完整，沒有工作的人是沒用的人，什麼年齡做什麼事，什麼階層做什麼事……」我一股腦地把母親對我說的話全講了出來。

「這麼多觀念啊，腦袋裡裝得下嗎？」

「裝得下啊，我能說個幾天幾夜。就像您昨天說的，時間久了，都分不清是別人告訴你的還是你自己的想法。」

「你有沒有想過，觀念既然是看不到的東西，既不是金銀財寶，也不是高樓大廈，卻能束縛人、操控人，甚至讓人們為之發動戰爭？」

「啊……這個……我從來沒有想過這個問題。」

「螺的味道如何？」

「很不錯，光顧著說話都忘記要好好品嘗了。」我尷尬地吐了吐舌頭。

「我從小生活在島上，螺到處都是，可是直到十五歲，才第一次吃到螺，冒著殺頭的危險。」

「吃螺會被殺頭？」

「小時候的我生活在螺門島，整個島上的人都信仰螺門教，每週我們都要去一個巨大的螺面前做禮拜，螺門主教會給我們講螺門教的故事，他們說最早人類產生於大海，與海豚之類的海洋生物並沒有什麼不同，後來，神靈挑選了二十四對最美貌的男女，用螺載著他們來到陸地，生兒育女，繁衍生息。螺殼，是神的棲身之地，祂始終在裡面庇佑著我們，而螺門，是天堂之門，我們死後會經由螺門踩著旋轉天梯進入天堂。在螺門島，吃螺這件事，不僅不能做，更不能想，如果真的有人敢於褻瀆神靈，會被處以死刑。從我們還是個孩子開始，就會日復一日地學著朗誦螺門教的故事。」

「每天讀不會膩嗎？」

「剛開始新奇，後來會厭倦，但是漸漸地你會發現，你厭倦的說辭遠比新奇的概念更有力量，它們早已在你腦中紮根，成為你精神的一部分，讓你對此深信不疑。」

「您的家人呢，他們也深信不疑嗎？」

「他們早已和這些故事融為一體。對於孩子而言，違逆螺門教也等於違逆父母。我的母親告訴我，螺是我們的神，給我們帶來了文明，保護我們的生命。她讓我拿著空心的螺對著耳朵，告訴我可以聽到大海的聲音，她說這種聲音是螺對人類的庇佑，第一次聽到的時候，我感覺太神奇了，那種聲音彷彿是從很遙遠的地方發出的，我甚至流了淚，為自己被神靈庇佑而感到幸運。」

「後來呢？是什麼動搖了你？」

「十五歲那年，我救了一個迷航的中國船員，他說可以帶我離開螺門島，去更大的地方看看。我跟著他一起去了中國。那是一個很特別的國家，我發現那裡的人什麼都敢吃，蝗蟲、蠶蛹、臭豆腐、讓人產生幻覺的蘑菇，味覺的延伸讓我的大腦變得更發達，也讓我對味道的選擇更加大膽。有一天，我經過一家餐廳，那家餐廳散發出一陣鐵銹般的惡臭，但反常的是，外面早已排成了長龍，我看不懂中國字，但這更激發了我的好奇心，我猜想這種臭味是一種篩選，篩選那些有資格品嘗它的人。於是我走了進去，很快，它們被端到了我的面前，我閉著眼睛一大口吞了下去，那個瞬間，哦……我感到天旋地轉。」

「嘔——那種味道，我猜想我也會天旋地轉。」馬可邊清理桌面邊做嘔吐狀。

「真是神奇的味道，我吃完了一整碗，連湯也喝得不剩。回去後我對那位船員講了我的經歷，他突然告訴我，我吃到的東西是螺螄粉，吞下去的那堆肉粒其實是螺肉。聽到這句話時，我簡直如五雷轟頂。想到自己吞下去的是螺肉，我的每個毛孔都充滿了恐懼，我開始對著螺門島的方向不停地祈禱，祈求神靈原諒我。我很害怕自己被神靈拋棄，想起出門時帶了母親給我的螺，想聽聽看是不是神靈還在庇佑自己。可是那位船員卻哈哈大笑，說我是被騙子操縱的傻瓜。他去了廚房，拿出一個鍋扣在我的頭上，我發現與螺聲一模一樣的聲音充斥了耳朵，我不敢相信這是真的，於是我拿起廚房裡的杯子、瓶子全部試一遍，它們居然都發出一樣的聲音。」

我難以相信，眼前的這位智者竟然也有蒙昧不堪的人生階段。

雅圖頓了頓，又吃下一塊螺肉，「我的舌頭真真切切地告訴我，我吃下去的那些黑色肉粒是多麼地普通，嚼起來甚至並不比牛肉更美味，然而這樣的東西，這麼多年來我竟然以之為神。那一天，我的世界打開了一扇全新的大門，我心目中的高塔崩塌了。」雅圖瞪大了眼睛，「不知道你是否有過那種精神世界突然站起來的感覺，那天就是那種感覺，精神世界的站立替代了曾經的那座高塔。雖然我的外在沒有什麼變化，但是我知道，我從此與過去徹底不同。」
「所以，權威的坍塌讓您逃離了過去的支配？」
「是的，從那天開始，我才有機會把眼光從神的身上放到自己身上，我不再想神恩賜了我什麼，而是去發現我擁有什麼；不再想神讓我幹什麼，而是去思考我想幹什麼。連續多年，我在不同的國家四處遊歷，我發現相比他們，我是一個一無所知的人，但是相比他們，我卻是最自由的人。」
「為什麼呢？一無所知反而更自由？」
「我發現，控制人的都是一些看不見的東西，如果你看不到它，就不會被控制。我們每個人都生活在兩個世界裡，一個是真實的物理世界，另一個是人類構建的觀念世界。」雅圖指著窗外，「看看外面，鮮花、海水、綠樹、建築，它們是一個絕對真實的物理世界。但是那些我們耳熟能詳的詞彙，天堂、信仰、婚姻、法律、事業、幸福、權力、平等，這些人類最看重的東西，誰也沒見過它們的實物。譬如婚姻，它只是一種概念，存在於所有人的心智當中，當我們還是個孩子的時候，就被植入進去了。一旦被植入進去，我們就覺得它是自己應該做的事，如果做不到就會覺得羞恥甚至恐懼。」

「對，我一想到自己大齡單身就有些自卑，再一想到孤獨終老就更害怕了，所以我會壓抑自己讓自己委曲求全，即便我知道兩個人反而不如一個人更快樂。」

「任何一個東西要給另一個人，都需要徵得對方的同意，唯獨觀念不一樣。婚姻的觀念授予你的時候並沒有經過你的同意，也沒有一個觀念審查員檢查你的性格是否適合婚姻，是否有意願擔負婚姻，還是說更享受獨身主義，他們不由分說地把這個觀念植入你的身體，讓你被它奴役而不自知。可是，如果他們賦予你的不是觀念，而是一個看得清摸得著的枷鎖，那麼你是不是有權拒絕它、打破它、丟棄它，絕不會輕易地把人生的希望交付在一個東西上面？」

「當然不會。」

「那麼問題來了，假如這個觀念不適合你，那麼它就會束縛你、傷害你，讓你恐懼，讓你覺得你沒有做到一件你必須做到的事。你會在我應該做和我不想做之間來回掙扎。」

「對！是這樣！」突然間，我的體內有一種強烈的脫落感。

「每個人都活在自己的精神世界中，而那些觀念，就像是精神世界中的鎖鏈，覆蓋在生命的表面，阻止我們去探索自我的真實樣貌。」

「所以，一個社會的觀念越多，人越容易活得表裡不一？」

「以機率來說是如此。蟲島有一千年的歷史，而佛島只有一百年的歷史。你們的歷史更久觀念更多，所以作為個體更容易不堪重負。」

「在蟲島這樣的地方，人有可能找到純粹的自我嗎？」

「並不那麼容易，這是一個漫長的過程。『我』並不是一種靜態的存在，而是一種動態的發現。當你拋棄了觀念的束縛，你會發現世界變大很多，原本需要鼓起勇氣才敢做的事情突然變得舉重若輕，你會有更多的選擇，也許是一份工作，也許是一種生活，也許是一份永不倦怠的愛好，它們會幫你發現自己，點燃自己。就好比火，火並不是被發明的，而是被發現的。當人類發現火之後，一切都改變了。」

「我感覺今天吃的不是螺，吃的是枷鎖。」我笑著，滿足地吞下盤子裡的螺片。

「啊哈！」雅圖舉起了酒杯，「致敬那位中國船員，他讓我的味蕾和精神都打開了美麗新世界！」

「喵嗚！下雨了！」馬可突然間興奮了起來！跳到窗前左右跑動。

雅圖走到窗前抱起馬可，「下雨對人和貓是不同的，對於人來說只是下雨了，有了清新的空氣，但是對於貓來說，這是一場感官盛宴。牠們除了用眼睛，還可以用鼻子來看，用耳朵來看。泥土的味道、蟲子的味道、金屬的味道、腐爛樹根的味道，雨水與浪的交纏會全方位地淹沒牠們，就好像我們人類突然間墜入了一個比往日豐沛百倍的奇幻世界。」

「是的，比往日豐沛百倍的奇幻世界。」此時此刻，我確實羨慕貓更多。

七

與雅圖的對話讓我第一次審視自己的精神世界——我到底被什麼所局限，我的螺門島是什麼，我是否能像他一樣，逃離自己的螺門島？回到貓窩，我試圖釐清這些想法，觸摸這些年的經歷和那些無法忘卻的記憶。

日期：二月十五日

我想每個人的世界都是一個螺門島，我們都在幻覺與真實的交雜中度過了自己的一生。

我的螺門島是什麼樣的呢？恐怕是蟲島文化與原生家庭的結合體。

在蟲島上，

成功的人才值得被尊重；

賺錢是人生的唯一追求；

對他人付出是為了得到回報；

喜歡不重要，有用才重要；

人生就是不斷地競爭：要麼正在競爭，要麼準備競爭。

快即正義：緩慢等待是不可取的。

一個人在不同的人生階段，必須用適當的標籤確立自己的身分，

未成年人務必以學習成績確立身分；

成年男性務必以足夠財產確立身分；

成年女性務必以踏入婚姻確立身分；

適齡夫婦務必以生兒育女確立身分。

……

每一條觀念都讓我更像一個蟲島人，但是也與自己的天性漸行漸遠。除此之

外，影響我最大的就是家庭了。從懂事以來，我就生活在外婆家，父母和弟弟更像是一家人，而我是多餘的。每年最期待的一天就是自己的生日，我會收到父母送的水果罐頭，味道真是甜極了，是我少數能體會到父母之愛的時刻。可是有一天我去父母家拿東西時，發現他們與弟弟吃著生日蛋糕，我好奇地問母親，為什麼同樣是生日，我吃罐頭而他吃蛋糕。母親告訴我，男孩要長肌肉，所以要吃蛋糕；女孩要變漂亮，所以要吃水果。這話讓我深信不疑，跑著跳著回了外婆家，但那天以後，不知道為什麼，罐頭再也沒有以前那麼美味了。

相比於父母，外婆總是能給我確定的愛，但很多時候，她看我的眼神又有些許的疲憊，我總是憂心自己到底做錯了什麼，讓她散發出一種負擔的感覺。我試圖從她的言行表情中找出蛛絲馬跡，可是常常表現得反應過激。日漸長大，我的乖巧和討好也日益嫻熟，我試圖讓她覺得輕鬆，試圖讓她認為我值得。

如果一個人總是得不到無條件的愛，就會想辦法爭取有條件的愛。十二歲那年，我得了蟲島頂尖少年人才獎，外婆來了，父母來了，鮮花和掌聲環繞，每個人都為我驕傲，我成了這個家庭獨一無二的焦點。父母在那一天也褪去了平凡人的外殼，站在眾人之前享用那些羡慕的目光。為了慶祝，他們甚至請來很多親朋好友，集所有人的目光於一身，這讓我感受到從未有過的幸福。

那一天，我發現了一個祕密：擁有成就的人，就會擁有愛。它成了我人生中的高塔。我開始明白，這個世界上的一切都是有條件的，只有不斷地為自己創造更多的條件，才有資格繼續被愛。這個想法如同一座高塔，深長的影子淹沒了我，不斷地告訴我：「如果失敗，就不配被愛。」

看到這裡，你恐怕會覺得我虛偽又懦弱——一個懷疑工作的人拼命工作，一個懷疑婚姻的人想要婚姻，一個女權主義者著急結婚。可是誰又不是在自我坦誠和自我欺騙之間來回搖擺呢？這就是真實的我。

可是回溯童年，我並不一直如此，那時候我還沒有成為一條縮頭縮腦的蠕蟲，還是一隻天然的、膽大妄為的小獸。放生鄰居的小鳥，刻意對討厭的老師搗亂，每到週末都會帶些堅果，去很遠的山上和松鼠一起玩。雖然童年並不是滿格的幸福，但至少能量充足。十八歲時，我對人生充滿了希望，覺得自己早就不是腦袋上掛著蛋清的雛鳥了，已然對飛行的方向有所掌握。但後來發現，這完全是我對自己的誤判、對世界的誤判。

大雄長大後，哆啦A夢出走。孩子們並不知道，長大並不是夢想實現的前奏，而是夢想消弭的開端。那個為所欲為的任意門會在十八歲這年準時上鎖。我逐漸意識到，我這樣的人，站起來勉強算中產階級，可一蹲下，那就是扎實的底層，所以，沒有抗拒的理由，我進入了專業化、重複化的生存，我變得職業而慎重，也變得狹窄而麻木。十來歲時，我有很多期待、很多熱愛、很多憤怒，大腦像冒著泡的熱湯，源源不斷地冒出很多新想法。但工作之後，我的腦子就像一個鯰魚池，工作像鯰魚一樣來回穿梭，狹小的池子鎖住了我全部的生活。偶爾在現實與夢境的模糊分野中，我會回想起小時候。小的時候，小女孩有夢，想做畫家、科學家、探險家、藝術家，想擁有一份白雪公主般的愛情。長大後，只剩下了生存和結婚。如果長大後只能這樣活著，那小時候何必有夢？

八

當你所處的空間變換，你會用全新的視角審視舊空間中的自己。在佛島的這些天，我與蟲島那個自怨自艾的梨子有了些距離，心情放鬆不少，但我畢竟不是佛島人，終究要回去面對現實。我決定去趟黑鯊灘，很久沒有衝浪了，我需要放空自己，好好想想自己以後怎麼辦。

告別了雅圖，我踏上了回程。走向電梯的路上，馬可陪著我，幾天的相處已經讓我們成為無話不談的好友。

「佛島到底是一個什麼地方？為什麼這裡的人看起來一個個眉目舒展、自性天然，好像從沒有什麼煩心事。」

「他們已經越過了生活的表面。」

「越過了生活的表面？」

「是的，這是一個只有理性人的島嶼，和這個世界上其他任何地方截然不同。其他地方都是一群各式各樣的人定居，然後繁衍生息，但是佛島並不是一個生命繁衍地，而是理性智慧的繁衍地。這裡的所有人都不是生在佛島，而是經歷了篩選和推薦才待在這裡。他們當中不少人在自己的家鄉經歷過不小的成就，或者說經歷過一些常人難以忍耐的重大變故，他們在這個過程中發現了人生的真諦，想要在精神層面不斷抵達更高層的理性智慧，為了不被打擾，他們會選擇佛島。這些人早就洞察了這個世界虛妄的一面，所以，他們不會游離在表面，為表面的得失起伏而痛苦。」

「這裡好像年輕人不多？」

「因為年輕人總要迷失一陣子才能回歸理性，才會熱愛那種透過表象看本質的快樂。這裡的人，你看不到他們有太多的憂傷，因為一個洞悉本質的人，是不會被表象牽動的。而且他們排斥人動物性的一面，他們覺得雖然人類文明已經高度發達，但是人類本身的進化卻非常緩慢，甚至和祖先差別不大，他們對這樣的進化速度並不滿意，他們想要的是一個有更高智慧的人類群體，剪除基因中自帶的那些劣根性，在未來登上其他星球，建設屬於人類的頂級文明。」

「聽起來真讓人羨慕，我可以定居在這裡嗎？」

「目前還不能，你的人生閱歷還太簡單，還停留在生存的表象當中，當然，也有一些蟲島人確實生活在佛島，但你還沒見到他們。從情感的角度來說，他們和佛島人一樣，無憂無慮，但是他們永遠都不會被認可為佛島人。」

「他們為什麼要來這裡？」

「基於他們自己的需要，基於佛島人的需要。」

「好吧，看來佛島也有種族歧視。」

「沒有，我就活得很好，應有盡有。」

「哈哈，這麼說來，人活得真不如貓。哎，我這次回去，是希望好好想想以後的事。我有一個朋友邀請我和她一起開拳館，她是蟲島的名人，我是有些心動的，但是你知道的，很多觀念就像鐵牆一樣擋著我，打破它們需要時間。如果是你，你會選擇去做一件成敗難定但是你想做的事，還是會做一件不會失敗但是你不想做的事？」

「貓不會自己騙自己。」

「可是如果，我是說如果，選擇之後失敗了怎麼辦？」

「失敗，那是未來的事。我們貓的世界裡，沒有未來這個概念。」

「沒有未來？」我突然間意識到，原來未來也只是一個概念。

「我們貓過著百分之百真實的生活，我們只有當下。如果想抓老鼠就去抓，從不會去想沒抓到怎麼辦。」

「你們會在意別人的看法嗎？」

「這個問題很蠢，我們貓只管自己，不管別人。」

「對哦，我們管不了別人……」

轉眼就走到了電梯門口，我抱起了馬可，蹭了蹭牠的腦袋。馬可真是好聞，頭殼的前調是柑橘，中調是焦糖，後調是肉桂，很清新又有安全感，「我會很快回來找你的！」

「會嗎？」馬可看著我的眼睛。

「怎麼了，不相信我啊？」我覺得牠的口氣很怪。

電梯很快就開了，我走了進去。

「記住，我們在佛島的七十七街，$\sqrt{7}$棟。每個七的倍數日，蟲島通往佛島的電梯會開放，你務必在早上七點按下密碼，才能來到佛島。」馬可站在電梯旁門口，又詳細地對我描述了一遍地址。

我點點頭，電梯門很快關閉，又是一陣眩暈的晃動，不過因為這次比上次多了心理建設，感覺並沒有那麼難挨就已經抵達了蟲島。「終於到了！」電梯門打開，我大大鬆一口氣，三步併作兩步地走出蟲島大廈。

已經是晚上十一點，蟲島大廈依然是燈火通明。這座大廈分A、B、C三座，我以前只覺得這三座樓放在一起，像是三個突起的小山，今晚仔細看了看，突然覺得像是三隻螺，作為蟲島的地標性建築，這裡彙聚了蟲島最大的商業集團，名校生們以能夠來這裡上班為榮。在這裡，有些人從白天上班到深夜，有些人從深夜上班到傍晚，並沒有清晰的白天黑夜之分，還有一些壓根不喜歡睡覺的人甚至可以每天從清晨工作到半夜。每個人都像是在參加奧林匹克比賽，希望自己更高、更快、更強，以免被別人那麼輕鬆地落下。我看著來來往往的人心想，這些人終日忙忙碌碌，卻不知道自己每天坐的電梯只需按下一串神奇密碼，就可以去一個令人嚮往的世外桃源。

我準備開車回去，突然看到一個熟悉的身影，是林黛絲。她向我這邊看了一眼很快就扭過頭去，轉身走進了蟲島大廈對面的海馬體咖啡廳，她似乎在等人，但是看起來有些心緒不寧。「原來她也有慌裡慌張的一面。」我和林黛絲從同一所大學畢業，雖然都是校友，但我很質疑她在學業上的資質，大學的時候，她的成績很差，我一度懷疑，她到底是經歷了多大的超常發揮才進到蟲島中央大學。但是畢業幾年後，不得不承認，她顯然混得更加如魚得水。剛進入公司的時候，我們的工作業績相差無幾，我甚至略勝一籌，但她後來拉到了一個重要資源，於是很快被委以重任。再後來，她這種拉資源的能力不斷彰顯，我們在層級上的距離也漸行漸遠。林黛絲大小姐脾氣十足，常常一言不合就發飆，很多同事都對她敬而遠之，據說，她的每一任男朋友都會被她折磨得早早開溜。即便如此，這些年來她一直穩坐泰山，沒人能拿她怎麼樣。而我，雖然能力不差，人緣不錯，一直拼了命想進核心部門，可是總在重要關頭差那麼一點，時間久了，也不再用奢望折磨自己，能在邊緣部門做一個主管不被裁掉已經是皆大歡喜。

已經很晚了，想起不快樂的陳年舊事更讓人疲憊，彼此迴避是正確的決定。但凡讓我不高興的人和事，我都不去看、不去聽、不去想，畢竟明天要精力滿滿地去衝浪。

九

第二天，我來到了黑鯊灘。

站在海上，踩過一波又一波的海浪，烏雲低沉，彷彿要壓我入海，海風越吹越起勁，我也一浪迭一浪地越加振奮。人很難同時感到渺小又偉大，只有衝浪時例外。徜徉在海洋之中會覺得自己與任何一滴海水並無不同，但你又因為駕馭海浪而對自己發出讚嘆。當你與海浪融為一體，所有的煩惱都會讓位於大海的心跳，大海的韻律中，我不再是蟲島的一分子，而是海的女兒。

突然間，一陣颶風中斷了節奏，我被巨浪捲入了海中。此時的我力氣已經消耗大半，水流的力量裹挾著我，我拼命游向岸邊，精疲力竭地倒在了沙灘上。躺在沙灘上，滿足與疲憊沉入身體深處，我雙眼半開半合，那些雜念漸漸復甦，我又想起了拉琪。我經常想起她，但那並不是一種想念，而是忍不住想起她的一切。

拉琪是大我三歲的童年玩伴，我們在一個街區長大，同屬於最下層的中產階級，她的父親是一名美術老師，而母親則是一個傳統意義上的家庭主婦，但是家庭主婦當久了耐不住寂寞，更何況長了一張人人都會流連忘返的漂亮臉蛋。突然有一天，她母親消失了，人們傳言她曾與某個富商在一起，多半是跟著富商跑了。從那以後，拉琪總是被鄰居們指指點點，朋友一下子少了很多。不過我還是願意和她在一起，因為她與別人不同，她似乎有種化一切為能量的本事，對她來說，那些沉重的黑暗彷彿並不是一種壓迫，而是一種更為洶湧的能量，讓她擁有更多，這種複雜的魅力令我十分著迷。我曾以為她會恨自己的母親，可她卻告訴我，她理解母親的抉擇，在蟲島，窮就是人間地獄，假如能找到一個人離開地獄也未嘗不可。她鄙視自己的父親，認為他空有才華卻毫無本事，眼睜睜看著自己的妻子和女兒遭受窮苦的折磨。母親離開之後，拉琪只能與父親相依為命。拉琪繼承了父親的審美素養與母親的美人基因，以至於你很難相信這樣一個美的化身是出生在下等街區。父親希望她上大學，但她並不相信窮人上大學就能變成富人，於是早早頂著一張與母親同樣漂亮的臉蛋開始在社會上謀取生存。她遺傳了母親那沒有情感的冷白皮膚，一雙褐色的深邃眸子鑲嵌在頂著褐色長捲髮的消瘦臉蛋上，細長的脖頸猶如蘭花的葉子，你無法拒絕她迷人的回眸一笑，少女時期的她就像是破布包裹著的名貴花瓶，沒人能忽視她獨有的光輝，因為美，你想要接近她，也因為美，你不敢靠近她。

真正的美人無須提醒就知道自己有蠱惑人心的特權，不過相對於那些以臉蛋為手段來獲取利益的清秀佳人，拉琪更懂得用這種特權為自己搭建階梯，兢兢業業，從未懈怠。如今的拉琪，早已將黑暗化為翅膀，從地獄爬上了天堂。她富有，知名，是諸多女性羨慕和模仿的對象。蠱島知名的女性機構「女性力量」（Women Power）由她創立，這幾年來成績可圈可點。由於激烈的貧富分化，蠱島很多女性要找到比自己更加富有的男性伴侶並不容易，加上女性獨立意識的崛起，單身女性日漸成為主流，拉琪順勢而為，把自己打造成新時代的女性偶像。她鼓勵女性反抗婚姻、生育自由、靠自己的能力賺取財富。她會在網路上秀出自己的生活——美麗、富有、單身、育有一對兒女，沒有人知道孩子的爸爸是誰，但是她告訴粉絲們這並不重要，一個女孩子不靠男人也可以有尊嚴地繁衍下一代。這種自給自足的瀟灑生活令女孩子們十分羨慕，羨慕她有顏有錢，羨慕她獨立勇敢。

畢竟我們曾經親密無間，我們在一個浴缸裡洗澡，一起對著鏡子比胸部的大小。只有我知道她曾經交往過三個改變命運的男朋友，完成了個人財富和資源的三級跳。第一任是一個小老闆，愛上了當時還是員工的她，瘋狂地追求她，想與她結婚，可是被她拒絕了，後來小老闆由於債務問題跑路，但依然留給她一筆不菲的生活費；第二任則是知名的畫家兼收藏家，稱她為靈感繆斯，以她為創作源泉的畫作曾經拍下了天價，不僅讓她賺到了錢，也讓她本人成為某種藝術符號，不少有身分的男士不僅收藏有以她為創作靈感的作品，也以與她交往為榮；第三任男友則是一個企業家，投資了讓她名聲大震的Women Power，雖然外部看來只是投資人，但其實是緊密的伴侶。這些男人給了她很多幫助，不過她沒有與任何一個人走進婚姻。我還記得，她與畫家分手之後，曾經那個小老闆來找過我，說他見不到拉琪想讓我幫幫他，他當時身攜鉅款，想帶拉琪去國外。可是拉琪拒絕見面，沒多久小老闆就因為財務問題進了監獄，刑期漫長，再也沒有機會一睹拉琪的芳容。

在社會打滾多年，讓拉琪比那些被教育過度規訓的女孩看起來更有江湖氣息，伴隨的是一種不受約束的生命力。不過每當接受媒體採訪，拉琪都會將江湖的那一面置之一旁，展現出頗有教養的精英氣息，一臉真摯地講起自己這些年兢兢業業的女性發展史，讓女孩子們相信她的成功可以複製。而一旦進入其他場合，她會為了目的成為任何人。雖說蟲島的階層已經僵化，但無疑，拉琪的出現像是一道裂痕，散發出誘人的光芒。當然，這背後的故事無人知曉，人們總是被偶像的光芒占據了耳目，很少留意她背後的影子。

我已經兩年沒見拉琪了，自從兩人的階層漸行漸遠，我們見面的次數越來越少，但是透過網路，我們依然是講話坦誠相見的老朋友，我像是她在華麗舞臺背後的一張舊沙發，累了倦了就輕輕停靠，總能找到久違的安全味道。有時我也會想，是不是自己也能走上那樣的舞臺，哪怕作為一個配角，看看聚光燈下的主角是什麼模樣？

被裁員和開拳館像是無縫接軌。拉琪一得知消息馬上就伸出了橄欖枝，這麼善意的邀請似乎找不到任何拒絕的理由，我與她如此地熟悉，多年的友誼奠定了合作的基礎，而她的名氣也會為這項事業添磚加瓦。老實說，選擇我更像是她對我的提攜，以拉琪的影響力，她不必非要找我。我的能力還沒有達到非我不可的程度。不過我一直都很熱愛運動，開拳館是我感興趣的事，更重要的是她願意讓我當合夥人，去統籌整個拳館的發展，這是我曾經在公司裡求而不得的。不過分析來分析去，我的內心依然像個劇團，主角高喊人生宏願，反方高喊此地危險，兩種想法來回拉鋸，我始終下不了決心。

我躺在沙灘上吹著海風，雙手揉搓著沙子。突然，我摸到一個硬殼狀的東西，抓出來一看居然是海螺。它巴掌大小，褐色的螺紋從下至上一環跟一環。它讓我想起了雅圖講的故事，我把它拿到耳邊聽了聽，果然像大海的聲音。我拿著拳頭大的海螺在手裡把玩，腦子裡的想法也像螺紋一樣盤旋。我突然萌生一個想法，如果螺紋是奇數，那就馬上給拉琪打電話，如果是偶數就繼續找工作。我閉著眼睛倒數計時，祈禱它是偶數，結果睜開眼數了好幾遍都是奇數。我只好撥通拉琪的電話，本想佯裝寒暄幾句，沒想到她單刀直入，邀我明天見面。

十

第二天上午，我準時抵達蟲島大廈對面的海馬體咖啡廳，剛坐定就有人向我耳朵後面吹氣。我抬頭一看是拉琪，她正笑容滿面地走向我對面的椅子。

「兩年多沒見了。」聲音很熟悉，但口氣已然像一個飽經沙場的女總裁。

「我可是天天有空，等著全民偶像施捨我一個下午。」

「瞧你說的，想通了？」

「還不是在等你當面指點我。」

「不放心我啊！」拉琪語氣責怪。

「拉琪姐，為什麼想到要找我？」

「因為你剛剛好。」

「剛剛好？」

「能力剛剛好，年齡剛剛好，性別剛剛好，最重要的，是信任剛剛好。」拉琪頓了一下，接著說，「比你年輕五歲我不要，年長五歲我也不要，是男的不要，不熟悉，絕對不要。」

「這麼苛刻的條件，你要開一家什麼樣的拳館？」

「蟲島首家女子拳館。」

「女子拳館？為什麼要限定性別？」

「我的粉絲都是追求獨立的女生，拳擊是勇者的對抗運動，來這裡她們可以感受到自己在變強大，變得敢於戰鬥，敢於對抗，更重要的是體會到Women Power的精神主旨，這種東西不是用語言就能表達的，一定要有一個場所，散發出那種氣息，形成那種文化，讓她們親身體會到。」

「這也太有挑戰性了，你覺得我做得到嗎？」

「當然可以，這家拳館你說了算。而且我願意分配股分給你。」

「股分？」

「對，你不再是一個工具人角色，而是又有決策權又有股分，不過呢，我會帶一些老人和錢過來，你最好也灑灑水，投一點錢進來，我對他們好交代，你也會更上心。」

「投多少？」

「一百萬島幣，百分之五的股權。當然，如果你投更多的錢，也可以開放到百分之八，其實你可以算一算，這個價格並不貴，一百萬都不夠一個季度的營運，我會當大股東，一千六百萬，而且會從我原有的公司裡拿出一個團隊供你差遣。至於你的職位名稱，怎麼樣好聽怎麼樣起就好了，反正你是他們的老闆。但是正式盈利之前你是不會有工資和分紅的，可能要過一段苦日子，不過不用太擔心，一開業就會來很多粉絲，苦日子不會很久。」

「你對粉絲的號召力太強了！」僅憑個人魅力就能如此一呼百應，我不禁心生羨慕。

「說穿了，表面上是我號召她們，實際上是她們需要被號召。」

「需要被號召？」

拉琪頓了頓，褐色的眼睛如琥珀般沉靜，「人之所以需要偶像，是因為她們認識到了自己的軟弱。她們沒有能力擁有自己的人生觀，所以需要給她們偶像，把她們空缺的部分補起來。她們模仿我的觀念，模仿我的衣食住行，都是在完整自己。」

「但她們畢竟不是你……」

拉琪聳聳肩，「這不重要，至少因為我，她們覺得人生有了另一種可能。你知道嗎？有很多粉絲為結婚發愁，後來受我影響，已經有不少粉絲開始尋覓優質精子，準備為自己生孩子了。」

「不結婚，然後生孩子？」

「是啊，孩子是生給自己的，又不是生給男人的。上帝給女人子宮是巨大的恩賜，可以自己製造血脈親人，男人就不行了，找不到女人十月懷胎，基因自然會被淘汰。」

對於她這番離經叛道的言論，我仍感到駭然，「你還是那麼酷。不過你的小孩有沒有跟你說，他們想要完整的家庭？」

「那需要定義什麼是完整的家庭。在這個世界上，有的家庭缺媽媽，有的家庭缺爸爸，有的家庭缺愛，有的家庭缺錢，每個家庭都會缺點什麼。我告訴他們，如果一個家庭父母齊全卻窮得叮噹作響，那才是不完整的家庭，應該叫孤兒家庭才對。」

「孤兒家庭？」

「這些孩子得不到父母的任何支持，難道不是孤兒嗎？」

回想自己過去這些年的處境，我竟然有種被說服的感覺。更讓我羨慕的是，她總是有能力脫離傳統束縛，根據現實變化創造出嶄新的觀念，而人類的世界就是觀念的世界，如果他們在舊世界裡覺得束縛，自然會迫不及待地奔向新世界。所以，這恐怕就是她能有那麼多信徒的原因。

「以後也不打算結婚了？」

拉琪搖搖頭。

「那些男友，你沒想過和他們結婚？」

「有一個我想過，不過我想，可能他以對我好的方式讓我放棄了婚姻的承諾。」

我有點不解。

拉琪看了看我，喝口咖啡不再解釋。

「他向你求婚，你會答應他嗎？」

「我不知道，你知道人生沒有回頭路。我們這種社會底層，就像是去羅馬赴宴的異鄉人，披星戴月、風雨無阻、流血流淚，為的就是和那些生在羅馬的人坐在一張桌子上吃飯，人家一小時的談笑風生，我們要走幾十年的路程。婚姻又算得了什麼呢？」

「對。有人生來就在羅馬，有人生來就是騾馬。」

「哈哈哈哈，有文采！你現在還挺幽默啊。」

「還好啊，我只是……理解你的選擇。以前我太死腦筋，總覺得三十歲前不結婚真是要命，現在也想開了。所謂婚姻，不過是一種觀念罷了，你不在意它，它也不會拿你怎麼樣。」其實我不知道自己是不是真的想開了，但是面對拉琪，我還是要起佛島學到的東西現學現賣。

「說對了！我奮鬥就是為了有僭越觀念的資格。所謂愛情，也不過是觀念的騙局，影視商人編些無腦故事賣給底層婦女賺得盆滿缽滿。而這些女孩呢，搞不清楚什麼重要，竟然真的追求起愛情來了。」

「可是……難道愛情不重要嗎？」

「根本不重要！這只是少數女人的特權而已。什麼是愛情？說到底只不過是人們喜歡漂亮聰明的人而已，這東西就像奢侈珠寶，沒有它，你照樣活得很好，但如果你想要又買不起，那才要你的命。如果這麼多年來我追尋的是愛情，那你只能在貧民窟裡見到我……」拉琪雙手撐著腰拱了拱肚子，瞪大了雙眼，「我可能挺著大肚子，哭哭啼啼地替那些貴婦生孩子。」

拉琪這番功利十足的話讓我脊背發涼。沉默半晌，我突然發現她的眉心有一道若隱若現的細紋，「每天會想很多嗎？現在混這麼好，會比小時候更快樂嗎？」

「一半的我更快樂，另一半的我更不快樂。如今，我的孩子讓我很快樂。」

「那你覺得你的思想會讓你的粉絲更快樂嗎？」

「偶像的責任不是讓粉絲快樂，而是讓粉絲狂熱。我不是什麼救世主，我只是給她們開一扇窗，有的人得到光明，有的人頭朝地，全看個人造化。」

「昨天我在想，可能你拉我開拳館，是因為我是你相信的人，可是我又想，這麼多年了，你周圍這麼多厲害的角色，選我似乎並不划算。」

「什麼是划算？信任是最大的划算。可是信任源於熟悉，可能我從小吃多了黑麵包，在那些吃魚子醬長大的人身上，沒有我熟悉的味道。」

「黑麵包真是永恆的記憶……」

「我倒是想忘記，可是一旦有人踩著我，我就會嘔吐，嘔吐那種熟悉的酸澀。」拉琪笑了笑，「你還記得那天放學我們都很餓，我從家裡偷了最後一塊黑麵包和你分著吃，被我父親發現了追著打嗎？」

「記得，怎麼會忘記，他拿皮帶抽你的背，你死不說麵包去哪了，可是那天我真的吃飽了，你用皮帶換來的。」

「我對父母沒有什麼感情，他們的存在只會提醒我為什麼投胎在人間地獄。但是你不一樣，你是親妹妹一樣的存在，這些年我已經習慣了一個戴著殼的拉琪，只有你，讓我還是原來那個小拉琪，那個摸著你胸口睡覺的小拉琪。所以我只能想到你，只有你和我一起做事，我才能睡得安穩，分錢給你，我比自己掙錢還高興。」

「可是我這麼久都沒回復你……」

「誰的日子都沒那麼好過，我知道你會在適合的時候來找我，我有感覺。梨子，只有信任，信任讓我覺得這個世界有希望，等你有孩子你就知道了，被人無條件地信任是多麼幸福，你會覺得一切都值了。」

「其實我今天來找你就是心裡放不下你說的事，這是讓我重啟人生的一次機會。」

「梨子，是我們一起重啟人生，像小時候那樣，簡單乾淨的人生。」

「如果我的加入可以讓你有更多安全感……」我竟有些語塞，只好點點頭，「我回去清點一下。」

「太好了梨子，我等你這句話很久了！」拉琪走過來抱緊了我，我又一次緊貼著她蘭花葉子一般纖柔的脖頸，是我熟悉的晚香玉氣息，我送她的第一款香水的味道。雖然只是一瓶廉價香水，但也是我在那個年紀所能負擔的最好東西。收到禮物時，拉琪很開心，在她的手腕噴了噴，又在我的手腕噴了噴。我聞了聞她，又聞了聞自己，驚詫地發現同樣的香水在我們身上竟然是不一樣的味道，在我這裡只是一種膚淺的溫暖，然而在她身上，氣息變得纖細、溫柔，像是某種繾綣的曖昧，那種氛圍讓你卸下戒備，落入專屬於她的小宇宙之中。

Chapter 03

「看！窮人！」

你的想法只是你的幻覺，它並不是真實的你。
為了適應社會，我們多多少少會演一些不適合自己的角色。

一

回到家之後，我開始整理自己所有的銀行帳戶，湊來湊去才發現只有四十萬島幣，不過這些年我陸續在母親那裡存了六十萬讓她打理，我想問問她能不能把錢轉回來給我。剛準備撥電話時，另一個電話打了進來。

「梨子小姐您好，我們這裡是Blueart（蔚藍無限）人力資源部。」

Blueart？這個名字讓我血壓陡升。大學畢業時，很多人都很想去這家公司，它和瑞興是同一領域，但是瑞興屈居第二，它才是揚名國際的第一大巨頭，無論是規模、獲利率、員工素質都甩出瑞興一條街。雖然能夠進入瑞興已經足以讓大多數人羨慕，但是能進入Blueart的人，才是所有人眼中真正的佼佼者。對方說在網路看到了我的履歷，認為我非常適合他們核心部門的二級管理職位。這樣的職位是我曾經在瑞興公司求而不得的，本以為再也與這些公司無緣，結果Blueart自行送上門來。

「梨子小姐，有時候評估體系的不完善可能會讓一個人才得不到應有的待遇，但是這樣的情況在Blueart是很少見的，我們相當仔細地看了您的履歷，有非常強的忠誠度和連續性，而且您曾經做的New Life項目給我們留下了非常深刻的印象，雖然沒有完全落實，但是有很強的前瞻性，這種能力是Blueart非常看重的。所以我們認為目前的這個職位非常適合您。而且這個職位的薪資比您之前的職位至少上浮百分之三十以上，是比較有競爭力的，我們很期待能與您見面溝通。」

「哦，我近期還有一些其他機會，您能容我考慮一下嗎？」

「當然可以，優秀的人才總會有很多機會，我們非常理解，也非常幸運能夠找到您這麼優秀的候選人。不過呢，作為業內頂級的公司，我們也具備絕對的自信，可以讓真正的人才在入職之後對我們非常滿意，希望您能優先考慮我們公司。同時也想跟您私下悄悄說……」對方壓低了聲音，「這個職位的選拔不僅是我一個人在做，我希望其他同事不要把能力經驗都不如您的候選人安在屬於您的位置上，所以，如果您方便的話，希望我們可以見面詳聊，部門老大顧總把您的履歷放在第一個喔，如果到時候雙方聊得滿意，可能當場就會給出offer，offer就像女人的包包，總是不會嫌多的，對嗎？」

「明白，我考慮一下。」對方的一番說辭讓我很難拒絕。

「那我把地址和櫃檯電話一併電郵給您，如果您方便的話，我們後天上午十點見。」

掛了電話後，我的腦子裡嗡嗡作響，鎮定片刻還是決定打電話給母親，然而剛說出拳館的事電話就被掛斷。過沒多久，母親徑直衝進了客廳。

「不要去！」這是她進門的第一句話。

「我已經答應拉琪了。」

「那現在就拒絕她。」

「我都答應了，為什麼要出爾反爾？」

「為什麼要出爾反爾？好，我告訴你理由！」母親嚴詞厲色，俯瞰著沙發上的我，「你外婆出生的年代，人和人站在一個平面上，所以你今天才能睡在她留下的公寓裡。可是現在世界變了，人就像放涼的稀飯一樣分了層，論不幸，我們在下層，但論萬幸，我們還沒到底……」

「這些我早就知道，不需要再提醒我。」母親當了半輩子老師，我受夠了她那堆迂腐的陳詞濫調。

「不，你活得太短，還配不上明白真相。我們這樣的階層，是體面的可憐人，一場重病、荒唐的投資、突然的失業，一眨眼就能讓你墮入底層。你沒有丈夫，沒有萬貫家財，你覺得你有什麼資格折騰？」

「有必要這麼無限上綱嗎？我只是跟拉琪去試試，失敗了我還可以繼續上班。」

「拉琪是什麼人，難道我們這個社區的人不知道嗎？是，她現在成功了，所以把難看的事情掃到腳底下，但這不代表不存在，你跟著她混，如果沒有成功，她還是拉琪，而你卻壞了名聲。好端端地，狄森屏為什麼不聯繫你？還不是因為看不上你，你現在連他都留不住，等你年齡大了名聲壞了，還有誰能讓你選擇？」

「我們只是不適合，我需要找適合的人。」

「適合的人在哪裡？你覺得蟲島的男人會摳了眼珠子愛上一個身無分文的老灰姑娘嗎？」

「難道人活著一定要結婚嗎？你結婚之後很幸福嗎？我現在四肢健全，身心正常，有自己的興趣愛好，這樣活著有什麼錯？」

「你沒有錯，錯的是你的人生！你知道一個墮入底層的單身女人會經歷什麼？每個男人都覺得你可以欺負，每個女人都會認為你是一個奇葩。那個時候，你會發現你的高等教育沒有屁用，每天只能為了芝麻粒大的利益你死我活。你還衝浪、搞藝術……你那點小中產階級自以為是的趣味只會成為別人的眼中釘、肉中刺，誰路過都會踩你一下，發洩自己向上而不得的絕望。這樣的日子你不會有一分鐘好過，過了中年無兒無女，你連內衣都買不起，只能坐在大街上凸著乳頭晒太陽。」

「媽媽啊，雖然我覺得我和你一點也不像，但是刻薄這一點上我真是永遠比不上你。如果你想羞辱我，大可扇我耳光，沒必要把這些噁心的情節安排在我的頭上！」

「我說的不是劇情……」

「你說的是什麼？你自己的人生經歷？」我對她完全喪失了耐心。

「我說的是你外婆。」母親緊抿著嘴唇，脖頸上的青筋暴了起來。

「呵，連死人你也不放過？外婆怎麼可能這樣，從我懂事以來，她就是喜歡待在屋子裡看書的人，她的靈魂比你高貴一百倍！」

「是，這是你的外婆。可是我的母親不是這樣的，她的一生受盡了屈辱，而且慷慨地把這份屈辱分給女兒一大半。」

「你在說什麼？」我知道她很討厭外婆，但這樣的話還是讓我很震驚。

「我告訴你，現在去找一份好工作，沒了狄森屏你還能找到別人，但是如果你跟了拉琪，如果你失敗了，你會一無所有，你連不結婚的資格都沒有，到時候你才是真正的被迫選擇婚姻。跟沒有受過教育的爛男人生一堆傻孩子，把自己的人生糟蹋進糞溝裡。」

「你不要再說了！」她說的場景實在太可怕，我一句話都聽不下去，「我的人生我自己負責！」

「梨子，不要以為生活艱難就值得放棄，一份艱難的生活已經來之不易。我一直說你的腦子比你弟弟的好用，這下好了，他會看著自己的姊姊如何犯蠢，如何把一手好牌打爛自毀人生。」

「又跟我說弟弟？如果你當初沒有生他，我怎麼會出現在外婆家？你站在這裡覺得教訓我很有資格？你作為一個女人，對得起『女人』二字嗎？在學校裡當學生的道德使者，可是在家裡卻用不齒的方式對待你的親生女兒。你對我說話很硬，但是你骨頭很軟，你永遠看著爸爸的臉色行事，你怕他拋棄你，怕你成為別人眼裡的沒人要的女人，你們多久沒做過愛了？你以為他是自我解決的嗎？你身上的花花綠綠你以為我不知道嗎？噢，我的母親可真酷啊，白天當老師，晚上參加『紋身派對』！」

母親終於不說話了，站在那裡紅著眼眶全身顫抖。

「你覺得不結婚是十八層地獄，還要把自己的枷鎖傳承給我，我告訴你，你這種結了婚每天自取其辱的人下的是第十九層地獄！我不結婚養不起自己，我會自我了結，至少不會貪生怕死地受盡屈辱。」說完這番話後，我只覺得自己快要爆炸了，轉身進了臥室。

我躺在床上眼淚直流，我不明白，為什麼我就不能有一個溫暖的家庭，有一個善解人意的母親，想做什麼就可以大膽地去做，而是關在這裡像一個被命運操縱的小丑，平白無故地承受這些不幸。我勤懇努力了這麼多年，可是依然看不到愛、看不到希望、看不到自由，只看到一個人黑漆漆地負重前行。我到底做錯了什麼，要承受這樣的命運？我不知道我這樣的人活一輩子到底是為了什麼。

我在床上躺到天黑，走出臥室才發現，黑漆漆之中，母親居然還坐在那裡。我不想與她說話，叼著菸直接走向冰箱。突然她張了口，眼神裡滿是恐懼，「不要去，你罵我可以，但是你不要去，時代不同了，我不能眼睜睜地看你墮入谷底。」

我猛吸一口菸沒有說話。她又看了我一眼，然後起身離開了。我看著半明半暗的菸頭愣了好久。

二

日期：二月十九日

母親的話讓我徹底失眠了。

好久沒刷新社群網路，連刷了一晚是滿滿的失落。林黛絲和啟明公司談下一個很大的戰略合作專案，前同事們一副皆大歡喜的樣子；久未謀面的Niki在老公的資助下開起了高級整形醫院，過了這麼多年，眼看著她越變越年輕，越變越漂亮，甚至登上了女企業家雜誌的專訪；以前總被大家嘲笑腦袋空空的班花Amanda，最近搖身一變，作為董事長特助奔赴美國敲鐘結婚，成為財務自由的女人。這一切似乎與我有關，但實際上全然無關，過去的日子，對外界保持無視已經成為一種自我保護，沒有什麼比告訴別人自己失業更慘了。

人到底在追求什麼呢？追求自己喜歡的就是正確的嗎？還是說應該追求正確的而不在乎自己喜不喜歡？抑或是說所謂的正確只是一種強加的觀念，在靈魂的滿足面前不存在所謂的正確可言？

我該怎麼辦？

寫完日記我又在家裡昏睡了一天，直到第三天清晨，我看了看衣櫥，還是決定梳妝整理去Blueart面試。經過了幾輪溝通和盤問，他們幾個有決定權的主管都對我印象不錯，顧總一直很認真地聆聽我的想法，看起來是一個很有耐心的老闆，面試結束竟然當場給了offer，月薪可以提升百分之四十，但是限我一週之內給出答覆。

三

回到家裡，拉琪已經在催著我盡快上班，但是母親的話依然在我腦子裡盤旋，與同學們的落差感也讓我心思沉悶。我在紙上不斷地寫出Blueart和拉琪，不停地思考去任何一方的理由，我甚至開始抓鬮，反反復復地想得到一個不費力的答案，可來來回回總是不能如願。我像是騎在高牆上的人，落向任何一方，都讓我恐懼不已。

許久之後我決定反向思考，問自己有什麼理由不去Blueart：我窮，我有工作經驗，這是我身分的特徵，而這種人最好的選擇就是憑藉這份經驗去幹一份薪水豐厚的工作。如果去了拉琪那裡，我沒有足夠的錢購買股分，短期內也不會賺到更多的錢，母親會反對我，周圍的人會看不懂我，如果項目失敗，我很難找到比以前更好的前途。可是如果去了Blueart，無論是公司的排場還是自己的薪水，都足以讓母親非常驕傲；很多我以前想買又買不起的東西，終於可以毫無負擔地擁有；那些明裡暗裡搞攀比的聚會，我也不再會心虛。這一切難道不是自由嗎？我想要的所謂自由又是什麼呢？選擇Blueart，每一個好處都很明顯，除了工作不喜歡，所有好處都喜歡。

可是，我已經答應了拉琪，也決定了要奔赴一份喜歡的工作，我不能違背承諾，更不該背叛自己。

來回的精神撕扯讓我疲憊不堪，為了轉移焦慮，我又開始不停地做蠟燭，我試圖重新做出那個被荊棘束縛的維納斯，自從她被摔碎之後，我就一直念念不忘。經歷了三天的勞作，就差她周圍的劍了，可是材料居然不夠了。我放下工具，開車去工藝品店。採購完材料將近傍晚，夕陽沿著高樓間的縫隙落向馬路的盡頭。此時，對進入黑暗的恐懼讓人的焦慮走向高峰，我突然很怕回家，回家就要面臨黑夜，面臨我無法承擔的兩難抉擇。我無處可去，只好靠著車抽菸，一根接一根，大腦逐漸麻木。

「看，窮人！」一個小男孩拉著母親走了過來，母親朝著我的方向下意識地點了點頭。我順著孩子的目光，才意識到他在看著我的車子商標。我回過神來，想說孩子真沒有教養，卻發現那母親已經頭也不回地走了很遠，華貴衣服包裹的背影在夕陽下熠熠發光。

這時電話響了。

「梨子小姐，告訴您一個好消息，公司今天發布了一項新的薪資制度，年薪從十三個月提升到十五個月，相比在瑞興多發三個月呢，一年到手接近翻倍。您一定要好好考慮。」

聽到翻倍的時候我心裡抽了一下，只覺得口乾舌燥，看著天邊只剩下最後一絲殘陽，我深吸一口氣，「下週一。」

「哦……您是說？」

「入職。」我都沒想到自己會說出這兩個字，說完這兩個字我陷入了恍惚，對方回應了什麼我完全聽不到，只覺得那一瞬間時間停滯了，一種巨大的釋放感從頭頂落到腳底，終於不用再想了，塵埃落定是解脫焦慮的最好辦法。

接完電話我掐滅菸頭上了車，開向拉琪公司的方向。我心裡很抱歉，但我害怕又度過一個糾結難寐的夜晚。

四

我到了拉琪的拳館，裝潢已經做得有聲有色，看起來開業在即。

「這麼著急找我，迫不及待來上班啦？」拉琪笑著把我迎進了辦公室。

「對不起，拉琪姐，我可能來不了了。」

「來不了？」拉琪的嘴角微微抽動，「我還正準備找律師變更股權合約呢。」

「Blueart，就是那個畢業的時候我想去的公司，找我去做核心部門一個比較重要的位置。」

「哦。」拉琪點點頭。

「對不起，拉琪姐，辜負你的期望了，這個職位值得更優秀的人。」

「是嗎，如果你真這麼想，早就迫不及待加入了。」

「實在抱歉，其實我很想來，但是我母親還是希望我有一個固定發月薪的工作，你知道的，雖然她沒怎麼養我，我還是放不下她。他們老了，經不住風險，為這個和我大吵了一架。」

「這麼多年了，你還是在爛泥裡游泳啊……月薪的誘惑力對你就這麼大？」

月薪的誘惑？我突然被這個奇怪的問題問住了。

「梨子，我知道你的情況。我也支持你的任何決定，不過也打算跟你說點從不跟員工說的話。」

「什麼話？」

「月薪，是一種奴役人的騙局。」

「騙局？」人去公司上班，公司給人發錢，這再正常不過了，怎麼會是騙局呢？我對這無厘頭的說法感到詫異。

「它會瓦解你對於長遠期望的信心，也讓你永遠學不會──延遲滿足。」看到我困惑的表情，拉琪接著說，「月薪可以像毒品一樣操控人，它是一種非常成熟的馴養制度。在蟲島呢，小孩要先進學校進行初步馴養，長大之後就是進入公司，以短暫的週期化獎勵機制作為貫穿終身的馴養。」

「馴養」這個字眼聽起來很刺耳，我有些不悅，「拉琪姐，我知道你事業很成功，但你不需要用你的成功來否定別人。至少在我看來，上學並不是馴養那麼簡單，我們可以學到很多東西。上班也並不是完全奴役你，你會感受到很多榮譽，看到很多優秀的人，這些絕不是『馴養』二字就可以粗暴定義的。」

「哦，我不上學也能學到很多東西，並不比你少。在你上學的那些年，我在社會上闖蕩，每當看著你們急忙忙地衝向學校，我都會思考一個問題：人在最衝動無知、充滿野性的年紀被學校集中管束，到底是為了保障社會秩序，還是教給他們人生的真諦？」看著我不屑的眼神，拉琪繼續說，「至於你說的那些優秀的人，不可否認，他們幹活的時候確實很有效率，但他們好像從來沒有長大，和那些小時候熱衷收集卡牌的孩子沒兩樣，不斷地考證照，不斷地完成KPI，不斷地窺測別人的成就以安慰自己不算落後，社會認可什麼他就衝去幹什麼，還冠冕堂皇說體面、成就感，每當別人誇他聰明能幹，為不值錢的幾個大字也會高興得兩眼發光，成就感是他們最喜歡的詞了，你想想，對於老闆而言，有成就感的員工更划算還是沒有成就感的員工更划算？這到底是一種福利還是一種高水準的奴役？」

拉琪的每句話都刀刀見血，讓我滿臉通紅，「拉琪姐，你是直接了當在侮辱我嗎？不好意思，你說的人，恰好就是我。」

「我無意掃射。我這是愛你，提醒你世界不是你想的那麼小。」

「可是我就算是加入了你，我也需要不斷地完成KPI，不斷地證明自己的工作能力，如果你誇我能幹，我確實會高興得兩眼風光。這樣又怎麼了呢？這樣很蠢嗎？如果這樣是蠢的話，那我加入你，不就坐實了我是個蠢人？」

「好啦，是我的錯，說話難聽了，你違約還不許我說你兩句了。」拉琪拍了拍我的肩膀，突然善解人意地笑了，「你不是喜歡貓嗎，我帶你看一樣貓最喜歡的東西。」拉琪摟著我的肩膀走向書架，書架竟然是一個隱形門，推開後裡面是一個暗室，角落裡竟然養著一隻小白鼠。「我透過這個籠子觀察人類。」拉琪朝我眨了眨眼睛，「牠的名字叫祕密。」她往餵食器裡放了幾匙飼料，小白鼠在下面的按鍵上瘋狂跳動，飼料應聲下落，「我們人類，在遠古時代是會捕獵的，現在的人早就不會了。他們只會等著工資入帳。大多數人就像是餵食器下面的小白鼠，在牠的一生中，從來都不知道獲得食物還有其他的方法，牠只知道食物來自餵食器，每按一下，就會得到一粒食物，不按就什麼也沒有。於是，在得到食物的時候，牠貪婪；在兩次按鍵之間，牠焦慮。牠的鼠生就是貪婪─焦慮─貪婪─焦慮……所以牠不停地按呀按，可是如果餵食器的主人不朝裡面放糧食了，牠就再也按不出來了，你把牠放出去，牠也早已失去了野性，白白地等著餓死。牠們看起來白白嫩嫩，被豢養得十分體面，可那些髒兮兮的野老鼠比牠們更有資格代表生命，牠們四處覓食，有時多有時少，有時會把多的藏起來，有時會吃不到餓肚子，但牠們掌握生命的真諦。」

我討厭老鼠，看到小白鼠在裡面上上下下，我感到一陣噁心，伴隨著拉琪的那些隱喻，我感到胸口發悶，眼前的這一切都讓我眩暈。

「我養著牠就是提醒自己，自由來之不易，不要因為眼前的一點點好處就輕易止步。自由從不像那些懶人想的什麼也不做，它需要你擲出巨大的籌碼，忍耐誘惑的煎熬。」

拉琪像小時候那樣刮了一下我的鼻子，拉著我從暗室出來，遞給我一杯水。

「梨子，其實人生很簡單。」拉琪點燃了一根菸，抱著手臂看向窗外，「你要想兩件事：我不想怎麼活？我不想怎麼死？這樣就會大事變小事，小事變沒事，剩下最重要的一兩件事。」

我腦子很亂，不知道該說什麼。此時此刻，我重新審視著拉琪，她遠沒有我想像中那麼熟悉。有時，一個女人會羨慕另一個女人，但這種羨慕並不純粹，夾雜著某種技不如人的屈辱感。

「好啦！」拉琪拍了拍我的肩膀，「膽小鬼，竟然能被小白鼠嚇到！我晚上有飯局就先不陪你了，你說的話我懂，不過我等你，未來三個月，後悔了隨時來找我，大門朝你敞開。」

拉琪換上了一件露背禮服，拎著包離開了。我一個人站在辦公室裡，看著她背上的棱角被光刻成刀鋒。

五

週一，我踏入了Blueart的大門。一個月後，我終於摸清了自己所處的環境。

整個公司分為三大派系。

第一大派系是嫡系派，人數最多。這部分人大學畢業時經歷了嚴格的篩選進入公司，是被公司認為最具有忠誠度和培養價值的那批人。他們在一開始就受到重點式的指導，並且有管理層做導師，如果你很幸運一開始就跟上了一個大有前途的管理層，那麼自己也會跟著雞犬升天。這部分人升上去之後，也更願意提拔與自己背景類似的後輩，一屆接一屆，如同金字塔網路一般，這部分人的天花板主要集中在中層和高層的副職，再向上就很少了。

第二大派系是貴族派，人數最少。董事長為了保持壟斷優勢，引入了一位大人物的女兒做執行長。一方面，她是整個公司的雷達加資源管道；另一方面，她基於自己的背景可以引入更多有類似背景的人，這些人在特定的國家或者特定的企業都有可以掌控的資源，幫助Blueart贏得全球性的優勢。一個不經意，你就能遇到一些身分低調的小國貴族，他們會從Blueart和自己國家的合作中賺取巨大的家族利益，甚至有些人的家族在當地執掌政府大權，其所控制的政府被Blueart大力扶持，成了既有行政權利又能發行股票的上市政府。

第三大派系是野戰派，這部分人都是社會招募的，雖然學歷背景有高低之分，但普遍都是因為在社會上有一番不錯的成就才被招了進來。然而，這部分人之所以過往很突出，往往都是因為有著很強的競爭精神，不少人都是典型的馬基維利主義者，所以彼此間的提防、表演與試探都是常態。不過，由於沒有足夠的背景加持，這部分人每向前一步都要付出更大的犧牲。雖然偶爾有人露頭向上，但整體上很難形成自己的勢力，在發展當中也是最不受寵的那一類。

很不幸，我只能被歸為第三類。

雖然嫡系派的成員們都很想靠攏貴族派，但貴族派相對封閉，除了正常的協作，很少會把嫡系派當自己人，尤其是頂級的資源，嫡系派是不可望也不可即的。不過，嫡系派人數眾多，是公司員工氛圍的主要源頭。而且他們一畢業就進入了Blueart，很年輕就過上了相對優渥的白領生活，步伐不停地向上看，幾乎個個都是非常典型的布爾喬亞做派。

在嫡系派的人眼裡，公司既是戰場也是秀場。優渥的薪資待遇和奢華的辦公環境，在女士們身上充分地發揮了地毯效應。茶餘飯後，大家更喜歡旁敲側擊地了解彼此先生的職業、居住位置、有幾個打掃阿姨，根據每個人透露出的狀況分出派別，私下形成更對等的交流關係。而我，一個底層出身的野戰派，只能在她們聊起家事時佯裝去洗手間透口氣。但人是無法免俗的，為了配得上這高大上的環境，我一個月買了三個包包和兩套珠寶用於日常的商務場合，還未入帳的月薪早早成為工作成本。不過，這只是維持平淡的日常而已。在嫡系派的女士那裡，緊致飽滿的肌膚、無須為生活掙扎的鬆弛感、盈盈可握的小腿曲線，都是在告訴別人你在過好日子，你要彰顯的是從沒有吃過苦的肉體和小錢買不來的品位。如果你用力過猛、LOGO包身，一定會貽笑大方，這意味著你尚未過順好日子，還處於那種極需證明自己的緊繃感中。某位新來的野戰派女士就犯了這樣的錯誤，長久的勤奮工作讓她看起來頗為枯槁，本以為全副武裝就能換來平等眼光，卻沒想到只換來茶水間的訕笑。自此之後，你發現她已經不知道該穿什麼了，每天的上班成了自我表達的尷尬之旅。

如果只是這些無聊的瑣碎，那也算可以忍耐，後來發生的事才讓我跌破眼鏡。

我的頂頭上司顧德曼是出了名的實力派，而且看起來非常紳士。他個頭中等，但勝在身材清爽結實，平直濃眉下的一對星眼十分有神，面中是南洋華人常有的鼻樑，但並不顯得粗笨，反而與他方下巴上那曲線分明的嘴唇形成了分量上的互補。這一切都讓人相信他是一個正經耿直的翩翩君子。可是突然有一天，他的太太衝進辦公室，認定他與一個女下屬有染，戰鬥的號角還沒拉響，就已經有兩個女同事站出來把她拉進了會議室，對著她各種舉證以說明顧德曼並沒有出軌，只是一場誤會。沒想到顧太太一聽就信，閒聊一會兒後說要去樓下的商場買套珠寶舒緩一下情緒。如果只是這一幕，那它還不能被稱作故事，後來我才知道，那兩個女同事也與顧德曼有染，她們對這個太太並無同情，只是無條件維護顧德曼的娘子軍。在顧德曼的團隊裡，有一種難得的重用女將的氛圍，女將們皆為單身，對顧德曼安排的工作勞心勞力，彼此之間也相互較勁，形成了一種高度忠誠加高度競爭的強勢團隊。顧德曼為了鞏固自己的權力，和下面的女性都有不清不楚的關係。她們如同後宮的妃嬪，與顧德曼保持著且敬且親的微妙距離，據說曾有一個動了心思想把顧太太取而代之，很快以瀆職理由被清理，後來就再也沒有人生出危險的奢望。據說顧德曼有一個愛好，就是去人肉自己部門的候選人，腿長、胸大是重要指標，所以我很懷疑他是出於什麼原因選中我。聽說顧德曼從來都不會強迫女生，他只是習慣在出差的時候約女生進房間正經八百地聊工作，然後讓你感到他十分信任你、欣賞你，創造出一種你在他心中獨一無二的幻想，然後接著一步步地，你被自己的幻想帶入他的後宮，進入一種微妙的控制關係，享用那些祕密的利益。

六

很快我就發現，一個更成熟的公司會有更成熟的等級制度和更繁複的流程，這一切都讓人充滿安全感，但也沒有那麼多新鮮感。更像是從一個熟悉的地方到了另一個熟悉的地方，而這種熟悉，就是忍耐了多年的厭倦。

不過我早有心理建設，反復告訴自己不要和錢過不去，而且不管在哪裡，都應該珍視自己的職場聲譽，還是應當兢兢業業地做出些成績，所以每一天我都打起精神，盡可能把工作做到盡善盡美。剛來不久就給公司提出了一個創新提案，顧德曼認為雖然不算成熟但對他很有啟發，在入職一個半月的時候，顧德曼要出差進行一場很重要的談判，示意我與他同行。

我們抵達當地已經是晚上，當我正準備睡覺時忽然收到顧德曼的訊息：「梨子，剛來Blueart不要綁手綁腳，放心大膽地做，有任何困擾隨時可以找我。」

我回復：「好的，顧總。」

過了五分鐘又有訊息進來，「今天這個專案，我覺得你執行得不錯，但是還有一些地方需要完善，晚上好好想想，明天會迎來艱難的談判。」

「好的，我會加班補強一下。」

「我這裡有一些機密資料，你應該還沒看過，我現在還沒睡，你過來拿吧，等會兒我可要睡覺了，房號一一一一。」

看到這條訊息，我只好去找他。進入房間後，我發現確實有一大堆資料。「真的在工作。」我心裡鬆了大大一口氣。

他拿出一疊拇指厚的資料遞給我，「這些看過了嗎？」

「還沒有，我需要熟悉一下。」

「沒關係，你先在我這裡翻一翻，給你大概講明白了，我再睡覺。」

我心裡有些惴惴不安，他到底在想什麼，要講多久？不過翻開資料之後我發現，內容確實晦澀難懂，有很多前瞻性的概念之前在公司內部並沒有提過，而且很多核心資料和最新的研究成果對合作方很有說服力，我必須弄清楚其中的邏輯才能在談判中發揮作用。我邊看邊問，顧德曼耐心解惑，甚至提出一些我沒有看出的關鍵性問題。不得不承認，他確實是Blueart不可多得的人才，眼光很有前瞻性，對於大多數同行感到困惑的問題能夠一針見血地說出本質，著實讓人有恍然大悟的感覺。有那麼一瞬間我覺得自己是不是太狹隘了，輕信了公司裡的那些流言，畢竟他身居高位，覬覦的人很多，難免被謠言中傷，而且蒼蠅不叮無縫的蛋，我不主動，他也不能拿我怎麼樣。但是畢竟很晚了，高強度的資訊吸收讓我疲憊不堪。

「是不是睏了，喝點茶吧，再堅持一會就可以搞定了。」

我接過茶，心想這麼勤勉的老闆真是少見。一飲而盡之後我的精神似乎真的有所振奮，我決心集中精力把硬骨頭啃下去。可是過了一會兒，我感覺空氣好熱，大腿內側似乎有一股熱流湧向頭頂。我一抬頭，看到顧德曼看著我，莫名地，我覺得他身上散發出一種迷人的光暈，時間和空間都變得模糊、黏稠，我似乎可以聽到他的心跳，他的呼吸也開始變得柔軟，我的大腦開始鬆動，各種難以描述的欲望在縫隙中來回游走。

「梨子，還是睏嗎？」

「沒有，我只是……只是覺得你好像有點……」

「有點什麼？」

「嗯……好像有點……有點迷人……」

他沒有說話，似乎含情脈脈地看著我。

我突然很想笑，「你的眉毛很漂亮，特別像雨後的山，看起來好縹緲。」

「是嗎，第一次聽人這樣說。」

我向他伸出了右手，他自然地探過頭來。我用手滑動著他的眉弓，感受著光影在轉折間的變化。

突然他把頭靠近我的耳後，溫熱的喘息讓我感到一陣眩暈。

「堅持不了那就休息。」

「嗯。」

顧德曼把我的頭髮輕攏在耳後，「你男朋友真幸福。」

「我是單身。」

「那你是自由的，對嗎？」

不知為什麼，我說出一句至今都覺得荒謬的話：「占星師跟我說，今年……我今年就會遇到真愛，他的背上有北斗七星。」

「哦。」顧德曼被這番話愣住了。

我把手放在他的肩膀上，「我猜你背上就有。我能看看嗎？」

「有嗎？沒有怎麼辦？」

「我會讓你有。」

顧德曼突然很高興，「梨子，我沒看錯，你真是一個有魄力的女孩子。」他站起身來脫了上衣，點頭示意我靠近，「過來吧！」

「轉過身去。」我竟然是命令的口氣。

「嗯？」他有些疑惑，但還是很聽話地把背朝向我。

「哦，我看到了四顆，還有三顆呢，還有三顆在哪裡？」

「還有三顆？」顧德曼似乎喪失了耐心，他瞬間脫光了下半身，像個小男孩一樣滿面通紅，「小壞蛋！應該在下面！」

我被眼前的畫面震住了，前一秒備受尊重的上司搖身一變，一絲不掛地站在我面前。

「看到了嗎？北斗七星？喔！還有大太陽……大太陽！我是不是你的真命天子？」他飛快地向我走了過來，一種巨大的壓迫感瞬間激醒了我，剛才還在工作怎麼突然會這樣？之前的流言蜚語啟動了我的神經。我拿起手機躲開了他，瞬間連拍幾張照片，顧德曼對我的反應一臉愕然說：「你竟然喜歡……」

「我想起來了，那三顆在外面！」我拿起包包就衝出房間，坐上最快的計程車，搭夜航班機殺回蟲島。

夜航的飛機上，我記下了那天的感受。

日期：四月十三日

從登機到現在，顧德曼的肉體像達文西的《維特魯威人》畫面，一直在我腦中三百六十度旋轉。

以顧德曼的形象身分來說，身為女人實在難以拒絕，誰又會覺得睡了這樣的男人吃虧呢？但是問題在於，如果我做了那樣的事，無異於達成了某種肉體協定，成為他不正當關係中的一員，受他鉗制，為他服務，在享用不合理利益的同時，與其他女人爭風吃醋。但我真的要那樣嗎？為什麼一定要用被壓迫來交換利益，這與動物園裡的動物又有什麼不同？突然想起飛翔的毛毛蟲說過：

「沒房子的人希望房價跌，而有房子的人希望房價漲，人的主觀期待取決於屁股所在的位置。當一個女人食不到男權的利，那自然希望女權多些，但若是通過男權享受的好處更實惠，便覺得低三下四換些好處沒什麼，畢竟，比起那些真刀真槍的打拼，她需要做的只是低頭而已。」

可是低頭真的沒有成本嗎？在職業生涯裡，我永遠都會有抹不去的汙點，即便無人知曉，自我審判也足以讓我成為一個罪人。如果女人都是這樣堂而皇之地透過肉體為自己爭取利益，那麼下一代的女孩又有誰會因為自己是女人而自豪？想到這裡，我不禁覺得諷刺，一個自顧不暇的人，居然開始擔心下一代人的命運了。

真是悲哀，差點因為一時頭昏就與他上了床，如果這件事情成真了，他肯定洋洋得意又有了一個忠心耿耿的新奴隸，而我則要陷入自我身分的矛盾中進入對自己永久的審判。

飛機很快落地蟲島，到家後發現門口是拉琪寄送給我的拳館開業禮盒。黛青色的盒子印有手寫體的「蓋亞拳館」，打開是一盒巧克力，巧克力的形狀十分生動，是一個揮著拳擊手套的小女孩，圓滾滾的翹鼻頭是倔強不服輸的模樣，「真可愛啊！」旁邊還附有一張卡片寫著：

甜蜜的勇氣。

我嘆了口氣。勇氣真的是甜蜜的嗎？為什麼我覺得如此苦澀。明天還要上班，我看著滿衣櫥的新衣服，感覺到了前所未有的負擔。此時此刻，讓我疲憊的不再是穿什麼了，而是該如何面對顧德曼，如何面對公司裡的同事。我看著鏡子裡的自己，經過一個多月皮笑肉不笑的工作，臉蛋早已像陳年舊報紙。我繼續的意義是什麼呢？就像拉琪的小白鼠一樣，等著每個月的發薪日？如果小白鼠只能過這樣的日子，再美味的糧食又有什麼意義？

巨大的壓力襲來，我蜷縮在衣櫃裡，想要消化今晚的心有餘悸。可是顧德曼反復出現，我第一次發現連在這裡都不能控制自己，實在是沮喪極了。我點燃了戴枷鎖的維納斯蠟燭，柑橘氣息讓我鎮定些許，再猛灌一大杯酒，終於昏昏睡去。夢裡，我被困在自己砸碎的那個魚缸裡，怎麼撞也出不去。突然，我聞到身上一股腥臭氣息，回頭看竟然是摔死的那條魚，牠翻著白眼朝我吐著泡泡，噁心極了。我對牠尖叫，「都是我的錯！求你別再吐了！」牠竟然咯咯笑了起來，「你沒錯，我們相濡以沫。」

荒誕的對話刺醒了我，抬頭看了一眼床頭的鬧鐘，四月十四日淩晨五點。「十四！七的倍數日，不行！我要去佛島，我要去見雅圖。」

七

大自然讓人類處於痛苦和快樂這兩者的主宰之下，它指明了我們應該做什麼，並決定了我們應該怎樣做。

——邊沁《道德與立法原理導論》

不到七點我就趕到了蟲島大廈，隨著「叮」的一聲脆響和一連串數字，我再一次抵達$\sqrt{7}$。

一看到馬可和雅圖，我就一股腦地倒出了過去一個月的遭遇。

「喵！」馬可的白色鬍鬚豎了起來，「還是走了回頭路！」

「馬可……我是一個成年人，要面對現實。」

「呵，人所謂的面對現實，不過是下定決心讓自己低頭。」馬可用力甩著尾巴，打得桌面啪啪作響。

「喔……馬可。」雅圖示意牠鎮定下來，「你覺不覺得，這就是我們之前聊過的，自我對稱的問題？」

「是的，自己騙自己的問題。」

「我沒有，馬可，我都很少對別人撒謊，又怎麼會騙自己呢。」

「相比於騙別人，人類更喜歡騙自己。」

「我哪裡騙自己了？」

「去Blueart。你騙自己這是正確的決定，為了逃避無法面對的恐懼。」馬可在桌子上來回踱步，尾巴有些炸毛。

「馬可……」

馬可沒有理會我，「人就是這樣，一旦前方不確定就會恐懼，隨意抓住什麼當作救命稻草，免得……」

「免得什麼？」

「免得面對沒有答案的困境。」

「馬可……」我囁嚅，「你覺得我是這樣的人？」

「想必你比我清楚得多。」

「馬可，上次的話題還沒有聊完，你不能這樣苛求梨子小姐。」雅圖看著我，「你只是做不到自我對稱，如果你懂了這個概念，並且經常試著體會，就不會有那麼多的『身不由己』了。」

「自我對稱？」

雅圖拿起一張紙，畫出一條橫坐標軸，在兩端分別寫下「協調」與「失調」，說道：「每個人的自我概念都有兩極，向左是『自我失調』，向右是『自我協調』，每個人都會試圖在兩者之間找到一個平衡點。在自我協調的狀態中，你的想法代表著你是誰。但是，當你在自我失調的狀態中時，你的想法不能代表你是誰。」

「我聽得一頭霧水，您說得太抽象了。」

「就好比你沒有演講經驗，但是突然要在一場大會中演講，你可能會想：『太難了，我怎麼做得到！』腦子裡甚至會出現自己出洋相的樣子、別人嘲笑的樣子。這是一種很正常的反應，因為你確實沒有演講經驗，所以大腦會產生一種自我協調的反應。你會質疑自己，腦子裡冒出很多負面的幻想，你會誤認為這些想法代表了真實的你自己。」

「是的，面對拉琪那邊的工作，我就是這樣的心態，我沒有做過，所以我很怕失敗，很怕賺不到錢，更怕母親說的那些事情會成真……可是，這些想法是我自己生出來的，它們不能代表我自己嗎？」

「你的想法只是你的幻覺，它並不是真實的你。」

「我的想法只是我的幻覺？」

「就像一個人想吃甜食但最終克制了，那麼真實的他並不放縱，而是一個自律的人；有很多人都動過殺人的想法，但絕大多數人並不會付諸實施，所以大多數人並不暴戾，而是遵紀守法的普通人。所以，你要做的是把自己和自己的想法分離開來，去辨別想法，而不是把那些負面的想像當作事實，被恐懼支配。」
「我明白您說的意思，以前發生過不少事，我都是事前內心戲很多，事後又覺得完全是自己嚇唬自己。但人好像管不了自己的腦袋，裡面總會有一個很強勢的聲音不斷告訴我，『我不夠好』、『我沒有準備』、『我做不到』，像是一種咒語，不停地支配著我。」
「這是你的心聲，人的大腦裡都會發出這樣的聲音。但是，每當被心聲支配的時候，你都需要提醒自己——我不是我的想法，我的心聲也不是我的主人。學會與它們保持距離，逐漸去駕馭它們。」
「這太難了，以我現在的狀態來看，我需要很久才能做到這一點。」
「是的，尤其對蟲島人來說，更不容易。」
「為什麼蟲島人會更難？」
「你們會為了自己感覺好而傾向某種想法，但只有擺脫了『感覺好』的束縛，才是成為自己主人的開始。」
「為什麼要擺脫感覺好？人活著難道不是為了讓自己感覺好嗎？」
「有些感覺好只是一種表象，會引誘人墜入深淵。在蟲島上，『感覺好』就是一切，人們追求各種形式的『感覺好』，名牌的物品讓我感覺好，甜膩的電影讓我感覺好，別人的評價讓我感覺好，追求感覺好成為人生最大的意義，但是，感覺好也是本能的同義詞，是一種軟弱的幼態，很容易讓人做出短視近利的決定。」

突然間，我腦中浮現出選擇Blueart的那個下午，我看著太陽即將消失在地平線，一種解脫痛苦的渴望侵蝕了我，「所以，我選擇Blueart，也是在追求一種感覺好？」

雅圖不置可否。

「我不知道是一種懦弱還是一種完美主義，面對人生的重要選擇，我總是怕出錯，總是想面面俱到。如果一個選項讓我感到有失敗的可能，我就會本能地排斥它，我寧可選擇那個沒那麼喜歡、但也沒那麼危險的選項。」

「那既然選了，為什麼又來找我們？」

「我覺得那不是我想要的，但拉琪那邊也有風險，所以我覺得自己沒有選擇，真的很苦惱……」

「你還沒有學會把『不能面面俱到』作為一個選項。」

「『不能面面俱到』也是一個選項？」

「讓大多人飽受折磨的，是『既要……又要……』。」

「對，我既想做自己熱愛的事，又希望它沒有風險，還能給我帶來保障。」

「可是月亮很少是圓的，大多數時候，我們要欣賞一個不圓的月亮。」

「所以，我既然喜歡拉琪的項目，就應該接受它存在的風險？」

「這是你的選擇。」雅圖並不給出建議。

「我會好好想想的……保障還是熱愛，我到底想要什麼。可是有時候，我也會很困惑，人生那麼長，誘惑那麼多，我以為我想要的到底是不是我真的想要的。」

「這依然是了解自己的問題，你需要知道自己的精神世界是如何敘述你自己的。」

「敘述我自己？」

「每個人的一生都好像一個多時空戲劇，我們的戲裡不僅有別人，還有很多個自己。過去的我、現在的我、面對上司的我、面對家人的我、蟲島的我、佛島的我，每一個不同的自我錯落在不同的時間空間裡，按照不同的劇本在發展。」

「您這麼說還真是，而且自然而然地，人在每個角色裡都不一樣。」

「對，人會同時沉浸於很多個劇本，把每一套劇本內化為人生的一部分。比如為了在公司順利發展，你會內化老闆設計的劇情；為了得到老師認可，你會內化學校設定的劇情；為了和某個人交朋友，你會內化他設定的劇情。我們會在每一部戲中全力投入表演，為的是滿足我們對人生劇本的期望。」

「真是神奇，一個人扮演這麼多角色竟然沒有思覺失調……」

「這就是人的神奇之處，集多個角色於一身卻並不分裂，始終維持著『我』的統一性。」

「可是，就拿Blueart的工作來說，我實在是難以內化老闆的劇情，根本無法忍受。所以，還是會有人在某些角色裡演不下去吧？」

「每個人都有自己天然的風格，但是為了適應社會，我們多多少少會演一些不適合自己的角色。面對這種情況，人大致會分為兩派，一派是實用主義，他們會把自己轉變為社會需要的風格。還有一派是自然主義，他們會放棄這部戲，轉而投向其他。」

「但是，沒有人一開始就能選擇自己的角色吧？」

「對，就好像人無法選擇自己的父母。但是有些人會逐漸更了解自己，他們會選擇適合自己的角色，讓自己更容易大放異彩。當人格更加成熟的時候，他們甚至會為自己創造角色，讓自己融入其中，引領敘述的發展。」

「創造角色？」

「對，比如創立一家公司、成為爸爸或媽媽、投入一個全新的職業，都是在為自己增添一個全新的角色，讓自己的人生因此而改變。」

「對於那些不那麼幸運的人呢？如果他們堅持演出不適合自己的戲碼，會發生什麼？」

「也有可能會有一份所謂體面的生活，但畢生都很難接近幸福的真相，因為他們扮演的角色與真實的自己有很大的距離。為了演好這個角色，他們就要不斷地脫離真實的自己，但為了保證自我的統一，又需要不斷地刻意整合自己，就像是每天把同一塊積木拆了拼，拼了又拆，所以他總會覺得厭倦又疲憊。」

「這些年我就是這樣的感覺，每天早上都要主動給自己打氣，但是每到晚上又會精疲力竭；總是不自覺地熬夜，不想放過任何一點自由的空間……可能這就是您說的自我整合吧。可是長期這樣真的很累，人會思覺失調嗎？」

「如果不同角色的『我』無法整合在一起了，那就是思覺失調症。不過，在出現思覺失調之前，大多數人都會選擇麻木。」

「選擇麻木？」

「只要不敏感，就可以不痛苦。」馬可不知從哪裡突然躥了出來，嘴裡叼的蜘蛛落在地上，痛苦地掙扎著。

「所以選擇讓自己麻木，就可以更好地生存？」

「更好地生存？」馬可匪夷所思地看著我，「看看這蜘蛛吧，痛才代表活著！」

雅圖點了點頭，「麻木是一種自我保護，會讓人免受痛苦，但代價是喪失作為人的靈性。那些眼神黯淡的中年人自認為無所不知，但小孩能看到的東西他們早就視而不見了。」

「我發現你們人類是唯一不像動物的動物，人類更像工具，像沒有感情的生產機器。」馬可用奇怪的眼神看著我。

「是啊，我已經做機器很多年了……」我對著馬可苦笑。

「喔……是嗎？那這台機器看起來不算先進。」

「馬可陛下，人類的世界裡可是要對女士多加尊重的！請節制你的刻薄。」雅圖笑著拍了拍馬可的腦袋，「今天我們就先聊到這裡，明天歡迎梨子小姐來我的圖書館，我們繼續聊！」

八

我跟著馬可回到了貓窩，傍晚，馬可邀請了一隻曼赤肯短腿貓、一隻德文捲毛貓、一隻緬因貓來貓窩打貓牌，我負責發牌，一晚上的時間，馬可幾乎贏走了所有貓咪的小魚乾，為了讓朋友們離開時不要太失望，牠送了曼赤肯兩雙高跟彈簧靴，送德文一套直髮平板夾，送緬因一把毛毛蟲刮鬍刀。

「你真是一個貼心的朋友！」

「那是自然，我知道牠們想要什麼。」

「你知道自己想要什麼嗎？」

「當然，我想要的就是快樂的當下。」

「對，當下。我記得你說過，貓的世界裡沒有未來。」我心想，如果一個人對別人說自己的世界裡沒有未來，是多麼傷感的一件事，可是在貓咪這裡，竟然是一種解脫和快樂。

「正是因為發明了未來，人類才成為地球的流氓霸主。可是我想，大多數人並不會因為未來而快樂。」

「可是有些時候，人有了對未來的幻想，才會覺得當下比較好過。過去很多年我都沒有當下，我的當下總是未來的一部分，我永遠在為未來做準備。」

「未來來了嗎？」

「沒有。」

「那人會怎麼辦？」

「期待下一個未來。」

「未來傷害了你，你卻依然期待未來，當下可以善待你，你卻從不善待當下。這真是人類特有的困擾。」

我竟不知該如何回應。

「人類就像貪吃蛇，總想吃到未來，最後吞噬了自己。做人是最沒意思的，還不如做個植物高級！」

「人類不如植物高級？」

「難道不是嗎？人類每天忙忙碌碌、慌慌張張，吃的東西亂七八糟，拉的屎也超級臭！所謂的文明不過是破壞大自然！而植物呢，吃陽光就能長個子，年年開花結果，從來不說廢話，動輒能活上百年，你說，大自然的至愛難道不是植物嗎？」

「你這麼說倒是有點道理，怪不得總有詩人想當植物，看來他們是看清了其中的好處。」

「他們只是說說而已，矯情罷了。人類動輒自由啦、意義啦、真愛啦、尊嚴啦、成功啦……在我們貓咪看來都是閒得沒事哇哇叫，跟發情差不多。」馬可跳到了墊子上，「好了，對你的指點到此為止！我要睡了。我敢打賭，夢裡曼赤肯會對我的禮物感激涕零，咚咚大跳！貓生第一次摸得到緬因貓的後腦勺！」

「哈哈哈哈，咚咚大跳！你快睡吧……我要寫今天的日記。」

我趴在墊子上，開始寫下今天的想法。

日期：四月十四日

關於自信：

以前覺得耐心是一種特質，現在覺得耐心是一種自信。因為不相信自己，所以焦躁不安；因為不相信自己，所以充滿恐懼。從小到大，我成績不錯，老師認可，同學羨慕，而工作之後，雖然總覺得沒有實現自己的期望，但是依然是不少人羨慕的對象，可是我為什麼還是那麼沒自信呢？

自我敘述：

聽到自我敘述的部分，我突然覺得自己活得像一個群眾演員，應該支持什麼，應該反對什麼，應該爭取什麼，應該放棄什麼，一切都是被別人塑造的，我像是一個沒有自我意志的孩子被扔進了巨大的戲團裡，懵懵懂懂地扮演自己的角色，直到有一天突然發現這個角色並不是我。而拉琪不同，她從很小的時候就知道自己想要什麼並且做出了選擇，等她邁入新的階層，又產出了新的自我敘述，引領自己再一次向前，雖然她有自己的深淵，但她比任何人都靠近自己的太陽。而我呢？我的自我敘述是什麼呢？我到底是什麼風格，我要演什麼角色，什麼樣的橋段才能恰如其分地描寫我這短短幾十年的人生？我活了快三十年，竟然一無所知！

九

早餐過後，我迫不及待地催馬可帶我去圖書館。推門而入的瞬間，我彷彿看到一個光之隧道從天而降，眼前出現的是一個巨大的、彷彿包裹在肥皂泡泡當中的藏書室，陽光的色彩在這裡被分解，讓你彷彿進入了一種七彩的幻覺中。屋頂廣闊而透明，彷彿可以伸手摘星，水波紋狀的書架和臺階高低錯落，馬可爬上爬下好不快活。我看時間尚早，雅圖還沒有過來，於是開始四處翻看，打開一本書，赫然看到下面這段話：

你不接過人們的自由，卻反而給他們增加些自由，使人們的精神世界永遠承受著自由的折磨。你希望人們能自由地愛，使他們受你的誘惑和俘虜而自由地追隨著你。取代嚴峻的古代法律，改為從此由人根據自由的意志來自行決定什麼是善、什麼是惡，只能用你的形象作為自己的指導——但是難道你沒有想到，一旦對於像自由選擇那樣可怕的負擔感到苦惱時，他最終也會拋棄你的形象和你的真理，甚至會提出反駁嗎？

雖然不知道這話到底在說什麼，但是看得我很難受。

「喀噠！」圖書館的門開了，雅圖走了進來。

「不好意思，我太好奇了，所以早早就到了這裡。」

「啊，沒關係，乞室的榮幸。」

「乞室？」

「藏書室的名字，在掌握真理的人面前，我只是個要飯的。」

這番謙虛讓我不知如何應答，「這裡真的很美、很安靜。」

「安靜？我覺得很熱鬧呢！」

「沒有聲音也會熱鬧嗎？」

「無數的思想在這裡爭論不休……」雅圖抬頭打量著層層疊疊的書架，「圖書館是世界上最熱鬧的地方。」

「原來是這樣。」這個解釋頗為有趣。

「梨子小姐，我們繼續聊昨天的話題吧。」

「昨天聊的話題讓我重新思考了很多，我想這兩天我會給自己一個答案。」

「啊哈，其實不用著急給自己答案。我們佛島有句話：『要習慣在沒有答案的生活中自在生活。』」

「在沒有答案的生活中自在生活？」

「對。」雅圖靠在鋪滿陽光的沙發上微微閉眼，「有答案固然好，但是沒有答案才是生活的常態。人們總是執迷於答案帶來的安全感，可是人生漫長又複雜，它不是用幾個答案就能解釋的，做一個耐心的觀察者，答案自然會找到你。」

「我昨天想，選擇方向這件事，我之所以沒有耐心是因為沒有信心，所以我無論做哪個決定都會惴惴不安。」

「做選擇之前，你有審查過自己的信念嗎？」

「審查自己的信念？」我還是第一次聽到這樣的說法。

「人的行動是信念的產物。大腦只占人體重的百分之六，卻消耗了我們百分之二十的能量，在它分配自己的能量之前，會嚴格審查你的信念。」

「大腦會如何審查呢，審查之後會怎麼樣？」

「類似於在公司申請預算，只有認為你申請的事情對公司有價值，才會批准你的預算。大腦也是一樣，它擁有的能量是有限的，只有給出充分的理由，它才會給你這個想法分配資源。」

「什麼叫作充分的理由？」

「就是你真的相信自己能做成這件事。我們經常會看到一個人因為堅定的信念做成了他本來很難做到的事，這是因為他讓自己的大腦相信他能做到，所以他得到了最充沛的支持。當大腦開始支持他，他的大部分精神能量會被投放在他想做的事情上，他的人格甚至會為此發生改變，會變得更深思、更機智、更勇敢，甚至更忍辱負重，這就是信念的作用。」

「那按照這個說法，如果我們只是表面下決心，但潛意識裡覺得自己做不到，那麼大腦就不會給它分配資源？」

「當然，大腦很容易就能騙到你，但你很難騙得了大腦，大腦只會支持你最真實的想法。」

「也就是說，我以為我想去的是拉琪那裡，但實際上我潛意識裡並沒有做好準備，所以大腦讓我選擇了Blueart？」

「對，你對這件事情沒有投入足夠的信念。大腦不僅會支持希望，也會支持絕望。當我們產生絕望，大腦就會把能量從改善目前狀況的行動上移走，你會因此做得更差，然後變得更絕望。信念和事實就像是相鄰的多米諾骨牌，會一個接一個地倒下去，直到把你推向最終的絕望。」

「所以……希望和絕望都是自我實現的預言。」

「也可以這麼說，所以我並不會勸你做什麼，你能做成什麼取決於你自己的信念。」

「有時候，我能感受到我氣勢熊熊的信念，但是很快就會有另一種力量澆滅它，因為我很怕失敗，因為我從小就覺得，只有優秀成功才會有人愛、有人支持，如果我失敗了，這一切就都沒有了。」

「梨子，你還沒有學會自己支持自己。」

「自己支持自己？自己怎麼支持自己？」我對這個說法非常疑惑。

「你支持過別人嗎？」

「當然。」

「你為什麼會支持別人？」

「因為我信任他，覺得他做的事情很棒，希望讓他成功，或者說我愛他，如果他成功了，我也會很高興。」

「那你為什麼不能用一樣的心態支持自己呢？」

「這……」我好像從來沒有意識到這個問題，我為什麼不支持我自己？

「有誰對你的愛和支持比得了你對自己的愛和支持呢？」

「我對自己的愛和支持？」自己愛自己？自己支持自己？還可以這樣……我反復咀嚼著這句話，一股酸楚的暖流充滿了我的心。

「阿爾貝・卡繆說過一句話：『想要了解你自己，首先得支持你自己。』自信不是靜態的，而是流動的，始終體現在過程當中。你甚至可以把它當作一種技能，做任何事的時候使用它，就像學畫畫、學衝浪一樣。」

「在畫畫中學會畫畫，在衝浪中學會衝浪，在自信中學會自信？」

「沒錯。」雅圖笑著點了點頭，「你甚至可以把它當作一種無法被別人剝奪的權利。」

「自信也可以是一種權利？」

雅圖低下頭，開始在紙上寫字，很快，他撕下來遞給我。

我拿著這張紙，上面寫著：

自信的權利

我有這個權利；
說「我不知道」的權利；
說「不」的權利；
有選擇的權利並且可以表達出來；
有表達感受的權利；
有權做決定並對結果負責；
改變心智；
有權安排我的時間；
犯錯的權利。

雅圖把「犯錯的權利」單獨圈了出來，「這些權利表明了你的自由，同時也提醒你，其他人擁有同樣的權利。」

「謝謝佛先生。」我看著上面如此之多的「權利」，雙手竟然有些顫抖。

「好了，我要去工作了，梨子小姐如果喜歡這裡，可以隨意徜徉，這是熱鬧的好地方。」

十

雅圖離開，馬可也不見蹤影，我一人留下獨自熱鬧。靠在柔軟巨大的沙發上舒服極了，我呼出一口久違的長氣。我舉起這張紙看了又看，背面的太陽解開雲朵，每一個字都被照得閃閃發光。

突然一股睏倦之氣襲來，我感到全身下墜，像是墜入了一種黏膩的液體當中。我感到窒息，用力睜開眼，發現周圍全都是黏稠的奶油和水果。我開始一腳草莓、一腳芒果地向上爬，再用力抓一把薄荷葉子。突然，我看到兩張巨大的臉，父親和母親！他們的腦袋像山一樣杵在我的面前，我低頭一看，啊！我在蛋糕裡！一個巨大的奶油蛋糕。母親很快發現了我，「你怎麼在這裡？」她把我從蛋糕裡揪了出來放在一邊。

「我想吃蛋糕！」

「男孩子吃蛋糕長身體，女孩子吃罐頭變漂亮。」母親邊說邊把弟弟拉了過來，慈愛地摟著他，問他幾歲了，今年要插幾根蠟燭。點燃蠟燭之後，他們彼此擁抱著開始唱生日快樂歌，燭光中，每個人都有充滿愛的眼神，像是地球上最幸福的一家人。而我，坐在巨大的蛋糕旁邊，像是最孤獨的局外人。

他們越唱越熱鬧，蠟燭越燒越短，而我越聽越生氣，跳起來爬上蛋糕，衝上去拔掉一根蠟燭，我像是舉著一把火炬，衝向母親的腦袋。瞬間，我點燃了她的頭髮，她像是一顆呼嘯的火球，不停地尖叫著，火焰當中，我開始大哭，「媽媽你知道嗎？罐頭不好吃，蛋糕才好吃！」不知為什麼，我的淚水奇多，居然像一股又一股的噴泉，澆滅了她頭上的火焰，可是在這水與火之中，我難受得上氣不接下氣，全身不停地戰慄。突然間，強烈的光罩著我，我用力睜開眼，發現竟然是雅圖的藏書室，剛才是一場夢，剛才只是一場夢。

我鼻子一陣酸楚，開始像夢裡那樣落淚，淚水一波接著一波，「我知道了……我知道了……是因為我覺得我不配……」那一瞬間，我突然覺得身體裡的一萬根鋼筋斷裂了，一種前所未有的放鬆自內而外地奔湧而出。

「又哭了？」

我抬頭，馬可回來了，牠跳到我的身上，用腦袋蹭了蹭我的下巴，我抱住馬可躺在沙發上，熟悉的柑橘焦糖味讓我漸漸地恢復了平靜。

「馬可，我要回蟲島了。我要行使我自信的權利。」

「嗯……聽起來像是要收復失地的女王。」

「是的！這次再當窩囊廢，你和雅圖就把我扔海裡餵魚！」

「拜託！牠們很挑食的，第二天我們還要捂著眼睛認領無名裸體女屍……」

「哈哈，那正好讓佛島上的男人見識見識！」我用大胸擠了擠馬可的腦袋。

「嗷嗚！人奶是劇毒！」馬可跳了起來，用後腳撓了撓大耳朵，「你還是多給我帶點小魚乾吧！」

我笑著拎起背包，獨自奔回蟲島的電梯，像是乘著風，心情與來時迥然不同。

Chapter 04
劍影之下

對大人而言，睡覺怕黑是小題大作，但對於小孩來說不是；
於大象而言，貓咪咬牠是小題大作，但對老鼠來說不是。
人的成長，就是一次又一次的小題大作。

一

回到蟲島之後，我向Blueart提交了辭呈。在我離開辦公室的時候，同事們對我投來了意味深長的目光。有那麼一刻，我感到如芒在背，不敢回頭，不過，如今想來也不必回頭。當我從Blueart那奢華的電梯間走出來的時候，突然覺得天都亮了。看著穹頂上的《聖母領報》畫作，我突然想著，人為什麼會給人形的天使安上翅膀，想必每個人都有一些時刻感到自己在飛翔。

我下了決心，還是要去拉琪那裡。回家之後，我開始整理自己這些年僅有的資產。多年攢下的首飾和包包都被我掛上了二手網站，它們是我這些年省吃儉用才有的戰利品，一度給了我在人前神色自若的底氣。目前的代步車雖然不算值錢，但是我還是把它送進了二手市場，賣掉之後換了一輛更便宜的二手車。一番操作下來，我發現自己變得更像窮人了，從沒想到有一天自己會這麼做。看著空蕩蕩的櫃子和破舊的「新車」，突然覺得開啟了一種新生活，不知道拋棄了這些身分的裝點會不會見人露怯，但我想，既然我有自信的權利，那不管我是衣衫襤褸還是缺手斷腳，只要我不把這權利交付於人，那麼它就還是我的。

幾天後，所有的錢湊下來只有九十五萬島幣，還差五萬塊，這一次我決定直接去母親家登門造訪。

來到母親家裡，我發現她悶悶不樂，但並不打算讓她察覺到我發現了這一點。

我開門見山直說：「我辭了Blueart，我要去拉琪那裡，我還差五萬塊。」

母親從沙發上跳了起來，「不可能，我不允許你做這件事。」

「這是我的事，那是我的錢。」

「回Blueart，或者其他哪個公司也行，好好賺一份安穩錢。」

「然後呢？」

「過你想要的生活。」

「可是如果我想要的生活不需要那麼多錢呢？」

「幼稚！生活不需要錢還需要什麼？到了我這個年齡，你沒有錢死在家裡都不要指望有誰來給你收屍。」

「死都死了管那麼多幹嗎？」我對母親的態度早有預料，「爛了給蛆吃也好過活得像條蛆。」

「真會說啊！」母親強壓著憤怒，「沒錯，所以你應該去上班，至少能讓你好好活。」

「如果我都沒有過自己想要的生活，那怎麼證明我在活？」

「別想太多，像別人一樣活，他們會告訴你，你沒錯。」

「可是我會告訴我自己，我有錯。」

「是，你這樣想是你錯了。」

「我的人生都過二分之一了。別人認為正確的我都一一照做了，可是如今我並沒有發現所謂的正確給我帶來什麼。就這麼走過一輩子，那才是真的不正確！」

「女人不能太自私，你要養活自己，你要結婚生子，你要考慮你周圍的人怎麼看，這一切的一切都需要一份體面工作，都需要足夠的錢。」

「你怎麼就斷定我沒辦法有錢呢？是，也許我會有自己的孩子，但是我可能有孩子並不能成為我敷衍自己的理由。你看不到嗎？那些活不明白的人都是因為有了孩子才敷衍自己敷衍得理所當然，也許我是自私的，可是媽媽，因為女人的身分就強行要求自己無私也是沒道理的啊！」

母親像是突然間想起了什麼，瞪著我無言以對。我突然看到她的手腕有一塊瘀青，心中燃起一陣怒火，「媽媽！那些自私自利的蕩婦和三綱五常的聖女，誰在自己的世界裡更幸福還真是說不定呢！」

「老天啊……你怎麼能說出這樣的話……」母親雙手抱著腦袋，手臂上的瘀青全部冒了出來。

「你手腕怎麼了？」

「不小心撞到的。」她突然開始抽噎。

我沒有說話，在我們這個家，彼此安慰沒有被寫進最原始的代碼。

「梨子，選一份正經工作，人生來就應該造福社會。」

「是，我是可以燃燒自己造福社會，可是社會造福我了嗎？你知道最初被教導『勞動使人自由』的那些人是怎麼死的嗎？也許做一隻工蜂兢兢業業一輩子也有意義，可是牠知道牠活得有意義嗎？還是別人告訴牠，牠活得有意義？我不想做工蜂，我只想做蝴蝶，我只想全身沾著毒粉四處飛！前半輩子我在繭裡活累了，我想過一點不一樣的日子。」

「梨子，不要活在你外婆的書堆裡，不要幻想什麼月亮與六便士，對於大多數人來說，有六便士已經夠好，高更選擇了月亮，他活成了什麼樣？」

「在高更的世界裡，月亮與六便士從不是選擇，他只選擇做他自己。選月亮還是六便士是貪婪的庸人才會有的想法，真正知道自己在活著的人，只會選擇以自己的方式過一生。」這是我從飛翔的毛毛蟲文章中讀到的一句話，此時此刻，居然一字不差地背了出來。

「你會後悔的。」母親抽噎著。

「是，我會後悔的，那我只能跟未來的自己說聲對不起了。」我從藥箱裡拿出藥水，坐她身旁塗抹那些淤青的地方。

母親不再說話，只是把頭埋進抱枕裡不停地哭，而我杵在旁邊有些無措，我有點恍然她到底為什麼哭。哭了很久之後，她把錢給了我。我終於湊足了一百萬。

二

離開母親家，我再一次來到蓋亞拳館，再一次見到拉琪。

「拉琪姐，錢湊夠了，我決定加入！」

「這麼快！」拉琪似乎有些意外。

「對，我這個人容易顧慮比較多，你知道的。這次我過來沒再和我母親商量，我已經想好了，還是希望你能信任我。」

拉琪點了點頭，「看到外面的人潮了嗎？」

「人潮不小，太熱鬧了，都是你的粉絲？」

「有一些是，有一些不是，不過人氣已經起來了，每天的會員都在成長。樓上呢，我想全方位地整合整個蟲島高端客戶層的女性，準備做一個女性文化空間，所以下面的環境對上面其實有一些引流作用。蓋亞拳館一定能做大，我已經在構想什麼時候啟動第二家了。」

「真厲害，才兩個多月而已。」看著拳館人頭攢動，我心中嘖嘖稱奇，拉琪總是讓我體會到人與人之間的差距。

「人啊，只要在對的角色上都會發光發熱。」拉琪遞給我一根菸，轉身看著窗外若有所思，「下一步，我對營運會有更高的要求。」

我覺得她似乎話中有話，「所以……我還夠格嗎？」

「當然了，你當然夠格。我的意思是說，以後會招募更多高水準的人才。」

「那太好了，我也很希望和這樣的人一起合作。」

「對，所以這樣的話，股權的分配方式也好，價格也好，都會有變動，梨子，這個你理解嗎？」

我頓時吸了一口冷氣。但轉念一想，畢竟要用籌碼吸引人才，說的也不無道理。

「梨子，咱們開門見山，以目前的狀況來說，你不能算創始合夥人，而且拳館自開業以來生意很好，估值早就不一樣了。但是我很欣賞你的能力，也非常想讓你做經營合夥人，所以按照以前說的一百萬島幣，我只能給你百分之三的股分，先給你百分之一，未來每完成一年的KPI，都會給你百分之一，分兩年兌現。」

突然附加了如此強硬的條件，我有些失望，不過既然已經下定決心那就願賭服輸。誰叫我一開始不加入呢，我有些擔憂的是如果沒有達成KPI，豈不是竹籃打水一場空。

拉琪走到對面，雙手放在我的肩膀上，「梨子你放心，KPI一定是為了達成而設定的，依你的能力綽綽有餘。而且除了這個，我們還會有分紅。你作為統管這套業務的人，我會給你一個非常可觀的利潤激勵比例，你每個月都能拿到。至於整個公司，如果經營狀況好，我也會提前分紅。」

看著拉琪確定的眼神，我沒有說話，相當於默許了這套規則。

「什麼時候可以過來熟悉業務？」

「明天。」

「這麼快？看來真的是想好了！」

我笑了笑。

「哦，對了，我喜歡你做的蠟燭，太美了，我能訂製一個當收藏嗎？」

「你想要什麼樣的？」

「哈哈，開拳館嘛，我希望維納斯可以戴著拳擊手套。」

「不錯，這個創意很好！」

「喔，不過，我感覺這樣像是少了點什麼，俗氣了。」

「你想要什麼效果？」

「嗯……她頭上可以有東西嗎？」拉琪手托下巴，若有所思。

「王冠？花環？光圈？哈哈，都可以，只要我能做到。」

「我想要一把劍。」

「哦，很酷。」我對她這個想法很意外，「要劈開腦袋嗎？」

「不要。」拉琪狡黠地看著我，「我希望她知道，自己隨時可以被劈開腦袋。」

「這個……」我對她這個想法很困惑。

拉琪沉默片刻，「沒什麼奇怪的，這是在提醒我，寧可一思進，莫在一思停，你覺得怎麼樣？」

「寓意真不錯！」我對她這個理由很信服，「想要什麼氣味？」

「有力量的，有主宰感的。」

「好，我盡量看看怎麼實現這個想法。」

「哈哈，我已經開始期待了！你的辦公室也有一個隔間，很安靜，你可以把那裡當作你的手工工作室。」

離開拳館之後，我一個人開車回家。傍晚華燈初上，電臺裡，路易·阿姆斯壯唱著〈Kiss of Fire〉。我隨著歌聲搖曳，腦中縱橫交雜，再熟悉不過的路線竟然走錯兩次。開到公寓樓下，我打開車門，「終於回來了！」

三

加入拳館之後，雙腳像是踏上了一條飛速的履帶，風景變得飛快，很快就過了半年。

十月二十日上午，我匆匆駛向蓋亞拳館。今天我們將舉辦蟲島有史以來最高規格的女拳擂台決賽，觀摩這場賽事的不僅有女性，男性觀眾更多，這是一場絕好的宣傳蓋亞拳館的機會。

歷經半年的竭力經營，蓋亞拳館不僅成為集女性主義與拳擊運動於一身的文化空間，而且成為蟲島頂級拳擊比賽的合作機構。我善於市場行銷，專長文字與設計，經由我的操作，整個蓋亞拳館在半年的時間裡獲得了前所未有的推廣，各路先鋒的女性藝術家、作家，甚至科學家都會在蓋亞空間出沒。在這期間，拉琪想要的蠟燭日益成型。我根據她的需求調製了一種特別的香味，前調是清新的、斷裂的樹枝氣息，中調摻雜著淡淡的、冷銳的金屬味，而後調則包裹著乾燥的泥土氣息。置身其中，如同落入一片肅殺的深秋，我把這個氣味叫庚。新作品拉琪極為喜歡，剛落入手中就捧著它輕嗅很久，後來更是請人把它做成了等身的雕塑，成為蓋亞拳館的某種文化象徵，並且，我們依據這個形象推出各種妙趣橫生的周邊商品，媒體將蓋亞拳館稱為女性主義新地標。

這半年裡，我的睡眠少得可憐。一方面因為我沒有創業經驗，所以每一件事都兢兢業業、親力親為；另一方面，身邊盡是拉琪的老人，所有眼睛都盯著我，我必須在他們面前證明自己。好在拳館發展迅速，與其說是員工帶著業務前進，不如說是業務帶著員工前進，很多既定的經驗和預設的計畫在快速發展面前顯得落後無力，更多的時候都是現地現物、因地制宜地解決問題。拳館的發展需要的是開疆拓土的能力，而不是因循守舊的經驗，所以我的很多經驗並沒有用武之地，更多時候面臨的都是我從未遇到過的問題，包括：戰略不清、員工短缺、制度缺陷、服務供不應求，以及如何讓想法化為可獲利的事實，幾乎每一天的工作都充滿了不確定性。每當壓力巨大、胡思亂想的時候，我都會告訴自己：「我不是我的想法，我的心聲不是我的主人，自信是我的權利，我要無條件地支持自己。」剛開始像是一種機械的口號，但是隨著我對工作的改進一步步地落地生根、產生實效，我像是觸摸到了一種不斷生長的、真實的自信。我甚至開始有點喜歡這種不確定性帶給我的撕扯般的成長，像是一種特別的冒險之旅，而且這份工作帶給了我全新的教育，那就是——發展中出現的問題，唯有用發展才能解決。這個哲理的價值不僅體現在工作中，也體現在一個人的人格發展中，很多我們自身的缺陷想要硬改是改不了的，但是當我們發展到新的層面上，缺陷反而迎刃而解。很多曾經難以自控的憂慮、偏見、恐懼，反而在不斷的發展中自然消弭了。

準備賽事的前一個月，拉琪在合作方之間東奔西走，而我則忙於現場的具體籌備。我認為這場比賽的大贏家非薩曼塔莫屬，她已經連續贏兩年了，以拳法兇狠和耐力驚人著稱，不少對手幾乎在與她眼神對撞的那一瞬間就已經失去了自信，所以我相信，面對三連冠這樣的榮譽誘惑，強悍的薩曼塔不可能輸。作為對手的漢娜以新星的身分晉級，從她過往的履歷來看，成績並不穩定，這次能與薩曼塔同台不知道是撞上了什麼大運。薩曼塔的粉絲也認為這次薩曼塔志在必得，嘲諷漢娜這次的比賽是一場「送死之旅」。但是拉琪的觀點卻完全相反，她幾乎很早就告訴我，漢娜很可能會贏，並要我四處收集漢娜的個人資料。就在其他媒體都以為薩曼塔會拿下勝利而做好一切準備的時候，我們反其道而行之，鎖定漢娜推出各種形式的獨家新聞，一舉占領流量王位。

晚上的比賽開始之後，薩曼塔連贏兩場，這個成績讓我懊惱不已，後悔沒有早點籌備薩曼塔獲勝的相關資料，於是安排人臨時抱佛腳，開始收集一些薩曼塔的資料。但是沒想到，從第三場開始，薩曼塔就逐漸出現失誤，連續兩次低級錯誤為對方奠定了勝局，剩下的兩場，漢娜士氣大增，打出了虎狼之勢，而薩曼塔彷彿丟了魂，站在擂台上輸得血肉模糊，意外的結局讓現場的粉絲們失落不已。最終，確實如拉琪所預測的，漢娜成為萬眾矚目的新星。

在比賽還未結束的時候，我就開始鎖定漢娜發布各種獨家資訊，同時釋出一些薩曼塔的負面消息，這些內容很快在網上掀起了熱烈的討論，但是無論支持誰、排斥誰，這場比賽都讓蓋亞拳館又一次在全蟲島人甚至國際人士的眼裡刷新了存在感。這一切，都離不開我提前預知結果的籌畫。

看到結果超出預期，我非常滿意，結束後走出拳館發現還有很多記者等在那裡，他們想要採訪我對於此次賽事的舉辦心得，我自然而然有條理地說了很多策略概念。突然一位女記者抛出問題：「作為拳擊維納斯雕像的原始設計者，您能否解釋一下她頭頂上的劍到底是什麼意思？」

頭頂上的劍是什麼意思？頭頂上的劍是什麼意思？我腦子裡慌張地盤算著這個問題，不知道該怎麼回答才好，突然靈機一動：「吳爾芙曾說，劍影投射在女人廣大的生命中。」我環視一圈周圍的女性，「在場的你、我、她都在這個陰影之下。這把劍的一端是傳統習俗，符合準則的一切。而劍的另一端，是你發乎於本能的、想要跨入的、離經叛道的生活。我想，一個真正為自己性別驕傲的女性，絕不懼怕跨越這令人恐懼的劍影，她會為了自己跨越它，為了為我們開路的前輩跨越它，更會為了身後千千萬萬的女性去跨越它。」

一番慷慨激昂之後，我似乎被自己感動了，腦子裡浮現出自己的學生時代、外婆、母親、狄森屏……想起了那些令我不適的、圍著清規戒律無法做自己的記憶剪影。片刻的恍惚之後，我發現現場的女記者們眼中飽含淚花，一滴淚水也悄然滑到了我的下巴。其實我也不記得吳爾芙有沒有這麼說過，不過在那一刻，這樣的話從我的口中生長而出。

回到家中已是深夜，那番慷慨激昂的言辭已經在全網瘋傳，伴隨著拳賽在整個蟲島的頂級熱度，一夜之間，我的粉絲數增加了十倍，而且每刷新一次頁面，都會有不少新增。這半年來，隨著蓋亞拳館的名氣大漲，我作為它的聯合創始人，個人的知名度持續攀升。曾經八百年沒見過的老同學和一些只有一面之緣的人都開始在網路上追蹤我，試圖和我攀點關係，在我的身後有越來越多的粉絲認可我、支持我，我做什麼他們都喜歡，這些劇烈的變化讓我感覺很好，我再也不是曾經那個想法無人問津的透明人。

今晚的成果讓我興奮到難以入眠，想到這半年來的成績，打算做個回顧。

日期：十月二十一日

來到蓋亞拳館半年了。

這半年裡，我行使了我自信的權利；

這半年裡，我帶領更多的人，行使了他們自信的權利。

這半年來，我——

親自操刀為蓋亞重新設計形象，以求脫穎而出，令人過目不忘。

優化了蓋亞的人力結構，人員預算降低四分之一；

提升了蓋亞的會員數量，會員提升五倍，亦帶動開設新館；

蓋亞的知名度打響，從蟲島大廈一隅遍布整個蟲島；

托蓋亞的福，變得小有名氣；

業績始終成長，收到了公司的提前分紅。

有人說，當你的思維模式改變，所有在舊有思維中形成的記憶會大片消失。如今看來，確實如此，我已經不太能記得曾經在瑞與公司的舊事，那些喜怒哀樂似乎都變得渺小而模糊。好笑的是，前幾天在咖啡館裡遇到了顧德曼，我對他說我還沒找到剩下的三顆北斗七星，他看我的眼神很惶恐，訕訕地離開了。

讓我充滿力量的是當前的一切，我喜歡自己全新的變化。我變得不那麼懼怕決策，甚至開始有點喜歡做決策，因為驗證自己的決策就是自信的實踐。即便有時錯誤的決策讓我沮喪，但也不會有什麼樣的頂頭上司來指責我了，我承擔其中的收益與損失，我為我自己負責。

我真的是幸運之人，能認識佛先生與馬可，讓他們的智慧在我的身上生根發芽。也要感謝拉琪，曾經有那麼一刻，我甚至想要成為她，但是此時此刻，成為拉琪並非遙不可及，但我更想成為我自己。

拉琪曾對我說：「同情普通人的命運就好像為螞蟻的生死擔憂，不僅浪費心情，而且浪費生命。」第一次聽到這話時我覺得太過於冷酷，可是現在越來越明白為什麼拉琪冷酷得如此坦然。這半年來對輿論的操縱體驗，讓我越來越懷疑是否值得對大眾產生多餘的同情。不過是一場比賽而已，但那些網友竟然能對著比賽的影片大吵大鬧、呼天搶地，更有甚者拿出家底對比賽結果瘋狂下注，如今的結果讓他們的暴富夢想輸得乾乾淨淨，不禁覺得他們在浪費生命。

普通人真是花了太多的時間去沮喪與感動，他們對自己疏於觀察，對未來怯於考量，總是為外界的潮流左右擺動，他們甚至不如鮭魚般篤定堅強——牠們在某個時刻使命覺醒，攜卵洄游，逆流而上。

收割他們，並非罪惡，而是對世界規律應有的覺悟。

合上筆記本的那一刻，一種無所畏懼的能量充滿了心臟，曾經的那種畏縮和恐懼似乎消失了，取而代之的一種從未體會過的全能感。我對著鏡子左右打量自己，覺得自己像一顆敏捷的子彈，有一種自己爽到自己的快感。我決定小酌一杯慶賀此刻的勝利，突然發現拉琪送的巧克力正好在冰箱底層。「居然放了半年。」我打開盒子，再一次看著那個嬌俏倔強的拳擊女孩，拿起一塊，輕鬆地咬了下去。

四

第二天清晨，我依然很早來到拳館，比賽之後，拳館名氣大增，我需要好好思考如何讓它做一輪全新的升級。

「梨子，現在網路上全都是你的名字啊，蓋亞拳館裡，你現在是頭號人物了。」拉琪端著咖啡從我身後走了過來。

「拉琪姐這麼早？別取笑我了，沒有粉絲衝著你來，哪有拳館的今天。」

「昨天說的真不錯，為我們拳館打了一個大廣告，還是免費的。」拉琪說著把咖啡遞給我，「我親手給你沖的，嘗嘗味道。」

「真好喝！」我對拉琪點點頭，「昨天我都緊張死了。其實我根本不知道代表什麼，臨時亂說一通。」

「我沒跟你說過嗎？」拉琪一副我早該知道的表情。

「是啊，你只說給自己頭上懸把劍，這種話怎麼能講給媒體聽？」

「也是。不過我覺得你說得很好，很符合我們的定位，而且呢，我發現你變化不少。」

「有什麼變化？」

「更有魄力了！前幾年見你，總感覺你這也擔心那也擔心，一直綁著自己，不灑脫。」

「可能吧，在蓋亞這邊更有自主性一些。昨天說出那些話有點意外，不知道是不是挖了個大坑。」

「哈哈，紅了有什麼不好。」拉琪笑了笑，「咦？你每天早來晚走的，好久沒談戀愛了吧？」

「是啊，和男友快一年沒聯繫了，嗯……前男友。」

「怎麼不去認識新對象呢？」

「沒時間啊，倒是越來越習慣一個人了，一想到談戀愛就覺得，這個年齡了還要互相交代人生，好累……你不也沒有嗎？」

「我沒有，可是我身邊一直有自己的伴。」

「那位大老闆？你們也不經常見吧。」

「是，我畢竟不是他太太。」

「什麼意思，你還吃零食？」

「正餐哪有零食好吃。你們Blueart的執行長也這樣啊，一直有年輕男朋友。」

「可是，你這個……被大老闆發現了怎麼辦？」

「我幫他充電很累的，難道我不用也充個電嗎？這樣對大家都好。」拉琪滿面笑容地回了一個訊息，接著說，「女人啊，只有在性方面獲得了自由，才不會誤把性欲當愛情。如果我總是需要他，那我會變得像一隻低三下四的母狗。」

刺一般的觀點又讓我心裡一緊，「那……小男友不會難受？」

「難受？只要你願意給錢，男人可比女人懂事多了。」

「這種事情也要男女有別嗎？」

「未必是有別，但很大機率如此。男人的同理心是有目的性的，他不是不能懂你，而是看你值不值得他花那個心思。所以，只要錢夠，他就會給出你想要的愛情，就像是一種職業道德。」

「如果滿意的關係要用錢來買，我還是單身算了。」雖然與拉琪相處的這半年我嘗到了冷酷的好處，但是面對親密關係，我還是希望它不要淪為金錢交易。

「你的覺悟真不像一個蟲島人。一個萬年不變的真理就是——生活中的麻煩都是用錢來解決的，如果錢解決不了，那你還需要賺更多的錢。」

「照你這麼說，我這過去一年的麻煩都是因為沒錢？」

「你說呢？我認識的那些富家小姐，成天被男人圍得團團轉，這麼多年下來，連自己性格差長得醜都不知道，還自以為男人是喜歡她們魅力無限呢。你說你，有臉有胸，人家還是離開你，還不是因為沒有強勢貨幣？唉呀，不跟你多說了，我等一下約了一個真正的富家小姐。」

「誰啊？」

「林一甲的女兒。」

「林一甲是誰？」

「蟲島又低調又有分量的大地主，江湖人稱穿山甲教父。我最近要在他們家買一棟房子，位置比較難得，他們想自用不願意讓出，正好朋友介紹他女兒認識認識，我試著去說幾句。」

「……」

「梨子，我走了！」拉琪拍拍我的肩膀轉身離開了。而我，又開始忙碌的一天。

忙完工作已經是深夜，一個人坐在辦公室裡，腦子裡突然出現了狄森屏，這麼久沒聯繫，他到底在做什麼，談新的戀愛了嗎？我當初哪點出了問題，以至於讓他必須不辭而別？也許工作的順暢喚起了我解開舊疙瘩的欲望，他總是覺得我不行，如今我變得更好了，他會怎麼想？他會看到蓋亞拳館的報導嗎，想過再和我聯繫一次嗎？諸多的疑問在我腦中盤旋，我想也許應該當面聊一聊，雙方說清楚想法，哪怕是宣判死刑，也該彼此知曉罪名。

「我該怎麼說呢……」我一邊上網刷新社群動態，一邊琢磨臺詞。突然，我發現一個很久沒聯繫的前同事發了一張照片，並輔以祝福寫著：「恭喜！」我點開照片，發現一個女孩站在格麗斯天文台下手捧玫瑰，被眾人熱情環繞，手上的大顆鑽戒比星星還要亮。「啊……我當初……」這一幕讓我想起一年多前，我和狄森屏一起爬到蟲島邊上的格麗斯山頂，背後是格麗斯天文台，山下是璀璨的萬家燈火，綿延向上是大片的星光，拱著一顆雪白的月亮。我對狄森屏說，晚上在這裡求婚一定很浪漫，天地之間的星辰會共同見證一份承諾。狄森屏如同一個木訥的模範生說：「有道理。」曾經也與他暢想過婚後生活，可如今……想到這裡，我心裡倒是生出一絲溫柔的漣漪。「不過，這個女生……」我覺得這個女生的側臉似乎有些面熟，我再次點開這張照片，再次放大。「林黛絲！」我驚呆了，「怎麼會是她？」

我迫不及待地點開了林黛絲的個人頁面，她果然發了照片，但是沒有露出男主角。我點開一張二人手指交疊的鑽戒照片，居然發現了一隻我再熟悉不過的手，以及指尖那顆再熟悉不過的痣。「是他？」我忽然感到心跳加速，呼吸急促，「怎麼可能是他？才半年多而已啊，而且那顆鑽戒足以花掉他五年的工資，不可能買得起……」我心裡期待這個人一定不是他，一定是一場巧合而已。但我還是點開了狄森屏那幾乎從不發東西的社群頁面，他早就封鎖我了，什麼都沒有，我鬆了大大一口氣，可是再次刷新後，發現背景改成了格麗斯天文台的璀璨夜景。

刷新的瞬間，我感到窒息，從沒想過自己的戀愛竟然以這種方式宣告失敗，沒有爭吵，沒有通知，而是以自己的男友與宿敵訂婚的方式來告知我出局。我的大腦開始像解壓縮的檔案，無法控制地彈出一件件過往，我到底做錯了什麼才會讓對方殺之而後快？到底林黛絲哪點好，能讓他半年就求婚？哪裡來的機會讓他們兩個勾搭在一起？一切一切的大事小事，證據細節開始在我的大腦中撕扯盤旋，我試圖找出一個答案。

我控制不了地開始給狄森屏打電話，卻發現怎麼打都是無法接通。我不斷地發訊息質問狄森屏，為什麼不說分手就能馬上和另一個人訂婚？但是對話框顯示了對方已經將我刪除。我也無法打電話給同事和林黛絲質問這些事，無非是自取其辱。

一陣失控的折騰之後，我筋疲力盡。回家的路上，淚水模糊了我的視線，我不知道自己是生氣還是傷心或是屈辱，我甚至不知道自己為什麼要流淚，因為我知道，不必為一個失聯半年的男人心碎。

五

回到家，一進門發現燈亮著，沙發中間是母親。

「媽，你怎麼來了？」

「我帶人來看房，剛送走一組人。」

「進我的房子為什麼不提前跟我說？」

「你在上班啊，正好有幾組人感興趣，都約今天帶他們看看。」

「那你也可以打電話給我啊，我不喜歡亂七八糟的人入侵我的私人空間。」

「什麼叫作亂七八糟的人，我怎麼能算亂七八糟的人？」

我沒說話，開了瓶酒兀自喝了起來。母親的倒影杵在玻璃杯上。

「你要明白，這房子是你外婆留給我的，怎麼安排它是我的事。」
「可是現在是我在住，能不能講點人權？」
母親嘆了口氣，「我早就跟你說了房子要賣，我不帶人來難道你帶人來？怎麼了，出名後脾氣也大了？」
「這和出名有關係嗎？你根本沒有聽懂我說的話。」
「我聽懂了，你覺得這是你的私人空間，可是你要早點動腦筋想一想，它到底是不是你的私人空間？你能在這裡住多久？它遲早要賣掉，你也會結婚，成為一個有家的女人。」
「一個有家的女人？結婚才配有家？你看看這間房子，每一處都是我的一部分，不管它粗糙、陳舊還是醜陋，每一個細節都參與了我的生命，這樣的地方難道不配叫作家？」
「梨子，你要明白家是什麼。家是家庭，成立家庭的人才有家，不成立家庭的人只能說是飄著。」
「我們對家的理解不同，在我看來，讓我有安全感的地方才是家。我衝浪，我塑像，我畫畫，它們都是我的家。可是如果我和一個男人在一起，他讓我擔驚受怕，讓我否定自己，讓我不堪重負，我為什麼要把那個和他一起住的水泥盒子叫家呢？」

「別幼稚了，你父親談不上對我多好，但到了我這個年紀，我至少是一個有家的人。你剛才那番話，你去蟲島大街上喊喊，看看誰聽了不會笑掉大牙。我是你的母親，怎麼可能害你？你現在要做的就是早點結婚，不結婚你就沒有房子住，更沒有家。」

「你什麼意思？不結婚我就要露宿街頭？」

「你說呢？除非你有自己的房子，但是那空落落的也不能叫作家。」

「那這麼說，我從來都沒有過家？」我對母親的話感到窒息，「你著急賣這間房子，賣掉的錢你準備做什麼？」

「這是我要考慮的事。」

「你會再買一間吧，如果我沒猜錯的話，你早就在四處看房了。」

「我的錢，我有支配它的權利。」

「買給誰的？」

「這不是你該關心的事。」

「到底！到底買給誰的？」我盯著母親加強了分貝。

母親囁嚅。

「看樣子肯定不是買給我囉？也不是買給你的。對嗎？」

母親還是沒有說話。

「你總說我比弟弟優秀，讓你臉上添光。我如今出名了，讓你在學校很有面子。既然我為你做了這麼多，這個時候怎麼不能按勞分配呢？」

「什麼叫按勞分配？我只知道誰更需要就給誰。一個男人，沒有房子怎麼結婚？」

「你怎麼不想想我沒有房子怎麼結婚？兩手空空拎包入住的女人，在男人眼裡更有魅力是嗎？如果我住在富麗堂皇的大豪宅，追我的男人已經大排長龍了吧？你既然催著我結婚，為什麼不想想是什麼限制了我結婚？」

「為了你的錢找你的男人能是什麼好男人？」

「為了他的錢找他的女人能是什麼好女人？」

「你怎麼想我管不了，你這輩子也學不會理解我。」

「我不學著理解你？我一直在學著理解你，我用我過去所有的人生在告訴你，我在努力理解你。我為了讓你們多關注我一點，從小努力學習，長大拚命工作，存款放在你手裡，忍著不怎麼喜歡的工作一層一層往上爬，為的就是證明我值得被關注、值得被愛。結果事到如今，在性別面前我依然是個二等公民，我一個狂奔了小半輩子的人居然贏不過一個從頭到尾躺著的人，這委屈跟誰說，誰又能理解我呢？」

「你想太多了，生活沒有你想的那麼複雜。」母親嘆了口氣，「你就是太要強了，女孩子這樣注定很辛苦。」

「不要轉移話題，你從不肯給我一個公平的交代。什麼要強？我要強有錯嗎？如果我不要強，恐怕走在路上你都不認識我吧？怎麼才算不辛苦呢？」想到這些年拚命地證明自己卻只換來這些，我絕望得像一隻翅膀碎裂的麻雀，「媽媽，要強的女孩承受枷鎖的苦，懦弱的女孩承受奴役的苦，只是在於要選哪個苦來受而已。」

「你到底在說什麼？」

「我累了，你想待在這裡就一直待著吧，反正是你的房子。」我拿起衣服出了門，淚水如暴雨傾盆。

走在馬路上，冷風穿透我的每一根頭髮，讓我頭痛欲裂，我想不通，為什麼我就要承受這樣的命運？為什麼我就要生在這樣的家庭？為什麼我就不能有一份真摯的愛情？我如此地痛恨這一切的不幸，可它們又如此沉重地籠罩著我的生命。這間老房子早已是我生命中最重要的夥伴，但它也擺脫不了離開我的宿命。拉琪在為要住哪一棟大房子而憂慮，而我卻為無家可歸怎麼辦而憂慮，這世界的苦痛果然並不相通。遠遠地，我看到母親離開了，可是我並不想回去，蟲島的夜空看不到繁星，我像是墜入了一個無邊的黑洞，我渴望自己被吞噬，成為黑洞的一部分，然後殘忍地吞噬一切。

六

連續一週的時間都是輾轉難眠，即便是淺睡也會在半夜被心臟震醒，又一次覺得人生過不去了。

十月二十八日，床頭菸點亮清晨，我決定啟程去佛島。如果不打敗自我折磨的心魔，正常的生活難以為繼。六點鐘離開公寓，發現一封郵件被丟在門口，墨漬和水漬糊成一團，我本想當垃圾扔掉，但是一猶豫還是扔回了家裡。時間快來不及了，我飛快跑上車，一腳油門踩向蟲島大廈，只想瞬間飄移到佛島。

從電梯出來，佛島已是純色之境，踏雪疾行，又一次抵達√7。寬廣的窗戶像是一個巨型的雪景浮世繪，巴掌大的雪花如海浪一般在畫面中捲動，馬可對著窗外的雪片撲來撲去，不時因為失手而哼唧作響，雅圖依然和藹有加，看到我冷得手腳麻木，遞給我一杯熱紅酒。

「看來外面很冷，你的臉色不大好。」

「佛先生，我的心情很糟。」

「嗯。如果想跟我們說說的話……」雅圖聳聳肩，給我一個鼓勵的眼神。

「之前與你們說過我的上一段戀愛，我本以為只是不辭而別而已，可是沒想到在我們分手之前，他就已經和林黛絲在一起了，而且前幾天，他向林黛絲求了婚，就在我最希望被求婚的地方。」

「所以你很失落？」

「坦白講，不是失落，而是一種痛苦……一種無法控制的恨。我突然覺得我不了解這個男人，竟然從沒看出他的狡詐；而這個女人也讓我感到噁心。他們明知道有我的存在，還是偷偷勾搭在一起……」

「這兩個人裡，你更恨誰？」

「我都恨，但我更恨狄森屏，他明知道我和林黛絲是宿敵，卻還是選擇和她在一起……」

「那……你和狄森屏兩個人，你更恨誰？」

「我更恨誰？佛先生，是他傷害了我！我為什麼要恨自己？」

「這有什麼不明白的，你們人類所有的生氣都是在氣自己！」馬可追著雪花不耐煩地說道。

「我氣自己什麼呢？」

「你氣自己的無能！」馬可補充道。

「梨子，其實這兩個人早就從你的世界裡消失了，但是現在，你在為已經消失的事情折磨自己。」

「可是他們在一起的時候我們還沒分手，我被騙了！」那種強烈的恨意再一次衝上了頭頂，「佛先生，從小到大，我這個人……」我的身體開始戰慄，淚水忍不住地往下落，「我不恨自己沒擁有，只恨擁有的被拿走！也許對於你們來說這不算什麼，但是對於我來說真的非常非常痛苦……」

「梨子，我發現你剛才說『你不恨自己沒擁有，只恨擁有的被拿走』時情緒變得非常激動。你可以先平復一下情緒，慢慢回憶，你人生中第一次出現這種強烈的念頭是在什麼時候，當時發生了什麼事讓你這樣想。」雅圖指著壁爐旁邊的沙發，「你可以靠在那裡想想，想好了跟我說。」

我躺在沙發上，雅圖遞給我一個黑白小人，剛拿到手裡的時候，我手掌麻麻的。我看著壁爐裡的火焰起起伏伏，頓時覺得那種麻木的感覺布滿了全身，我像是進入睡眠前期，情緒上的阻力逐漸消失了。

雅圖輕輕問我：「我不恨自己沒擁有，只恨擁有的被拿走，這是什麼時候的事？」

我的大腦從一片混沌之中逐漸清晰起來，浮現出一個小小的紅色鬧鐘，「小時候，我有一個心愛的紅色鬧鐘，它是外婆送我的人生中第一個玩具，秒針轉一圈，分針才能動一格，這種迷人的秩序讓我著迷，我會對鬧鐘訴說我的心事和願望，覺得它們會被記錄在時間裡，在某一天一定會實現。有一天，媽媽帶著弟弟來了，弟弟也喜歡這個鬧鐘，媽媽讓我送給弟弟玩幾天，可是鬧鐘是我最好的朋友，我不願意，當時我求饒、哭鬧，可是母親斥責我自私、霸道。於是我只好忍著心痛說能不能第二天送給他。在那天晚上，我偷偷改了鬧鐘裡的零件，倒上花粉，第二天送給了花粉過敏的弟弟……時間不準的鬧鐘成為弟弟的童年噩夢，他開始嚴重氣喘，全身發癢，幾乎什麼事也做不了。母親不知道花粉在哪裡，於是一遍又一遍地清理家裡，卻沒想到問題出在這個鬧鐘上，他們以為弟弟得了嚴重的病，每天為這個東奔西走。」

「當時你是什麼感覺？」

「我開心，但我更難過。我難過沒有了我的小鬧鐘，也難過為什麼生病的不是我。如果我生了病，他們會不會多關注我一點。」這時我睜開雙眼，滿臉都是淚水。這麼多年了，這個回憶再次出現，我還是會痛苦得翻江倒海。伴隨著我的啜泣，房間變得極其安靜，馬可不再跳上跳下，而是趴在墊子上靜靜地看著我。雅圖也表情嚴肅，所有人陷入了沉默。

「佛先生，您覺得我因為這樣一件小事就小題大作是不是很可笑？」

「從個體的感受而言，不存在小題大作這回事。」

「不存在？」

「就好像，對大人而言，睡覺怕黑是小題大作，但對於小孩來說不是；於大象而言，貓咪咬牠是小題大作，但對老鼠來說不是。人的成長，就是一次又一次的小題大作。」

雅圖的話讓我寬慰了很多，「其實這麼多年來，我幾乎已經忘記這件事了。」

「但你後來的很多傷心，會與它有關。」

「是嗎？可是我發現狄森屏訂婚的時候並沒有想起鬧鐘的事，它們是兩件事，時間差得太久了。」

「痛苦可能會被我們忘記，但它們並沒有消失，只是睡著了。如果一件類似的事情再次發生，這種熟悉的痛苦會被突然喚醒，人們會誤以為自己在面對一個全新的痛苦，但它很可能是曾經的痛苦在新事物上的映射。」

「就好像……一朝被蛇咬，十年怕草繩？」

「是的，痛苦也是一種經驗，就好像你學會了游泳，並不會刻意記著它，但多年後你再跳進水裡還是會游起來。當我們對一些事情有了痛苦的經驗後，如果再次進入類似的環境，依然會喚起這個經驗，痛苦可能會加倍，因為曾經的痛苦又映射在了全新的痛苦之上。」

「可是我不希望承受這麼多的痛苦……佛先生，脆弱是人的宿命嗎，還是說堅強本來就是假象？」

「每個人的一生都是在走自己的劇本，所以我們只能把自己當作問題，把自己當作答案。執迷於一個確定的標準，只會加重你的痛苦。所謂脆弱、堅強、幸福、不幸，都是一個人的精神狀態，而你的精神狀態如何並不完全取決於這個世界如何對待你，而是更取決於你如何看待這個世界。」

「您是說態度決定一切？在蟲島，這話早被當作陳腔濫調。你有再好的人生態度也比不過別人有錢、有漂亮臉蛋、有成功的事業、有富有的家庭……只有讓幸福眼見為實，別人才會相信你真的幸福。」

「眼見真的為實嗎？」

「眼見不能為實嗎？」我很困擾他的疑問。

「那這些精明的觀念能說服你嗎？」

「這個……」面對雅圖的詰問，我有些語塞，「如果能說服我，我就不會在這裡，我痛苦是因為情感上的因素。」

「其實不論富人窮人，每個人的幸福與痛苦都是一種個人的情感狀態，我們的欲望、滿足、勝利、失落、平靜、焦慮，都會讓我們的幸福感受發生變化，我並不想說『態度決定一切』這種武斷的話，但是你需要去發現一點，引發我們情緒和行動的，不是誘發事件本身，而是我們對誘發事件的認知和態度。」

「引發我們情緒和行動的，不是誘發事件本身，而是我們對誘發事件的認知和態度？」這話聽起來太抽象了。

「就好比一個人看到兩個快要餓死的乞丐，於是給他們一人一塊發霉的麵包。一個乞丐很高興，他說：『好心人救我一命，我命不該絕。』然後大口地吃了下去。而另一個乞丐看著綠色的黴菌哀嘆：『我的命可真苦啊，都快要死了，還有人拿發霉的麵包侮辱我。』於是扔掉麵包，等著咽氣。同樣一塊麵包，一塊扮演了上帝，一塊扮演了魔鬼，但它只是一塊麵包而已。同樣的事發生在不同的人身上，會產生不同的認知和態度，進而產生不同的情感和選擇，這一切在人生中不斷堆砌，讓人通向不同的人生。」

「可是……難道我要把那些傷害我的人當作刺激我成長的恩人嗎？」

「梨子小姐，先去好好休息吧，等靜下心來你可以想一想，這些讓你痛苦的事發生之後，你是怎麼想的，你為什麼會這麼想，這些想法又是怎麼給你製造痛苦的。」雅圖摸了摸馬可的頭，「馬可，帶梨子小姐回屋休息吧，我們明天再聊。」

七

日期：十月二十八日

回到貓窩一睡不醒，再睜眼已是黃昏，漫天雪地被夕陽染得粉橙交錯，恍惚間有一種置身何處的迷惑感。不得不說佛島是一個特殊的存在，自從開始工作，我的睡眠品質變得越來越敏感，外婆離開之後，半夜驚醒的次數更多，但是在佛島不同，我每一次都能睡得安穩，讓我情緒不再那麼沸騰。

此時的狀態適合思考，適合回憶，適合好好想想那個紅色鬧鐘對於我來說到底意味著什麼。

從有記憶以來，我就發現別人都與父母生活在一起，而我與外婆在一起。我總是想像和父母在一起生活會不會更幸福，但他們對我的態度讓我明白，只有與外婆在一起才會有幸福。這一切都讓我在長大的過程中充滿了不安，也許我的潛意識裡始終需要一種自己的秩序，這種確定的秩序才能給我安全感。而這個紅色鬧鐘屬於我，我給它上好發條，讓它和時間相互追逐，它的每一聲滴答都是專屬於我的生命秩序。但是母親的到來剝奪了它。

在後來的記憶裡，紅色鬧鐘不再是快樂，而是無法掌控、不被偏愛、被剝奪、被歧視、被暴力，小小的鬧鐘讓我在似懂非懂的年齡裡，將這一切的感受凝聚於一體，成為一種肌肉記憶。

行筆至此，我淚流如注。

如果你在無辜的童年，就被箍上了一副眼鏡，總是放大眼前的悲傷，強化那些不安全感，鋪陳一次又一次不必要的恐懼，那你又該如何面對這個世界？

八

新的一天是透明的，因為這一天是從冰屋開始的。這麼久以來，我第一次踏上了$\sqrt{7}$的屋頂，整個屋頂都是透明的，連日的寒冷與積雪讓屋頂得以搭造出一個結實的冰屋，從遠處看如同一個玲瓏剔透的玻璃半球。我裹著巨大的毯子，馬可也穿上了兔皮馬甲，我們圍著雅圖開始了全新一天的談話。

「好亮，像是飄在天上。」強烈的陽光泛著淡淡的紫色，像是一種幻覺。

「哈哈，充分的陽光有助於治療憂鬱。」雅圖笑著遞給我一杯特調的咖啡。

我望著屋頂，陽光穿過冰塊悉數落下，確實能讓憂鬱的情緒有些許的鬆動。桌子是一整塊透明的冰，冰裡是一株綻放的梅花。咖啡裡的酒精讓喉嚨和毛孔齊齊發熱，加速喚起了我久違的清醒。今天的馬可似乎散發出一種松柏木的味道，我抱著牠，晒著太陽，一切都讓人感到鎮定、安穩。

「昨晚我一直在想紅色鬧鐘的事，我在想，如果一個童年記憶讓我痛苦了這麼多年，那它在當時一定強烈地影響過我，甚至改變了我看待世界的態度。」

雅圖點點頭，示意我接著說。

「您說得很對，引發我們情緒和行為的不是誘發事件本身，而是我們對誘發事件的認知。昨晚我嘗試著跳出自己的身分，設想假如我是一個從小被父母偏愛的小女孩，有一天母親讓我把自己的小鬧鐘給弟弟，可能我也會生氣、哭鬧，但想必它一定不會成為我難以釋懷的記憶。但是……承受這件事的人不是她，而是我。父母對我長久的疏遠讓我敏感多慮，在我心裡會放大這件小事，把它放大為我不被愛、我被拋棄、我被輕視、我不配擁有……它像是一種象徵，包裹著一系列沉重的觀念壓迫著我。所以折磨我的，是我對這件事情的看法，而不是那個小鬧鐘。」

「很好，你已經明白我昨天的意思了。」

「其實戀愛也是。昨天您說得對，一個已經離開我的人，選擇誰都和我沒有關係了，但是我自認為他應該是坦蕩的，他應該對我做個交代再開始戀愛，他必須在選擇新女友的時候考慮我的感受……我為自己設計了一個安全感的框框，可是這個框框不屬於他，所以，一旦被打碎，我會非常痛苦。但如果我從來沒有這個框框，我就不會因為後來的事而痛苦，所以我的痛苦確實是因自己而來。」

「喔……你已經完全理解我昨天在說什麼了，還引出了今天要和你聊的兩個話題。」

「什麼話題？」

「一個話題我把它稱為『應該的折磨』，另一個話題叫作『三個無條件』，這兩個東西都關乎我們如何客觀地接納世界、接納自己。」

「什麼是應該的折磨？」

「你有沒有覺得，腦子裡充斥著諸如『別人應該如何如何』、『我必須如何如何』的人往往生活在緊張與不滿中？」

「對，我就是這樣的人。必須有好成績，必須進大企業，必須結婚……很多時候我都會用『必須』來逼迫自己，但是從來沒想過我『必須』做的那些事到底是不是真的熱愛。深究起來，它們之間似乎有一種WANT和LOVE的區別……確實很奇怪，為什麼腦子裡會有這麼多的『應該』和『必須』呢？」

「『應該』和『必須』是一種非常有效的心理毒藥，蟲島人最喜歡用在教育中，老師與父母常常對孩子說你應該如何、必須如何，久而久之，孩子會形成一種用無數個『應該』和『必須』構造的世界。他們的世界充滿了『應該』與『必須』，但是幾乎沒有什麼空間留給熱愛和渴望。他們按照別人的框框不斷地填充安全感，但自己又像是一個空心的殼。當他們發現現實無法與自己的觀念協調時，就會滋生出很多憤怒與痛苦。」

「您說得對，蟲島人多半是這樣。我認為你應該賺很多錢，你做不到，所以吵；我認為你應該學習好，你做不到，所以吵。似乎我們每個人懷裡都有一堆的『應該』和『必須』，每天與周圍的人互相丟來丟去，彼此折磨，這種感覺很痛苦，但是根本不知道該如何擺脫。」

「梨子，你覺得人會被什麼打倒？」

「如果是心理層面的話，人會被無法承受的挫折打倒。」

「那在什麼情況下，一個人不會被任何人、任何事打倒？」

「什麼都不怕的人？」我托著下巴陷入回憶，「我記得以前看過一個電影，裡面的女主角想要爭奪王位，當她看到自己的宿敵因為有了孩子而變得猶豫懦弱，於是就決定自己不生孩子。沒有了孩子就意味著沒有了軟肋，那麼她就可以肆無忌憚地對政敵殘酷鎮壓，再也不必擔心會被打擊報復。所以……當時我在想，我們之所以容易感到恐懼、痛苦，或者非怎麼樣不可，可能是因為我們有太多的在乎。如果我們沒什麼可在乎的，似乎就沒那麼容易遭受恐懼和痛苦。」

「非常好，不在乎就不會痛苦。所以回到剛才的話題，想要擺脫生活中的絕大多數痛苦，就需要學會三個無條件接受。」

「三個無條件接受？」

「對，無條件接受自我、無條件接受他人、無條件接受生活。」

「為什麼要無條件接受這麼多？像是一種不平等條約。」

「恰恰相反，只有做到這些，你才能擁有生命的主動權。」

這個說法讓我疑惑，「那怎樣才算無條件接受自我呢？」

「無條件接受自我，意味著總是能接受自己的弱點。人們總是過於關注自己的弱點，想方設法逃避、遮掩、粉飾，反而給自己帶來了壓迫。」

「好像是這樣，每個人都會有一個理想化的自己，總是喜歡拿實際上的『我』和應該的『我』比較。可是我覺得追求理想化的自己沒有什麼錯，如果我們總是無條件地接受自己的弱點，會不會對弱點過於放縱呢？」

「不接受意味著一種對抗，也就是把真實的自己放在了自己的對立面，這會讓改變變得更加艱難，而接受恰恰是面對現實的表現，需要我們付出更多的勇氣。只有以真實的自己為起點，才能扎實地走向理想的自己。」

「是的，如果總是否定真實的自己，反而更難著手改變現實，心靈也得不到安寧。第一個無條件我有些理解了。但是關於第二條，我真的要無條件接受別人嗎？我不可能對每一個人都有善良的義務，如果別人傷害了我，我覺得他們沒有資格擁有我的無條件接受。」

「那你準備做什麼？」

「我不會做什麼，但我有恨他們的權利。」

「對，這是你的權利，但如果你做不到無條件接受，那你就還是活在『應該』與『必須』裡，而不是真正的現實。無條件接受並不代表無條件原諒，而是勇敢接納已經發生的現實，只有這樣，你才能不被過去束縛，自由平滑地向前走。」

「是……道理是這樣。我也很想擺脫這些痛苦，但有時候恨像是一種對尊嚴的執著，好像……好像擺出恨的樣子才算對得起自己。」

雅圖點點頭，「每個人都愛自己，有時候這種愛讓我們更好，有時候這種愛讓我們變本加厲地受傷害。但是每當我們產生恨的時候也要想，你在過去的恨中多花一分鐘，就在現實世界中少活了一分鐘，這種對於過去的不接受，到頭來約束的不是別人，而是自己。」

「是啊，狄森屏怎麼做是我不能改變的，有什麼樣的父母也是我不能改變的，改變自己都這麼難，更何況要別人為你改變，您說的我大致理解了，但要做到我還需要很多時間去消化。我想……我也大概理解您說的第三點無條件接受生活了。」

「天地不仁，以萬物為芻狗。上天並沒有給每個人分配一樣的運氣與苦難，接受這一點並不會讓生活變壞，反而能使我們不帶情緒地與現實相處，讓自己的主觀意志發揮更大的作用。」

「可是，如果以這樣的態度活著，人會不會變得逆來順受，成為一個軟弱的人呢？」

「這是一個好問題，這樣的人生觀會發展出兩種人格，一種人格是軟弱無力的，而另一種人格則是宏大有力的。」

「為什麼會產生兩種人格呢？」

「這取決於你是否放棄了生命的主動權。如果你的無條件接受只是毫無反應地躺著，那不過是讓命運任由現實踐踏，並沒有活出自己生命的力量。但另一種則是極具空間感的人格，正因為他對於生活中的一切都能做到無條件接受，所以他勇敢平和，對現實真誠，對自己真誠，他與外部世界形成了高度的一致性，那麼他的能量永遠不會因為自我對抗而無意義地損耗。所以，他總是很平靜，總是有無窮的能量去做那些他真正想做的事，讓真正的自我朝著更遠的半徑延伸。」

「嘩啦！」一隻鳥落在了冰屋頂上，馬可騰空而起，瞬間鳥兒又消失。這時我才發現，太陽已接近正午，冰屋好似燃燒著金色的光，每一寸都熠熠發亮，天空萬里無雲，靜謐的藍色落在冰塊上，半球體猶如一顆碩大的藍色寶石，碎花一樣的光點在三個人的臉上閃閃爍爍。

無條件接受自己，無條件接受別人，無條件接受生活，我真的能做到這些嗎？

Chapter 05

魚島旅行記

當你思考過死亡的問題，就會重新看待人生，
只有站在人生的終點，你才會發現什麼最重要。

一

在佛島的這幾天，雅圖跟我說了很多，不過從「學到」到「做到」恐怕需要很久。但至少，我在黑暗中走進了一條隧道，遠方有光點，我知道我有希望。

我還有大量的工作留在蟲島，馬可陪我走向回程電梯，一路上，我忍不住與牠分享自己近期的事業進展。

「你的運氣會更好。」馬可平淡地說道。

「會嗎？我無法想像還會有更好的事情發生。」馬可說話一向很準，聽到牠這句話，我心中一陣竊喜。

「你等著瞧就好。」

「哈哈，是不是因為我前半輩子太倒楣，老天決定補償我一下？」

馬可沒有理會我所說的，反而表情凝重，「越是好運，越要明白傲慢的代價。」

「什麼意思？」

「記住我說的話就好。」

轉眼就走到了電梯，我抱了抱馬可揮手告別，很快就到了蟲島。

第二天我回到公司，未料想一進門，拉琪就帶著所有人對我鼓起了掌，手捧一個水晶獎盃遞給我。這時我才發現，自己被蟲島企業家聯盟授予了年度最具創新女創業家獎，所有人都紛紛對我祝賀。這是我完全沒想到的，驚喜之情溢於言表。這是一個很有分量的獎項，意味著我很快會被蟲島上的大多數人知曉。不過我記得過去連續兩年拉琪都上榜了，雖然是兩個不同的獎項，但是足以證明業界對她的認可。然而，不知道為什麼，這一屆她沒有得到任何的獎項，但是拉琪像是早已習慣了這些榮譽，看起來並不在意。就像小時候一樣，她無比真誠地為我的成績祝賀，並且特意拿出一瓶我出生那年的好酒與我舉杯痛飲，這讓我非常感動，畢竟在蟲島這樣的地方，你每向上爬一步，就多幾個看你不爽的人，身邊能有一個好姐姐為你的高興而高興，是多麼幸福的事。不僅如此，拉琪更告訴我近期還有一筆大的分紅在路上。

過去這半年只是借助蓋亞拳館提升了不少名氣，而這個獎項增加了整個社會對我的認可，幫我建立更加有分量的公眾形象，我不再僅僅是一個拳館的營運者，也成為一個具備社會認可度的企業家。生活開始有了更多的變化，邀約越來越多，工作越來越忙，每天行程滿檔的日子已經讓我沒有更多的精力去糾結那些傷春悲秋。蓋亞拳館的營業額穩中有升，我們開始開發各式各樣的周邊商品，服飾、酒水、香菸，目標是打造一個脫離男性評判體系的女性品牌。我們甚至與汽車公司合作，試圖打破自汽車發明以來始終以男性視角進行設計的慣例，嘗試以女性的視角與功能訴求進行顛覆性的移動空間設計。「蓋亞」已經不再是一個拳館品牌，而是一個定義女性生存態度的綜合文化體。一些外部的投資人也開始聯繫拉琪，希望做一些股權投資，以期蓋亞能在未來有更樂觀的經濟表現。

很長時間以來，我沒有太多的朋友，但是隨著知名度的上升，周圍的朋友越來越多，Niki邀請我去她的美容院，把我當作VIP客戶來照顧，而且經常邀請我做女性文化對談，將對談的內容作為媒體宣傳，彰顯美容院的品牌格調。Amanda早已財務自由，雖然她還是和上學的時候一樣搞不清楚數字和數字之間的關係，但是她認定我們是一個好的投資標的，時不時打聽有沒有投資方接觸我們，她的集團有沒有機會參與。那些早已陌生的關係一個接一個地突然熟絡起來，冒出很多老朋友，也多了很多新朋友。從小我就是一個備受忽略的人，只有拿到矚目的成績才能贏得一點點的愛，而現在，這種愛比那個時候更多、更強烈，它們潮湧般落入我的生活，讓我時時被關照，讓我再也不孤獨。

二

轉眼到了十二月，隨著新年的到來，很多人都開始辦跨年派對，我自然也少不了參與其中，曾經的小透明，如今也能坦然地成為座上賓。有一天晚上，我幾乎是醉著離開酒吧，在搖搖晃晃的模糊視線裡，一個熟悉的身影從眼前劃過。「林黛絲……」我心裡念出了名字，試圖悄悄追上去仔細看看是不是她，但是那個人卻很快消失了。

我回家之後，那個身影始終在我腦中盤旋，早已放下的事情又如沉渣泛起，一系列的問題再次湧入腦海：「他們在一起是什麼樣子……他們結婚了嗎？」我按捺不住好奇心，決定去林黛絲的社群頁面一探究竟。

大學的時候，大家陸續開始有了部落格，每天上傳自己的心情與照片。在那個網路世界裡，早年的舊相識居多，工作後，多數人會離開，留下的人大多會把那裡當作樹洞，有空就發一些自己的心情記事。我已經很多年沒有登入了，部落格帳號早已荒蕪，花了不少力氣才找回密碼，終於搜到了林黛絲的帳號。點開主頁，赫然展示的是一張熱烈的求婚照。林黛絲站著，狄森屏單膝跪地，環繞著不少熟悉的面龐。我再次放大這張照片，試圖從他們的臉上挖掘到某些不自然的細節，可是每一個人的快樂似乎都渾然天成，男主角激動興奮，女主角嬌羞感動，群眾投入百分百的祝福，所有細節都是那麼完美，一種背叛的不適感再次爬上我的心頭。圖片的下方，林黛絲逐條回復祝福，告訴所有人：一月一日訂婚儀式，四月一日婚禮儀式。

雖然此前我已經將他們的事擱置一旁，但是看到他們這麼快就走向婚姻，依然百感交集。有什麼比看著宿敵成了前男友的太太更刺激的呢？逆著時間軸，我一條又一條地往回看，很意外，除了這張照片，部落格裡沒有任何關於狄森屏的消息，不過仔細想想，如果早點發出來，恐怕我也不至於等到他們求婚還蒙在鼓裡。不過更讓我意外的是，林黛絲的部落格並不像她本人那麼熱鬧，而更像是一個孤獨的、自言自語的工作日誌，時而是配著酒的照片，說工作好辛苦；時而是配著花的照片，說自己要努力；時而半夜碎碎念，為了一些不大不小的事情糾結。我邊看邊想，她看起來那麼強勢，沒想到每天心情的起伏跌宕和自己沒什麼兩樣。就這樣，我一條又一條地翻到了兩年前，竟然看到了自己的名字。林黛絲寫著：「好羨慕Lizi，總是知道如何考慮別人的感受，我怎麼就做不到。」我心裡咯噔一下，她居然會這麼想？繼續翻到大學時期，竟然是一群女生的學士服合照，裡面赫然有我的笑臉，林黛絲配文寫著：「前途山高路遠，友誼地久天長。」友誼？還真是一個陌生的詞啊！那個時候的林黛絲還只是普普通通的四方臉，平淡的五官毫無出色之處，畢業後的她一年比一年好看，雖然與大美女依然有不小的差距，但是早已超出了路人的水準，如果不是眼睛之間的距離，你甚至不會相信她和照片上的女孩是同一個人。再向前翻到大二，居然又看到一張自己的照片，那時我們還不認識，照片裡的我當時是助教，正在為那些數學基礎不好的同學講解題目，配圖文字依然是那個年齡特有的沒頭沒腦：「嫉妒她的數學！明明年紀一樣大，我怎麼這麼弱啊！」她居然會嫉妒我？我嫉妒的人也在嫉妒我？真是令人悵然，突然覺得我看到的不是我看到的，我以為的也不是我以為的。緩過神來後，我繼續向前翻，照片是一張久遠的自拍，手邊是一個碩大的花之聖母大教堂牙雕，牙雕的下方有幾個模糊的燙金小字，我使勁放大，上面似乎寫著：一甲集團。一甲集團？林一甲？林黛絲？難道……這兩個名字被我連在了一起。

為了證實我的想法，我發訊息給拉琪：「拉琪姐，林一甲的女兒是叫林黛絲嗎？」

她很快回我：「是啊，你怎麼知道？」

「是我之前的同事，工作很拼的樣子，今天才知道她根本不用上班。」

「哈哈，這些人嘛，工作只是為了融入社會，或者說展示一種有錢也不會無所事事的高貴。」

有錢也不會無所事事的高貴？真是諷刺，窮人工作就是迫於生計，而富人工作則是靈魂的高貴？我突然明白，為什麼她當時工作沒幾年，卻總是能引入一些很有挑戰的大項目，為什麼她總是我行我素地展露著壞脾氣，卻絲毫不影響她節節攀升。我一直以為這種強勢又冷漠的做法是某種雷厲風行的風格，如今才明白，在這個世界，評價窮人和富人的標準是不一樣的，她有絕對的實力讓人們無視她身上的那些尖刺。

翻過這些年的回憶，我似乎對她沒有那麼討厭了。在巨大的差距面前，那些不公的感受反而釋然。不然如何呢？在過於強大的對手面前，強調制度公平是沒有用的。

這時部落格彈出一個視窗：「您可能認識的人：爬山的Cici」。

Cici？我之前的副手？我點了進去，發現她沒有追蹤什麼好友，發布的貼文也是零零落落，似乎並不經常登錄。不過既然點進來了，我還是想滿足自己的好奇心，於是一則一則往前翻，突然看到很長的一段話：

這個社會對女性一點也不寬容，如果你不漂亮，最好要聰明；如果你不聰明，最好要順從；如果你三者皆無，有一對富有的父母也會挽救你於水深火熱之中；如果你四者皆無，最好從男人的擇偶市場消失。但消失並不意味著你有機會做一個無人打擾的透明人，社會的惡意會像乾拌麵裡的辣椒油，滲透在你生活的每一個細節中。你自信是罪、自戀是罪、喜歡美男也是罪，種種美女身上習以為常的特質如果不幸降臨在你的身上，都將是人人鄙夷的罪名。一切的壓迫讓你成為一隻沉默的蝸牛，拖著重重的殼，縮頭縮腦地過一生。哈哈，當蝸牛並不是最差，最差的是你愛上了一個帥氣優秀的男人，你在他身上傾注了多大的熱情，就會在他那裡跌入多深的地獄。他不用做什麼，就足以摘掉你那唯一的殼，讓你牽腸掛肚地暴露在這個世界，讓你飽受傷害，讓你嘗盡炎涼。也許你心裡的愛比銀河系還美，可是他卻看不到，哪怕是一顆火星也好。你開始恨自己，恨自己像爛泥巴一樣讓他避之不及，恨自己沒有美麗的外貌讓他沿著肉體發現你那岩漿一般的愛意。最終，你的靈魂被你的肉體摧毀，讓你飲恨終身，詛咒這個人間地獄。

我的內心大受震撼，無論如何也想不到Cici竟然能說出這樣的話。她是我見過最低調的女孩了。自從她做我的下屬以來，我始終覺得她彬彬有禮、謹小慎微，很少發表負面意見，所有指派的工作從不拒絕，讓人感受到絕對的放心。上班時她是最勤奮的，早到晚走堪稱勞工楷模，所以免不了總有各路主管使喚她，但她始終毫無怨言，對別人交代的事情似乎也是盡心盡責。這樣的人總是給別人充分的安全感，所以我向上司推薦她做我的副手，很多時候我都願意給她更好的福利，因為她和我一樣，家裡不太有錢，工作是改變生活的唯一可能。我們經常一起加班，下班時我也經常載她一程，聊聊工作，聊聊生活。相比工作關係，我們還多了很多私人的情誼。偶爾她會向我透露她的家庭，父親收入微薄卻停不了吃喝嫖賭，母親得了治不好的病，身體每況愈下，所以很早開始她就需要不斷地拼命，去賺獎金，賺加班費，去省吃儉用地供養一大家人。

我很意外，這樣一個內斂自持的人能說出這麼憤怒的話，因為這些年來我甚至沒有見她生過任何人的氣。其實從我的角度來看，她曾經漂亮過，只是生活早早地榨乾了她。長期的焦慮和營養不良讓她看起來像一根腐朽的木頭，似乎隨時都會碎裂。由於幼年缺乏細心的照料，她的眉毛上有道疤，所以她經常用半邊頭髮遮擋著。長期的謹慎度日，讓二十多歲的她有一對嚴肅的法令紋。但是誰都能看得出，她始終在盡力地展現一種體面，加上體貼穩妥的性格，她絕對可以算得上一個讓人舒服的女孩。

我實在沒有想到她會有這樣極端的想法，這是去年寫的話，但那個時候，我明明記得她是有追求者的，好幾次遇到她與一個男生一前一後相差五公尺走在一起。甚至有一次男生拉她的手，她緊張地甩開了。那麼，她部落格裡說的男生是誰呢？我很難想像。

三

時間很快到了年底，一月一日就是林黛絲訂婚的日子。想到這一天的到來，我心裡還是有一些悃然若失。面對工作，我早已變得情緒穩定，遊刃有餘，唯獨感情中的枝節會讓我心情波動，泛起陣陣的酸澀。但我想，不該再被這樣的事情困擾下去了，陳年舊事掛念至此，不應當再帶入新的一年，而了斷這件事情最好的方法就是去面對它。

十二月三十一日的傍晚，躊躇再三，我決定打電話給林黛絲，堵在心裡的恩怨不如用一句簡單的祝福稀釋掉。我做好心理準備，按下了那個很久都沒聯繫的號碼。

「哦……喂……」林黛絲接了電話。

「黛絲！」

「哦……梨子。」她顯然很意外我會打電話給她。

「聽說你們要訂婚了，祝你們幸福！」

電話那頭沉默著，我不知道對方會說什麼。

「謝謝，謝謝你。」

「嗯……沒別的，就是電話祝你幸福，跟……狄森屏通電話不太方便，打給你比較好，作為老同學，應該給你送上祝福。」

「謝謝，謝謝你，梨子！」電話那頭的聲音尷尬無措又摻雜著一絲的顫動。

「沒別的了，就是祝福你。我先掛了，新年快樂！」

「那個……梨子！」林黛絲似乎有話要說。

「嗯？怎麼了？」

「我挺意外的，沒想到你會打來電話。」

「應該的，作為老同學，我應該送上祝福。」

「我很感動，謝謝你。其實你走了之後我也想過聯繫你，但是你知道，這件事情我不知道怎麼開口。」

「不用開口，何必讓自己不舒服呢。」

「不是，不是這個意思。我是說，我覺得很對不起你。」

「沒什麼對不起的，你們兩個很適合，我相信他一定會照顧好你的。」

「人生那麼長，誰知道呢。」她的口氣似乎不那麼自信。

「這個時候就別謙虛啦，相信自己，一定會幸福的。」

「梨子，不瞞你說，這件事情我也沒有想到，完全是一個意外。」

「意外」二字勾起了我的好奇，我沉默不語。

「去年六月上旬的時候，有一天我去蟲島大廈辦事，那天很熱，結束後我去對面的海馬體咖啡廳買飲料，沒想到竟然遇到了你的下屬Cici，她在咖啡廳裡，對面就是狄森屏，於是我們三個就坐下來聊了一會兒。我就是那天認識了狄森屏。」

「明白。」竟然是Cici……我有些意外，但大概與事實相符，我記得那晚有個不錯的爵士表演，我又要加班比較晚，Cici正好要去蟲島大廈見合作夥伴，所以我請Cici拿票給狄森屏，這樣他就可以先進去了，那天的演出很精彩，但我們兩人都心不在焉。他們居然是這樣認識的，我心裡波瀾四起，但還是佯裝鎮定。

「我真的不知道他是你男友，Cici也沒有告訴我，當天我對他印象不錯，於是互相留了聯繫方式。後來狄森屏有時會聯繫我，約我吃飯，但是有很長一段時間，我並不知道你們兩個人的關係。後來他對我表白了，你知道的，我一直忙著工作，沒有多少時間談戀愛，之前遇到的幾任也不是省油的燈，我就覺得，到了這個年齡，遇到一個不錯的人不容易，所以我就答應了。直到後來我們一起出去旅行，他突然對我坦白他之前和你在一起，但是已經分手了，其實我對他這麼做不是很開心，我想他中間一定有腳踏兩條船的階段，但是我喜歡他的性格，總是知道我想要什麼，也很能包容我的壞脾氣，我很吃這套，所以我就接受了。那個時候公司正在醞釀裁員，我知道你在名單上，在那種特殊情況下，我不知道怎麼再跟你提這件事。所以，梨子，希望你能原諒我的自私，我以為你考慮的名義隱瞞了你。」

我沉默半晌，「沒關係的，都是過去的事了，我曾經因為裁員的事情也對你有一點不太開心，如果當時你再說了這事，我就真的要恨死你了，今天絕對不會打電話過來的。」

「梨子，關於裁員的事情也許你誤會我了。我承認我這人做事六親不認，可是這個事情真的與我無關。」

「那是……」

「是Cici。我估計你也不會否認，有很長一段時間，你上司尼克一直對你另有企圖，想和你搞利益綁定，但是你似乎除了好好幹活，對他並沒有任何回應，後來Cici主動上鉤了。Cici只比你晚來公司半年，卻只能當你的下屬，如果你不挪坑給她，那麼她很難有升職的機會，偏偏你們部門又不是一個重點部門，你的升職注定要慢一些，所以後來公司執行裁員時，尼克幾乎是指定你進入裁員名單的。」

「可是，我們一起走的啊，走的那天Cici還對我哭呢。」對於林黛絲說出來的一切，我感到難以置信。

「就在你們走了三個月之後，公司新成立一個小部門，Cici回來了，正是擔任這個部門的主管。」

我感到脊背發涼，過去的一幕幕在腦中翻動。原來這就是Cici後來對我不冷不熱的原因，原以為是人走茶涼，卻沒想到是鳩占鵲巢。我心中刺痛，自己幾年來無比信賴、一手提拔的下屬，竟然對著自己來了這麼一套金蟬脫殼，「我明白了。」

電話那頭，林黛絲嘆了口氣，「梨子，我這個人總是被別人當惡人，但是我覺得，我的實力沒有差到當一個真正的惡人。你真正需要提防的，是那些你從不設防的人。」

「不設防的人？」

「我父親曾經對我說，相比那些自負的傻瓜，你更要小心那些藏在暗處的自卑之人，他們處處自我否定的背後，洶湧的是淩駕一切的渴望。如果我父親當年沒有相信那個唯他馬首是瞻的叔叔，如今他會擁有更多。那些人看似放棄了自我意志奔赴於你，但在你把果子放進袋子的那一刻，他們時刻準備著把你的腦袋也放進去。」

面對林黛絲一番尖銳的忠告，我竟不知道該如何回應，一種對人性的絕望感讓我深深的窒息，「所以……那……Cici和尼克是做什麼，是談戀愛？」

「不可能，尼克怎麼會看上Cici？他只是不挑食罷了。Cici也是表面老實，她那個男友已經和她在一起很多很多年了，她對外一直說自己是單身，其實根本不是。」

「你怎麼知道她男友的事情？」

「狄森屏告訴我的。」

「狄森屏？」我嘆了口氣，「謝謝黛絲，謝謝你告訴我這麼多。時間不早了，好好準備明天的訂婚儀式吧！」

「謝謝，婚禮你會來嗎？」

「我很想去，不過不巧，那個時間我可能要出國一趟。」

「好可惜，不過到時候Cici和一些老同事都在，想必也會讓你不舒服。」

「是，我不去，你們的婚禮會更完美，我會給你準備一份大禮，祝福你，黛絲！」

掛斷電話，我在黑暗中靜坐良久。鄰居家飄出一遍又一遍的《天鵝湖》，似乎應景，又宛若嘲諷。新年的鐘聲即將敲響，我裹衣下樓，沿著街道一直走，走向熱鬧的蟲島之塔。城市的霓虹燈下飄起了彩色雪花，情侶三三兩兩擁抱接吻，密不可分，彷彿一年的最後一天是世界末日般，用盡力氣表達愛意。仰望高塔，我孑然一身。倒數鐘聲開始，倒數三下、倒數兩下、倒數一下，空中升起煙花，煙花融化雪花，雪花融化淚花。

四

新的一年，拳館的生意依然不錯，但是由於做了很多品牌周邊商品的開發，整個拳館的工作量暴增。過去一個月，拉琪突然變得很忙，似乎有很多棘手的家事要做，拳館幾乎所有的事情都落在了我的肩上，不過她總是對我說：「你才是蓋亞拳館真正的擔當，所以不要有顧慮，儘管一肩扛，我絕對支持你。」隨著我越來越常代表蓋亞拳館處理大小事務，無論外部還是內部，似乎越來越多的人開始把我當作蓋亞拳館做主的人，遇到事情都是優先來找我。偶爾我會覺得，拉琪更擅長表面造勢以及斡旋那些難以處理的關係，在實際的營運層面我做得更多。隨著更多的人認可我，我更加拼命地做好眼前這一切，與員工一起吃飯、一起幹活，即便是拉琪帶過來的那些老人，也有不少人對我的看法有所轉變，全心全意地信任我、支持我。

在工作的空檔，我會把自己關在辦公室的隔間裡，忘我地製作新蠟燭，這是要給林黛絲的結婚禮物——孕育丘比特的維納斯。維納斯拿著弓箭望向遠方，丘比特的輪廓在腹中呼之欲出，即將迎來屬於他的使命。相比以往那個孤勇的維納斯，這次的維納斯有更多的母性，因為在她的體內正孕育一個新的生命。這個蠟燭除了造型複雜，更重要的是我在裡面加了「海嘯」，這是拉琪送給我的催情精油，據說威力無窮。我想這種衝突的搭配一定有不俗的效果，不過拉琪說這種精油燃點很低，最好不要放在蠟燭裡，但是我想除了這款精油，沒有任何一種精油適合這個蠟燭，更何況，蠟燭本來就是用來點燃的，加這種精油讓火焰濃烈，有錦上添花的功效。做蠟燭的過程中，我好幾次都陷入了一種情欲的幻覺，拉琪說這並不算什麼，它對女人的刺激只像是一陣陣海浪，對男人的刺激才是山呼海嘯式的，難以想像，把它送給一對夫妻會帶來什麼。我更像是在製造一場沒有固定方程式的化學實驗，很期待最終「砰」的一下到底會產生什麼。作業即將進入尾聲時，我發現金色的顏料沒有了，於是把弓箭改為了鉛灰色，結果效果好得驚人，內斂肅穆的感覺猶如夢回古希臘。我端詳著這個新作品滿意極了，完全陷入對作品的愛慕之中，徹底忘了這是要送給前男友的新婚禮物。

為了防止香味逸散，我把它安置在真空箱裡，並放進櫃子深處。然而，就在我關上櫃子的那一瞬間，指尖殘餘的「海嘯」在我的大腦掀起了一個久違的記憶——那是某一天下班的路上，我和狄森屏坐在前面。Cici坐在後面。有一個瞬間，我發現Cici一直看著狄森屏，隨著車的上下顛簸，Cici輕輕地閉上了眼睛，身體一陣輕微的抽搐，那一刻，我以為她被車顛簸得不舒服，我對她說還好嗎，她說還好。不知為什麼，這個記憶困擾了我很久。

在忙忙碌碌中，時間走到一月中旬，拉琪終於有空見到我。

「我現在才知道林黛絲的未婚夫是狄森屏，你居然沒告訴我。」

「都已經分手了，感覺沒什麼好說的了。」

「前兩天有個飯局，我去的時候他們兩人都在，他看到我嚇了一跳。」

「看來他真是對和我相關的一切避之不及啊。」

「好像有那麼一點哦。」

「也能理解，誰都想改變命運。」

「是啊，蟲島早不是以前的蟲島了，現在有一份好工作不如有一個好岳父。」

「所以……還是你說得對，男人為了錢會變得足夠敬業。以前我跟狄森屏說過林黛絲的暴脾氣，他還說見了鬼才會找林黛絲這樣的女人呢，現在才發現，我就是鬼本人啊。」

「哈哈，你倒是挺會自嘲。不過，這樣的男人沒了是你的福氣。相比狄森屏，我倒是看著林黛絲有點感慨。」

「感慨什麼？」

「小時候覺得，女人一旦有了錢，就可以為所欲為。可是看到林黛絲突然覺得，並不是這樣。」

「所以？有比錢更大的力量？」

「嗯……很難講。」

「如果有下輩子，你想做男人還是女人？」

「取決於生在什麼階層。」

「什麼意思？」

「你看看社會底層的男人，一輩子活得跟螻蟻一樣，想捐精子都沒人要，這種人生有意思嗎？我之所以有今天，是因為我是一個女人，我可以以男人為階梯換取更上流的生活。」

「可是……你對粉絲可不是這麼說的。」

「因為她們沒有機會利用男人為自己換取更好的生活，所以自然要告訴她們自立自強是最高貴的選擇。」

「難道自立自強不是最高貴的選擇嗎？」拉琪的話讓我有些憤怒。

拉琪並不理會，「梨子，你知道你為什麼還站在中產階級的門檻上嗎？」

這個不尊重我的問題，我竟不知道該如何作答。

「我不會用別人告訴我的觀念騙自己，在蟲島這麼緊張的環境下，所有人都很拼命，所以拼命是拼不出結果的。改變命運要的是以小搏大，如果你奮鬥一生還是住在一個小格子裡，這樣的自立自強有什麼意思？」

這話聽得我血脈僨張，「我就是那種奮鬥一生可能連小格子都沒有的人，難道我的人生就不值得活嗎？拉琪姐，難道你沒想過，你擁有的這一切不過是一種女利主義罷了。」

「女利主義？我也在奮鬥好嗎？你們在乖乖上學的時候，我學著賺錢。你們在乖乖打工的時候，我學著開公司。你們在和傻小子你儂我儂的時候，我在揣摩比我大幾十歲的人的心思。試問你，誰選擇的路比較艱苦？」

面對她的理由，我竟然無話可說。

「如果你不能做出和別人同等的犧牲，就不要眼紅別人的擁有，更沒資格批判別人。」拉琪顯然有些情緒激動。

「我不會眼紅你的擁有，我也沒資格批判你，我只是覺得……」我不知道該怎麼說下去。

兩個人陷入了沉默。

很快，拉琪打破冷場，「好啦，好姐妹為這種事情爭執有什麼意思呢？聊半天沒用的，把今天的主題給忘了。」

「什麼主題？」

「分紅！分紅就是今天的主題。」拉琪一臉神祕地看著我。

「現在還早，滿一年再分也行。」

「不行，必須現在，你對我太不夠意思了，狄森屏這件事我現在才知道，你每天那麼難受還得拼命工作，快一年了，也該休個假了。前段時間我一直沒怎麼管公司，最近我閒下來了，可以多幫你分擔分擔。千萬不要推辭，二十天的假期，找個海島睡睡覺、晒晒太陽，好好放鬆一下。」

我點點頭，最近確實很累，心想正好可以去佛島找雅圖他們。

「好啦！回家好好休息，我不會打擾你的。」拉琪輕輕地抱抱我，「注意檢查帳戶哦！」

回到家中已經很晚，睡前一直在琢磨和拉琪聊天的那些疙瘩，那讓我心裡很不舒服，但是我太久沒有好好睡一覺了，很快就進入夢鄉。夢裡的我衣著光鮮亮麗，忙忙碌碌地籌備著第十家蓋亞拳館的開業。開業典禮熱鬧極了，整座蟲島大廈也被正式更名為蓋亞大廈，現場聚集了很多只會在新聞裡聽到的名流，我那麼興奮，但是拉琪卻不在場。我四處尋覓她，可是怎麼也找不到。在場的所有人都告訴我，沒關係，不用找她，這是一個真正的女性主義品牌，你在這裡才是真正的代言人。我說不對，不是這樣。我沒有理會他們的說法，而是攀著蓋亞大廈的樓梯，一層一層地找她，但是爬到了天臺的時候依然沒有看到她，我站在樓頂上，太陽變得很大，白色的光芒罩住了整個天空。我不斷地喊著拉琪的名字，但是沒有人應答。突然，我感到背後一陣刺痛，轉身一看竟然是拉琪，一種強烈的鈍痛布滿了後背，我低頭一看腳下全是血，拉琪冷漠地看著我，把我從天臺上推下去……

失重般的抽動驚醒了我，我喘著大氣心有餘悸，一直恍惚剛才到底是現實還是夢境。我翻了個身，忽然發現手機螢幕一直閃爍，打開之後發現是一條一百萬島幣的入帳訊息。「拉琪打分紅過來了，我在做夢……」額頭的汗珠瞬間變涼，沉甸甸的數字把我拉回了現實。

雖然是半夜，可是再也睡不著了。我開始整理去佛島的行李，突然發現還有一封郵件沒有拆，上面全是汙漬，已經看不太清楚是哪裡寄出的，我撕開封口，發現是一本薄薄的冊子。

《魚島旅行記》

作者：伊鳩

五

如果說十九世紀和二十世紀尚且有大量的人讀遊記，試圖通過文字抵達筆者所處的遼遠妙境，那麼在二十一世紀，這已經不算是什麼實惠的享受。人類擁有了網路，在網路上總是能看到世界各地的奇風異景，所有的神祕之地都已經被挖掘殆盡，已經很少有什麼新奇景觀能引發世界的好奇。那些有思想、有見地的旅行作家也逐漸被人們遺忘，人們不再需要通過想像抵達某個地方，我們不再需要動用大腦，只需要一雙任何人都有的眼睛就可以足不出戶地見證地球的任何風景，那些曾經被一代又一代人驚呼歌頌的偉大奇觀早已變得不再新鮮了。

所以，我很難想像伊鳩會寫出什麼樣的遊記。不過上一次他寄來了一張明信片，上面是他衝浪的照片，海水連著天空，從藍到紫到紅。背面寫道：

我們這裡缺水準高超、身材火辣的女教練：）

想到這件事，一陣失落感不禁再次浮上心頭。如果人能始終活在自己的精神世界裡，那我願意當現實世界的叛徒。衝起浪來，我可以堂而皇之地做自己精神世界的皇帝，但是這種生活終歸只發生在生活的縫隙，大多數時候配合現實才是我的主旋律。所以，在我的世界裡，伊鳩是一個特別的存在。

伊鳩與蟲島人思考問題的方式完全不同，我甚至認為他根本不是蟲島人，雖然他有一張東方血統明顯的面孔，但我始終懷疑伊鳩並不是他的真名。伊鳩的頭髮是深褐色的，捲曲著向兩邊發散，眼眶中是一對亞洲人的細長眼睛，不過瞳孔卻是褐色。他的睫毛長得近乎荒誕，像是颶風中急著掙脫窗戶的布簾，每眨一下，都會伴隨著動人的顫動。高挺的鼻樑配合著他隆起的顴骨，整個人看起來有一種冷銳的深邃感。不過這一切在他笑的時候似乎又會被打破，他的牙齒潔白整齊，然而中間是亞洲人常見的楔形門齒，輕微的外展反倒散發出一種天真自在的氣息。他像是一個原始人類與智人的完美結合體，他不像狄森屏——高瘦，架著一副眼鏡，看起來潔白清冷如同一個精緻的冰雕，彷彿人類文明過度進化的成果——伊鳩有著細窄的智人頭顱和寬闊的額頭，但是他體格健壯，並不像是被蟲島那些擔驚受怕的媽媽們養大的，倒像是某個原始森林自己長出來的。

三年前的我沉迷於衝浪，而伊鳩是我的教練。跟隨伊鳩的引領，我進步飛速，成為他最好的學生。但是除了衝浪之外，我們之間有太多不同，所以不時會陷入世界觀的辯論。我像是一個尚且在選擇命運的孩子，常常在自己的兩種精神世界中搖擺不定，兩者之間總有一扇說不清道不明的門。然而伊鳩不同，他始終對自己的生存方式堅信不移，甚至從中滋生出一種令我頗為不適的洋洋自得，我第一次見到這種人——他並不以扮演某個社會角色為樂，更像是游離於世界之外的一個觀察者；

他並不為家人所牽絆，而是坦然地做一個逃離家族期許的背叛者；他重視自己的精神世界，他與精神世界之間並沒有以物質世界作為必要的連結。

白天，伊鳩會在海灘做一個衝浪教練，而晚上則在有演出的爵士酒吧擔任鋼琴手。伴隨著海浪與黑白琴鍵的上下起伏，他始終生活在某種別具一格的韻律之中。

那時的我總在心裡批判伊鳩這種全然為自我而活的特質，批判頻頻出現，以至於我甚至開始懷疑批判是不是嫉妒的一種。然而無論如何，衝浪是我喜歡的運動，總能讓我從麻木的生活當中得以解脫。後來有一天，伊鳩突然從海灘上消失了，據說在離開的前一天，他和樂隊演奏了一場《時間終結四重奏》。他曾經對我說，人類的時間又直又窄，人的命運局限又短暫，在人類之外一定有一種宇宙時間，它並不為人類的思維層級所能發現和理解，卻用另一種秩序延續著宇宙。有人說他去了渡渡洋上的一座小島，我不知道那是哪裡，當時只是望著大海悵然若失，曾經的批判沉澱為遺憾與懷念。這些年來，我總會時不時地想起與伊鳩的最後一次聊天。

那是一個難得的、紫色的傍晚，我在海邊見到伊鳩，他躺在海灘上，臉上蓋著一頂亮晶晶的巴拿馬草帽。

「如果能每天衝浪，那簡直太幸福了。」

伊鳩不以為然，「只要你想，每天都可以衝浪。」

「可是工作才是人的天職，衝浪充其量只能算愛好罷了。」

「工作從來都不是人的天職，看看原始社會，吃飽了撐得發呆才是人的天職。」

「那你每天衝浪、彈琴，也是在做你的工作啊。」

「我從不認為它們是工作，它們就是我的一部分，衝浪時，衝浪就是我本身。」

「我理解你說的感覺。但是對於我而言，目前的經濟實力還不允許我有精神追求。」

「不允許？追求精神世界難道不是人活著的本質嗎？」

「我記得飛翔的毛毛蟲也說過類似的話，但我想你們都不是蟲島人。蟲島人只會覺得這樣的想法很不現實。」

「人在當猴子的時候就已經可以活著了，活著沒那麼複雜。人之所以成為人，是因為人類有無限的精神世界。你看看那些高樓、那些大橋、那些眼花繚亂的衣服，哪一樣不是人類意志的產物？人類對於物質的一切追逐都是為了滿足精神，物質只是精神的載體罷了，精神早於物質，也超越物質。所以我會選擇跨越物質，直接追求精神。」

「跨越物質直接追求精神？你學過馬斯洛需求層次理論嗎？你說的和這個理論相悖。人的追求是逐層向上的。你不能指望一個吃不飽穿不暖的人跟別人大談藝術哲學。」

「誰規定了只能逐層向上？莊子一輩子篳路藍縷，誰又能說他的精神遺產不可貴？那些追求物質的人早就死了，但他還活在歷史中。一個人物質貧窮並不意味著他的精神不能走向豐富。我不認為照著馬斯洛金字塔活著對人有什麼好處，它讓人心安理得地沉淪於當前的苟且，安然地接受精神世界的乾癟。不斷地用物質填補精神的窟窿，就像一隻一輩子打洞的蚯蚓，永遠找不到光明與盡頭。自我超越並不用那麼複雜，它始終發生在人的精神世界裡。」

「你說得對。但你有沒有想過，誰又願意做一輩子蚯蚓呢？如果沒有錢，連蚯蚓都做不得啊，當音樂家、畫家是很好，可是如果沒有贊助者，又有幾個人能有傑出成就，藝術家燃燒生命展示著上帝的密碼，最終卻換不來幾個銅板。」

「有人認為，做一輩子音樂也賺不到什麼錢，為什麼要做？可是我想問，對於一個真正愛音樂的人而言，有資格做一生的音樂，難道他得到的還不夠多？大多數人窮盡一生也找不到自己精神上的聖母峰，而你一開始就在那裡，又有什麼可抱怨的？你看看那些沒有興趣、沒有熱愛的人，他們多麼可憐，他們與這大千世界唯一的連結就是生存。他們向外看，什麼也不愛；向內看，什麼也沒有。終其一生只不過是疲於奔命，餵養這副肉做的殼子罷了。」

「可是我們畢竟不是一個人活著，我們活在世界上，總是背負著家人的期待、周圍人的眼光，那些社會精英一直在透過自己的努力向人們證明一些東西，這樣才會成為整個社會的楷模，難道你的家人並不希望你這樣嗎？」

「在我看來，所謂精英不過是主流價值觀當中的投機主義者而已，社會認可什麼他們就追求什麼，社會鄙夷什麼他們就拋棄什麼。至於那些因為被雇用而自認為體面的人，得到的僅僅是虛榮罷了，絕不是尊嚴。從小到大，我看盡了用尊嚴換虛榮的事。」

「伊鳩少爺，我覺得你在批判我，幾乎全面否定了我努力的全部意義。」

「不，我只是在表達我的觀點，這世界的對錯好壞有時候很清晰，不過很無奈，大多數人只能在將錯就錯中過一生。但我很幸運，我有選擇好與對的資格。我出生在一個衣食無憂的家庭，有兄長替我完成家族使命，我為什麼不抓住這少有的機會用短暫的生命丈量這個世界，我為什麼要按照他們的意願做事，只為了家庭責任幾個字？要知道，他們讓我出生並未經過我的允許，那出生後我又為何要承擔他們賦予的責任？我只需要承擔我生而為人的責任，而這責任就是像我現在這樣活。」

「可是人與人不一樣，你生來就有任意門。可是對於我來說，我精神中有兩個世界，即便否定了其中一個世界，我也沒有機會進入另一個。所以，對於我這樣的普通人來說，聽從父母的，延續他們對生活的看法，已經是無限辛苦的人生當中最省力的活法了。」

伊鳩看著海面，沉默了一會兒，「有的人過上想要的人生，有賴於父母的支援；有的人過上想要的人生，有賴於與父母的抗爭。」

「所以我很不幸，既沒有支持也沒有抗爭，而你很幸運，對嗎？」

「也許吧，如果你想這麼認為的話。不過，也許是因為我早就看到了世界的真相，我覺得這才是父母帶給我最有價值的東西。」

「世界的真相？」

「這世界分為表面上看到的和真實運行的。他們有社會地位，受人尊重。但是私下裡，他們離經叛道，並不是一對正常的夫妻。他們習慣於做這樣的雙面人，一方面用循規蹈矩的樣子扮演社會精英，給他人作為激勵與榜樣；另一方面用他人所不知的方式僭越所有世俗規則。他們從不相信那些規則，但是他們鼓勵社會上其他人相信那些規則。」

我對他所說的真相很震驚，「這難道不是一種虛偽嗎？」

「是嗎？我曾經問過他們為什麼這麼虛偽，他們說這並不是虛偽，而是一種善良。」伊鳩看著我，肯定地重複，「是善良，你知道嗎？是善良！大多數人只能擁有少量的選擇，並且必須被觀念長期約束，否則他們就會無所適從，隨時被魔鬼帶走，進而毀了自己。他們認為自由根本不是什麼好東西，落在錯的人手裡只會讓他們下地獄。」

我從未聽過有人說出過這樣的話，愣在那裡久久不能平復。

「你也是這麼想的嗎？」我問。

「我怎麼想不重要，我看到的是這樣。」

「看來……我們只不過表面上都是人類罷了。」

伊鳩沒有說話，盯著遠方的夕陽好一陣子。
「我走了，你要繼續堅持練習衝浪！」
「嗯。」
「放鬆……你知道嗎，你不懂得放鬆。」
「但願我能學會放鬆。」
「放鬆不需要學，只需要忘記。」
我沒有說話，只是看著頭頂的天空。
「因紐特人的眼裡有十幾種雪，而我們的眼裡只有一種，可是我們的眼睛和他們是一樣的。其實這個世界很大，遠比我們看到的大，也許有一天你可以換一個地方、換一個視角看待這個世界。」
「但願有那一天，恐怕那一天我已經是個老太太了吧。」
「教你一句義大利語吧，Dolce Far Niente，意思是無所事事的快樂。蟲島沒有這樣的詞，所以你們不會想，原來無所事事也可以快樂。如果你感到壓力，不妨想想這個詞。」
「還有這樣的概念……」

「就這樣，躺在這裡，像原始人一樣，什麼也不想，看著你最喜歡的一朵雲，湧動、糾纏、消失……體會『Dolce Far Niente』。」

就這樣，我們躺在沙灘上，看著各自的雲朵直到晚上，碩大的滿月化開雲層，萬物生出長長的影子，月亮發瘋一般燃燒著，像是給海裡瀉滿了水銀。我們彼此沉默著，而那沉默，是如此響亮。

六

漫長的回憶之後，我的眼睛停留在眼前的這個小冊子上。

我打開扉頁，發現上面有四行小字：

月圓之夜
月神吐納芳蹤
烏浪行船
自由人登島毗鄰

伊鳩居然會寫詩？雖然我對現代人的遊記完全不抱希望，但伊鳩寫的我還是決定細細品讀，然而事實證明，我徹底迷上了他筆下的世界。

伊鳩離開蟲島之後，去了一個叫魚島的地方。

他在小冊子裡這樣寫道：

開往魚島的船並不經常發出，而且船長會對想要登船的人做認真的篩選，那些並不熱愛自然主義生活方式的人將會在面試中被剔除，餘下合格的人才能如期登船。這條航線與一般的航線不同，一是耗時良久，很考驗船客的耐心；二是它會經過一個磁場失靈的位置，每一位到達那個位置的人都會進入一種瀕死體驗。在瀕死體驗當中，你先是如同靈魂一樣，懸浮在自己的身體上，懸浮在大海上，然後你會穿越一個發著光的隧道幻境，完全進入另一個世界。那裡沒有時間的存在，各種顏色的光圈會在你身邊飄浮，你不再有對自己的實體感受，而是覺得自己好像海裡的一個氣泡，全身輕盈，肆意飛舞，你會與其他氣泡相撞，但你並不會破碎，而是與它們相融，你甚至會看到自己在人類世界不曾有能力看到的顏色，以及你曾經死去的親人朋友，你可以與他們進行未盡的對話。可能你的肉體僅僅進入瀕死體驗幾秒鐘，可是在那幾秒鐘裡，在另一個世界，你進入了一個沒有時間限制的恆久海洋。在你離開幻境的瞬間，你會看得到魚島的方向，很快，你發現船駛向魚島，你的身體也恢復了正常。但是在你的靈魂回歸肉體的那一刻，你會全然覺得自己再也回不去了，這並不是一種物理距離上的回不去，而是一種精神層面的回不去。當你知道人死後是什麼樣子，你會變得不再懼怕死亡，而你活著時的那些恐懼也會隨之消失，你的體內會萌發一種超越生死的人生觀念，你會對生命產生永恆的耐心，你對於時間不再是單一角度的認知，覺得人只能從生到死、從前向後，而是進入了一種永恆維度，你會以這樣的心態踏上魚島，過上一種全新的生活。

在魚島上，人並沒有那麼多，但是無一例外地，所有人都充滿了對生命的勇氣與耐心，他們在自己曾經的世界裡，可能是一個商人、一個作家、一個卡車司機，但這些在那裡都不重要，重要的是他們試圖做一個自然狀態下的人，是一個純粹的自由人，而不是商業社會當中的某些身分、社會規則當中的某些角色、團體生活當中的某種工具。如此說來，這個島嶼被叫作魚島顯然也非常恰當，每個人都像魚一樣，自由自在地處在生命的流動當中。

什麼叫作永恆維度？這樣的狀態當中存在時間嗎？時間是靜止的，還是雙向的，或者是離散的？這種世界真的存在嗎？如果這種世界真的存在，我們日常生活當中的時間又算什麼？我看著他的描述，腦子裡不斷冒出問題，我在想，如果是我，進入瀕死體驗的那幾秒鐘，我到底想見誰，到底想做什麼。或者說假如瀕死體驗如此美好，我真的會選擇回到自己的肉體嗎？如果我選擇不回來，是不是會被世人認為我已經死了？一個又一個關於生命和時間的疑問困擾著我。

除了瀕死體驗對我的震撼，他對於魚島風景的描寫也讓我十分著迷：

這裡濃墨重彩，猶如一個綠色與薑黃交織著的甜甜圈，大片的桃紅色果仁點綴其上，在濃烈的陽光下熠熠發光。如果你是上帝，你能從宇宙中清晰地看到它，一定會把它做成寶石戒指送給自己心愛的人。每種東西的顏色都比其他地方濃烈一號。藍更藍，綠更綠，黃更黃，人們大多因為疏於防晒，身體被晒成天然的蜜色。這種飽滿的顏色襯得他們的牙齒更白，笑起來比其他地方的人更為迷人。走在島上，這裡散發著濃重的果香、草木香、烤熟的麵粉味道，偶爾會有海水的腥味和動物的糞便味，可是這味道似乎也並不怎麼令人厭惱，倒是像自家剛出生的小朋友開出的可愛玩笑。一切都是天然，一切都理所當然。

到底什麼樣的地方才會藍更藍、綠更綠、黃更黃？習慣冰冷蟲島的我，會覺得這樣的顏色灼眼睛嗎？這種風景像是嗑了藥的人在幻覺中才會出現的畫面，他真的去了這個地方，還是這只是他一廂情願的幻想？

有一位與我同去的音樂家，已是暮年之人。他年少成名，人們以之為神，然而他選擇了與我們共同踏上魚島的旅程。他在年老之後，不再創作那些取悅大眾的作品，而是醉心於收集這世界上所有的聲音，然後做成最接近大自然的音樂，人們批判他，說他老了，創造力消弭了。可是他並不在乎，他放棄自己曾經擁有的一切來到魚島，為的是逃離文明的喧囂，進一步靠近聲音的密碼。他用音樂與自然對談，忘我地沉浸其中。那些音樂與我們在世俗社會聽到的不同，由於商業的必然追求，世俗社會的音樂追求的是讓聽眾們以最快的速度沉醉其中，陷入早已被設計好的自我感動，像是一種包裹藝術外皮的情緒專制。而這裡的音樂是毫無心機與盤算的，涵納了無數種大自然的聲音。他告訴我，只要我沒有分別心，就會知道每種聲音都是那麼平等，都是那麼輕快而廣闊，他們是聲音也不是聲音，只不過以人類能感知到的形式讓我們靠近宇宙的祕密。我很喜歡他在魚島的作品，每一句訴說都是一種自然天成的生命流淌，你會覺得自己是其中任何一段樂譜，你會自由自在地流動於其中，如同與這個世界共用一個恆久存在的祕密。

這到底是一種什麼樣的音樂？我想破腦袋也想不出它的模樣。

在這裡，我每天做的事情就是衝浪，這裡幾乎是全世界最好的衝浪之地。一開始，藍綠色的大海和粉色的沙灘幾乎讓我感到眩暈，難以區分現實與夢境。後來我漸漸習慣，逐漸體會出這種顏色的浪漫。我常常和夥伴們在海上度過一整個白天，然後晚上一起飲酒、玩音樂。我們對於生活沒有太多的要求，島上天然的一切已經非常足夠。偶爾有人穿行於魚島與其他島嶼之間，但這一切並不會打擾魚島特有的靜謐，它作為一種祕密存在於這個世界上，而島上的人因為這個祕密，得以保全一種原始的人生。在這裡，人們不再追求更聰明、更厲害、更富有，而是能夠把自己的靈魂與肉體分離看待，肉體作為靈魂的寄居物，不再主導我們的靈魂。我們的靈魂享受永恆，不再需要為終究腐朽的肉體去辛勞一生。在這裡，靈魂可以很大，也可以很小，它就像是融入大海的一滴水，所以我們會時而覺得自己存在，時而又覺得自己不存在，但我們永遠不會乾涸。

這樣的生活不就是我曾經夢寐以求的嗎？做一個自由的人，不是為了外部需求而存在的不同角色之組合體。在魚島上，人可以回歸為人；而在蟲島，人早已異化為圍著金錢起舞的工具人……可是，難道進步不應當是人類的信仰嗎？如果人們不比較、不競爭，那這樣的地方真的值得待嗎？這難道不是一種對世俗社會的逃避嗎？如果人們生活在這樣的地方，真的會感到幸福嗎？太多的疑問困擾著我。我心裡不禁敬佩伊鳩的勇氣，經過這樣一番觸動，一個人還能適應蟲島嗎？如果他有朝一日回到蟲島，伴隨著他的會不會是無盡的不滿與回憶呢？還是說我想的這一切都是錯的，而他的生活才是對的？我們蟲島人的汲汲營營不過是自欺欺人的枷鎖？想到這一點的時候，我突然打了一個寒顫。

七

我反復翻看這本冊子，心情久久不能平復，我試圖用伊鳩的方式理解他筆下的世界，但是我沒有他的視角，所以終究不能真正理解。在人類的世界裡，幾乎一切都是圍繞著時間進行運轉的，如果沒有時間，那些依循時間推進的目標、優勝、情感，似乎一切都不再重要，那人又怎麼來證明自己活著呢？胡思亂想之中，天很快亮了，一杯咖啡匆匆下肚惹得胃中酸熱，我一身振奮地奔向蟲島大廈。

踏上佛島，島上的梅花竟然已經開了，一路暗香習習，沁人心脾。突然，我看到一隻虎斑德文貓在死命地爬樹，爬了又掉，掉了又爬，我走過去想要幫幫牠，結果一抬頭發現這是好大一棵樹，樹上全是貓，如同果子般長在各個枝椏上，一隻老年緬因貓痛哭流涕，其他貓的表情全都凝重肅穆，唯有一隻暹羅貓在樹洞裡偷偷探出頭來賊頭賊腦。突然，我的肩膀一記重擊，一隻貓落在我面前。

「馬可！你怎麼在這裡？」

「我們在這裡開會。」

「開什麼會？」

「貓咪的快樂晚年。」

「噗……貓咪的快樂晚年？」我差點笑出聲來。

「我們想向佛島的養貓人普及安樂死的觀念。承受痛苦又無法死去是很多家貓的困擾，對於我們貓咪來說，貓生的意義就是吃好玩好睡好，一旦喪失這三項功能，意味著生不如死。假如在自然界中，我們會找一個地方偷偷死去，可是在人類家裡，人類會因為無法接受與貓咪的分離強行延長我們的生命……其實是延長我們的痛苦。」

忽然，樹葉沙沙抖動，樹上的貓四散開來。馬可爬到我的肩膀上，「我們走吧，會議結束了。」

「真巧，我昨天還在想人生的意義。」

「是嗎？人總是把活著想得太複雜。」

「可是……我是說如果……死了不是真的死，而是去另一個世界，怎麼辦？」

「貓咪只想現在不想未來，那不是我們關注的問題。」

「我聽說有一個地方叫魚島，那裡沒有未來。」

「沒有未來？哈哈，這難道不是你最怕的事嗎？」

「是呀。」我意識到確實如此。

「沒關係，你會經歷那些你最怕的事。」

「不，我不想。這半年好不容易有點人生得意，我可不想經歷什麼狗血的事讓一切灰飛煙滅。」

「有時候只是一扇門而已。」馬可抬頭看著天空，若有所思地說道。

我們很快到了雅圖的客廳，雅圖正對著窗戶冥想，看到我們回來了非常高興。

「佛先生，我們剛才在討論人生的意義。」我笑著和雅圖問好。

「喔？那你覺得，人生的意義是什麼？」

「昨天看了一個朋友的故事，我突然覺得，人活著不存在意義這回事，意義只是人創造的一種安慰劑。如果沒有它，人們就會意識到人生的荒蕪、荒誕，以及平白無故要承受很多的痛苦，這是人無法忍受的。但是有了意義這個籮筐，人就可以把自己承受的一切都往裡面放，逃脫那種虛無的恐懼，帶給自己安全感。」

「喔……你這個想法出乎我的意料。」

「可是這個念頭從腦子裡一冒出來我就感到害怕，我害怕這種想法會影響我，讓我開始輕視眼前的一切。」

「你多慮了，這世界上總有一些人明白活著沒有意義，但他們依然快樂地活著。」

「我的朋友伊鳩就是這樣，但我畢竟不是他。」

「他經歷了什麼？」

我把伊鳩的事情向雅圖和盤托出。

「老實說，我羨慕他，可是每當這種羨慕之情從心中湧出，總是會伴隨著很多不安。」

「你擔心什麼？」

「他寫的東西像是迷人的毒蘑菇，讓我整夜都陷入不切實際的空想。可是現在有很多人認可我、喜愛我，我已經不是一無所有的我，我有一個讓所有人羨慕的未來，沒有什麼理由讓我放棄這一切……但是他描述的生活像是一種原始的誘惑，我像是早已將自己的熱情放在那裡，我怕我陷入癲狂，沉迷於此，只要現在不顧未來。」

「所以在你的世界裡，最重要的是未來？」

「當然，人最在意的就是自己的歸宿。如果一個人年輕的時候四處冒險活得非常精彩，老了卻是貧病交加的結局，所有人都會為他唏噓。有誰願意經歷一輩子的精彩，最後卻迎來無常呢？」

「那這麼多年來，這種執著於未來的生活讓你滿意嗎？」

「坦白說，我的快樂並不多，更多的時候是一種患得患失的感受，因為我生怕做錯了什麼就影響了我的未來。」

「我們聽首歌吧。」雅圖笑了笑，拿起一張唱片放在唱片機上，接著，小號聲悠揚，鋼琴聲鮮亮，滄桑粗礪的男音應聲而出，伴隨著唱片機特有的沙沙聲，音樂顯得格外迷人。我先是耳朵沉浸其中，然後是全副身心投入，真是迷人極了。音樂臨近結尾我依然意猶未盡，沒料到的是，突然「喀」的一聲，聲音開始卡頓跳躍，唱片機嗞嗞作響。

「怎麼會這樣！」我感到氛圍全被打破了。

「怎樣？」雅圖看著我。

「這音樂讓我入了迷，可是一斷掉就感覺全毀了！」

「那……前面的音樂不美妙？」

「當然美妙，可是後面的……太可惜了……」

「後面的音樂嗞嗞作響，會影響前面的美妙嗎？」

「當然不會。」

「那你已經聽到美妙的音樂了，為什麼沒有因此感到快樂呢？」

「是一種不完整的感覺，那種感覺甚至比我沒有聽到它更糟。」

「那我們換個角度，如果唱片的開頭是卡頓的，後面非常順暢優美，你會覺得比這種情況更糟嗎？」

「一定不會，後面的音樂好起來，會讓我覺得舒服很多。」

「兩張唱片，它們美妙的分量與痛苦的分量是一致的，只不過有前後差別，你的體驗為什麼會差距這麼大呢？」

這……我也說不清楚，可能隨著時間推進，人的預期發生了變化？

雅圖點點頭，「時間，人總是以時間為軸線來理解人生，所以未來成為人們一生中最在意的命題。比起整個人生，人們更在意人生的結局。」

「是的。人並不會像看待營養成分一樣去分析一生中幸福和不幸各占多少，而是會把更多的眼光放在後半生。我和周圍的人都覺得這樣想才算是一種長遠眼光，但是每當看到伊鳩，他身上所發生的一切又會讓我懷疑，我會懷疑我追求的目標是不是真的有意義，如果畢生都為此而掙扎，是不是反而會錯過那些人生中最重要的東西？」

「很好的問題……其實人都有兩個自我，記憶自我和體驗自我。人們常常會在兩者之間掙扎。」

「這兩種自我有什麼不同呢？」

「比如旅行的時候，你會發現人們總是熱衷於拍照、合影，在留住記憶上花的精力甚至超過享受環境本身。因為在人們的思想中，總會把難忘的事定義為有意義的。所以，留住記憶是人類堆砌人生意義的一種方式。我們作為人生電影的唯一主角，會沿著時間的軌跡將記憶編織成自己的人生故事，那麼自然希望這個故事有一個完美的結局，這就是記憶自我。至於體驗自我呢，」雅圖看著窗外，「就是現在，稍縱即逝的現在。」

「所以，從這個角度來說，伊鳩更在意體驗自我？」

「如果在他的心裡體驗更有意義，那過程就是結果本身。」

「即便人生的結局並不那麼美好，他也會去體驗嗎？」

「可能他的人生就是讓熱愛發生，而並不是某些具體的結果；就像喜歡飛的人知道自己會死於飛翔，但還是會去飛。他的人生不能用對錯去評判，他選擇了屬於自己的生命藝術。」

「他已經知道自己想要怎麼活，可是我還不確定。這半年多以來，我越來越拼命工作，工作一旦停擺，我就會空虛甚至慌張，像是得了某種成就感的成癮症，那些成就刺激著我、鞭策著我向前，我甚至生出一種雄心想要征服更多的人。可是當我對伊鳩寫的東西看了又看，又會忍不住自問，我既然這麼想要那種成功，我又為什麼會羨慕他呢？我有些看不清自己了，我不知自己執迷的到底是一種貪欲還是一種熱情。」

「你想過死亡的問題嗎？」

「從來沒有。死亡像一個黑洞，每當我想正視它就會覺得恐懼。」

「當你思考過死亡的問題，就會重新看待人生，只有站在人生的終點，你才會發現什麼最重要。」

「可是，我該怎麼思考一件從沒有體驗過的事呢？」

「我的經驗是你可以假設自己站在人生的終點，嘗試用一句話總結自己的一生。」

「一句話總結一生？人生那麼長，真的可以用一句話講清楚嗎？」

「當然不可能，可是墓碑不到一平方公尺大，只能寫一句話。」

「這太難了，恐怕需要凝聚畢生的精華。」

「當然，思考這句話的過程很難，但如果你找到了這句話，你會發現它力大無窮，它會掃平限制你的一切心理障礙，讓你變得專注而勇敢。」

「我會嘗試去想，但……一時半會兒可能很難有結論。」

「這並不是一個一勞永逸的思考，它更像是一種說明你思考人生的模型。可能這句話在每個階段都會有所變化，但更重要的是每思考一次這個問題，就會讓你從人生的全貌看待人生，讓年輕的你不會怕，讓年老的你不會悔。」

「哈哈，如果是三年前的我，我可能很想在上面寫一些吹噓之詞，讚美自己的成就。」

「要真誠，試想，它會伴隨你死後所有的時光，也會替你與路過的人們交流。」雅圖看了看窗外笑了，「梨子小姐，我要去海上了，去享受我的體驗自我。」

說罷，雅圖離開了。

八

日期：一月二十四日

訃告練習給了我很大的啟發，如果我只能在墓碑上寫下一句話，我應該寫些什麼呢？這幾天在雅圖的圖書館翻遍了書，似乎也沒有找到一句話可以替我表達人生。這樣一句話，應當是自己對圓滿人生的理解、對靈魂深處的剖白；是萬水千山後刻在身上的唯一真理，是坦蕩蕩面對死亡時的簡潔交代。這超出了我單薄的人生體驗，讓我突然間覺得那些輕易能一語道破人世苦樂的妙人必然在心中經過了唐僧取經般的劫難。

關於未來，我知道得不多，我只是清晰過去，我只知道站在那幾個年齡階段的邊上時，我最想寫的是什麼。

如果是十歲的我，我會寫：「她得到了很多很多的愛，幸福地度過了一生。」

如果是二十歲的我，我會寫：「她的成就沒有辜負她的實力，她的擁有沒有辜負她的夢想。」

如果是現在的我，我可能會寫：「她，按照自己的意願，過盡一生。」

如此說來，人確實永遠在變，人生總是重新被定義、重新被總結。人生是無數個瞬間的綜合體，人生又是瞬間本身，人生是我們正在忽略的正在發生。

現在的這句話我還會再改它嗎？我不知道。

Chapter 06

傲慢的代價

每一個人生角色都伴隨著全新的恐懼，
恐懼像影子一樣追著我們，讓我們變得不像自己。

一

在佛島度過了十天的假期後，我決定提前回蟲島。和雅圖告別後，與馬可奔向回蟲島的電梯。

走到電梯口，馬可突然顯得憂慮，開始來回蹭我的腿，「喵嗚！真的要回蟲島嗎？那裡的人無法保護自己的美德。」

我笑著抱起馬可，「佛島我也留不下啊。美德是需要保護的嗎？有美德的人自然會有。」

「我只是從你身上嗅到了一絲氣息。」

「哈哈，什麼氣息，小魚乾的氣息？」

「死亡的氣息。」馬可的瞳孔突然變了，變成一根極細的線。

「你可不要嚇我，最近有新的聯賽，我不希望有選手死在我們的拳台上。」

「記住，無論發生什麼，都無條件接受。」

「你這麼嚴肅幹嘛？」我摸了摸馬可的腦袋，覺得牠很奇怪。這時電梯門開了，我走了進去。「我會謹慎的，無論發生什麼，我都無條件接受！」看著表情凝重的馬可，我笑著與牠道別。

從蟲島大廈的電梯裡出來，就聽到外面雷聲大作，黑色天空不斷地拋著大雨，我開著車堵了很久才到家。回家後看到一位合作夥伴幾天前發來的訊息：「你這兩天不在？」

我回復：「在外面度假，剛回來。」

對方回復：「看到新聞了，恭喜蓋亞！」

恭喜？我突然覺得這祝福來得有點奇怪，「為什麼要恭喜？」我打開網頁，搜尋蓋亞拳館，才發現蓋亞拳館被ＺＱ體育集團策略性投資了。不是說這事還需要等一個階段嗎，怎麼這麼快就宣布了？我內心充滿疑惑，本想問拉琪到底是怎麼回事，但我有種奇怪的感覺，心想不如第二天當面再聊。

翌日，我起了個大早直奔拉琪辦公室，可是敲門無人回應。我有些著急，推開門才發現隱形門虛掩著。我徑直走了進去，發現拉琪站在裡面。

「拉琪姐，咱們被ＺＱ體育集團策略性投資了？」

拉琪一反常態，並沒有看我，只是拿著手裡的東西餵著那隻叫祕密的小白鼠，「是啊，看到新聞啦？這兩天你不在，還沒來得及跟你說。」

「早上有一條新聞披露了我們的股權結構，是真的嗎？」

「問題不大。」

「裡面沒有我？」

「嗯。」拉琪的語氣很平靜。

我被拉琪的回應驚到，愣在那裡不知說什麼好。

拉琪沒有理會我的狀態，用手指摸著小白鼠說：「看，感覺祕密命不久矣……」

「拉琪姐，這半年多以來公司的成績你也看到了，我清清楚楚地記得你當時在這裡對我做的承諾，你忘記了嗎？」

「我不記得對你承諾了什麼，我承諾向來都是白紙黑字。」

「口頭上的承諾難道就不算承諾嗎？」

「算嗎？」拉琪轉過頭來，眼神像兩根冰冷的針。

「拉琪姐，我們是從小一起長大的朋友，這次你也是我的貴人。我一直都那麼信任你！」

「是啊，所以蓋亞一直都需要你。」

「可是你這麼做是什麼意思？」

「公司未來需要發展、壯大，已經在做多元化，所以股權結構要簡單，要為未來的發展保留空間。」拉琪冷靜地看著我，語氣是那麼「官方」，「官方」到讓我覺得今天是第一次認識她。

「可是你這樣做根本沒有提前讓我知道。」

「事情太突然了，我也聯繫不到你，你這麼晚回來我也沒辦法。」

「簡直荒謬！你根本就沒有聯繫過我！」

拉琪平靜地看著我，並不反駁。

「你這是出爾反爾，你對得起自己的良心嗎？」

「良心是誰？作為創始人，我只需要對得起公司的發展。我給了你參與的機會，給了你比待在大公司更多的錢，讓你出了名，這就是我的良心！」

那晚夢中的感受再次出現，我只覺得心臟拼命顫動，背部隱隱作痛，「拉琪姐，能不能告訴我，我到底做錯了什麼，你要用這樣的手段對待我？」

「我？你錯了，大家都看得到，我什麼也沒做，你還是蓋亞的管理合夥人。」

「可是你言而無信，枉費我這些年對你的信任。」

「牠一生都很信任我。」拉琪平靜地看著那隻小白鼠，小白鼠突然開始瘋狂抽搐，很快，牠便四腳朝天僵在那裡，「你說，牠除了見過你我，從來沒有見過任何人，在其他人的世界裡，牠是不是從來沒有存在過？」

看著如此殘忍的場面，我全身戰慄，難以相信自己曾經信任一個如此殘酷的人。過去那些關於拉琪的流言再一次湧進我的腦海，讓我覺得此刻的自己異常荒誕，「怪不得，他們都說你一向都把別人當工具人，用過就當垃圾。我一直以為我會不同，我們從小一起挨餓，一起長大，一起分享所有的祕密，我以為你那些惡意只是用來對抗這個世界，沒想到我真是太高估自己了。」

「呵，他們？所以呢，所謂的他們得到了什麼？」

「是……他們得到了什麼……」我苦笑著，一種無力感爬滿了心頭，「這個世界真是荒謬，那些自以為正義的人向來都是一無所有。」

拉琪輕蹙眉頭，嘆了口氣，「梨子，我沒有做錯什麼，世界本來就是這樣。」

「對，你沒錯，是我錯了，不是我看錯了你，而是我看錯了這個世界。」想到一份幾十年的友誼就此崩裂，眼淚還是忍不住滑落。

拉琪若無其事地走到我面前，抬起手將我的碎髮攏在耳後說：「回去好好想想吧！合夥人的名字還是你的，辦公室也是你的，待遇好說，一切都沒變。」她拍了拍我的肩膀，凝視著我，「梨子，你還太年輕，還不知道傲慢的成本。」

二

踏出公司的那一刻如同夢魘驚醒，感覺上一個夢還在雲端暢遊，下一個夢卻將你打回原形。你想要逃出這可怕的一切，卻猛然發現這夢是現實的一部分。

公司樓下依然車水馬龍，熙熙攘攘一如往常，但我知道屬於我的故事已經結束了。和拉琪約定的時候並沒有簽合約，轉給她的錢也已經被轉回來了。沒有任何證據證明，我是一個應當擁有股分的股東。所謂的承諾就像那隻小白鼠，早已死在了不為人知的地方。

幾天之後，我並不持股的事情傳開了，與拉琪之間的矛盾也成為圈子裡的最新八卦。剛開始有很多人來我的社群帳號問我到底怎麼回事，但沒過多久，流言已經成了他們期待的答案：有人說我表面上是個老闆，不過是被騙來打工的；有人說我本來就是一個員工，不過是因為虛榮，所以總是站在前臺；更嚴重的則是一些子虛烏有的陰謀論，拉琪的粉絲把我描述成了一個貪權的小人，煞有其事地描述我是如何借助拉琪一步步抬升身分，想要取而代之。各種流言漫天飛舞，對於我這麼一個再也沒有利用價值的人，沒有人願意站出來說句真話。偶爾有粉絲為我發聲，但基本上都會被別人嘲諷；有些選擇了默默取消追蹤，重新回歸路人；有些則直接倒戈，成為反對派的一員。曾經讓我興奮又眷戀的名氣一百八十度轉身，成為潮水般的反噬力量，當時有多少虛榮，如今就有多少傷痛。

為了不讓隨時冒出的流言折磨心智，我開始屏蔽一切關於蓋亞拳館的資訊，不想在一條又一條的流言中將自己壓垮。周遭很快變得冷清下來，那些平日裡稱我為朋友的人一個個消失了。Niki撤掉了以我為專訪主角的宣傳影片，再也沒有邀請我去她的美容院；Amanda也不再邀我參加她的下午茶，再一次看到她，她已經與拉琪以姐妹相稱，出現在知名主持人的談話節目裡。公司裡那些過去認可我、向著我的同事們也早早與我拉開距離。在這樣一個集體性崇拜強者至上的地方，你的成功富有是別人關注你的唯一理由，一旦命運開始走下坡路，再多的人氣都好像暴雨後的土石流。

日期：二月十三日

回顧二十八歲的日記，那時的我如同一個懦弱的小丑。原以為這一年一切都變了，卻發現一切都沒變。就好像活在井底的人看著頭上的光爬啊爬，自以為屬於上面的世界了，但沒想到上面的人輕輕落下蓋子，一切都被打回了原形。

二十九歲來得很安靜，在安靜中目睹著一切崩塌。這些天來，這一年的成長、成就、掙扎、虛榮、自大……每個時空中的我不斷在腦中流動變換。還記得離開佛島時，馬可是那樣鄭重地看著我，讓我無條件接受一切，我答應得那麼不以為意，以為大好前程永遠在我面前駐足，然而世事無常，一年間從一無所有又一次走到了一無所有。還記得我曾對雅圖說：「我不恨自己沒擁有，只恨擁有的被拿走。」誰能想到命運的際遇真是嘲諷的輪迴，相似的事只會一次又一次挑戰你的心智。只不過這一次不比過往，像是我親手給自己造了一片海市蜃樓，自不量力地徜徉其中，然後眼看著樓塌了。

馬可啊馬可，接受這一切談何容易，我像是用盡全身力氣去消化一個龐然大物，它沉重、陰暗，又無法改變。我渴望它快速消弭，但就像是草蛇吞象，它不僅沒有消弭，反而耗盡了我半條性命。

三

過沒幾天，母親的生日也到了。我想她早已知道我在蓋亞發生的事，她終於可以理直氣壯地跟我說她的預言是多麼準確，我當時的決定是多麼愚蠢。為了替她慶祝生日，我還是強打精神出門，買了一款名牌包包準備給她慶生。一路上有蟲島難得的晴天，陽光像寶劍一樣安插在高樓大廈的縫隙裡，我卻絲毫感受不到溫暖。

母親雖然是一個教師，但向來對名牌十分偏愛，讓她一生執迷而困擾的問題就是體面，自己做什麼樣的工作、有沒有完整的家庭、孩子的成績如何、工作是不是有面子，這一切都關乎她的體面。在她看來，體面維護了她作為一個人的完整性。如果其中任何一項展示出不確定性，她立刻會恢復歇斯底里的本性，所以從小到大，我都用所謂確定的優秀去兌換不確定的母愛。然而，滿足期望的旅途注定疲憊不堪。長大後我才漸漸明白，對有些父母而言，他們並非由衷為孩子的進步感到開心，他們真正渴望的，是用孩子的成就給自己貼金。車即將開到目的地的時候，母親的電話打了進來，她似乎完全忘記了今天是自己的生日，聽起來異常興奮。她高興地告訴我房子賣出去了，雖然經濟衰退，但依然賣出了不錯的價格，而我需要在一個月內搬出去。雖然從外婆去世起，我已經與這間房子告別了許久，但聽到這個消息，我依然有一種被拋棄的痛楚。我索性調轉車頭飆向黑鯊灘，決定什麼也不想，把自己扔進海裡。

四

日期：二月二十一日

來黑鯊灘快一週了，我試圖在海上逃離那些是是非非，但依然像是得了某種強迫症，那些痛苦的事情無時無刻不在腦中循環反覆，不知道這樣的日子什麼時候會結束。

我還記得馬可曾對我說，人一旦發現前方不確定就會恐懼，隨便抓住什麼當救命稻草，可如今的我似乎不再有什麼救命稻草了。擁有的一切一步步湮滅在眼前，生命再一次變成了一張白紙，而覆蓋其上的是無窮無盡的虛空與未知，看不到、摸不著，卻又分量千斤，漫無邊際地將我壓迫，讓我無力逃脫。

今天又是一個可以去佛島的日子，但是在踩油門的瞬間我又決定留下來。我不知道這是一種放棄還是一種逞強。過去的一年，每次遇到難題我都會奔向佛島，那裡像救世主、像安樂窩，也像是某種逃避傷害的藏身之所。因為雅圖與馬可的存在，我無須做出努力就能得到寶貴的智慧，他們將我點醒、給我力量，讓我在紛擾的世俗中找到方向，但即便如此又如何呢？誰又能幫我逃脫我必將面對的人生呢？

「每個人的一生都是在走自己的劇本，所以我們只能把自己當作問題，把自己當作答案。」

五

新的一天與舊的一天同時來臨。

我依然在海上，依然試圖用筋疲力盡來忘卻一切，但令人絕望的是心魔依舊。那些熱鬧的成就，拉琪冰冷的眼神，四腳朝天的小白鼠，預言式的夢境，依然反反復復在我腦中翻飛。連續多日的消耗讓我體力所剩無幾，漸漸地，我感到腦袋變得沉重，心跳越來越快，身體完全脫離了意志。「好累啊……」意識的飄移好像一陣風，瞬間將我吹落水中，我身心俱疲，幾乎想要放棄一切就此沉淪。冰冷鹹澀的海水不斷地灌進我的耳朵和鼻腔，巨大的恐懼刺激著我，我開始拼命向岸邊游去，撲倒在沙灘的那一刻又哭又吐，我甚至不知道自己為什麼這麼想活。寂寞的海灘上空無一人，我癱倒在地，看著白色的天空和灰色的海，覺得自己置身於孤島之中，人類早已離開，自己是地球的最後一個棄兒。

我被巨大的疲憊與失落掩埋，幾個小時都動彈不得。天色漸暗、繁星初上，不知不覺我進入了夢境。迷迷糊糊中，我覺得好像身旁有人，恍惚中我看到一個人影跪在我身上不知在做什麼，突然，一個黑色的東西彈在了我的腿上，我害怕極了，緊緊地捏著身下的沙子，不停祈禱自己在做夢。然而對方越來越興奮，不斷地朝我下體靠近，在那人幾乎就要得逞時，我抓起沙子扔向他的眼睛，對方毫無防備，「啊」的一聲捂住了雙眼。我推開他起身逃跑，沒想到他瞬間抱緊了我的腿，我被他拉扯著倒了下去。我拼命掙扎但完全不是他的對手，他用雙手緊緊地鉗住了我的脖子，「不要跑，敢跑弄死你！」緊接著，幾記重拳打得我滿口是血，我發不出聲音也吸不進空氣，只好直向他點點頭，但他並沒有放鬆，而是更狠地按著我的脖子準備開始獸行。我被他壓著完全無法動彈，痛得雙手使勁摳著沙子。突然，一個尖銳的東西刺得我掌心生疼，好像是一個破碎的釘螺。對……用它……我緊緊地捏著釘螺，咬緊牙關放棄了抵抗，忍耐著屈辱等待那一刻的到來。很快，他認為自己已經占領高地完全得逞，興奮得五官扭曲起來。看著他失焦的雙眼，我拿著釘螺朝他的脖子狠狠紮去，他如夢初醒般慘叫了一聲，一股腥熱的液體瞬間鋪滿我的上身。顧不得這血腥的一切，我推開他拼命逃跑，然而在十幾公尺外的地方，背後傳來哀號，「求求……求求……」是那個男人，他倒在血泊裡哀求著我，我想他可能會死，於是往回走了幾步，但當我再次看到他黑色的東西在那裡顫抖著，像是一種積累了很久的憤怒貫穿我的身體，我毫不猶豫地狠狠一腳踩了下去，他的嘴巴張得碗大，呻吟著，蜷縮身體面色慘白，然而看到這一幕的我，痛苦莫名消失了。我揮起那隻拿著釘螺的手，一次又一次地深戳下去，每一次的進入都爆發出一種從未體會過的興奮感，看著身下這張猙獰扭曲的臉，漸漸地，我開始意識恍惚，時而覺得他是我，時而覺得我是他，時而又覺得他就是他……我害怕極了，但手中的釘螺卻完全停不下來，眼前的一切越來越模糊，唯獨頭頂的月亮紅得駭人。

我像是垂死的落葉突然捲入颶風，以另一種姿態活了過來。直到他的臉不再顫抖，直到我的臉徹底消失……看著眼前這熊熊奔湧的大海，自己製造的一切湧向大海深處。人類對這片大海造的孽太多了，需要用自己的肉體為自己贖罪。

再一次，我從海中走出，滿身傷痕，赤身裸體。第一次如此強烈地，我明白了活著的感覺，內心迎來從未有過的充實與靜謐，那些讓我無處遁逃的虛空、痛苦、不甘都隨著這個男人的身體永恆地沉入大海。

六

日期：二月二十六日

回到蟲島後，我像是卸下了所有的重擔，精神世界進入了一種前所未有的真空狀態，我不再關心自己過去有什麼，也不再想自己未來要幹什麼，而是思考活著到底是什麼，什麼才是純粹地活著。

我開始瘋狂地好奇伊鳩筆下的瀕死體驗，不斷地翻看那個小冊子，甚至可以對裡面的內容倒背如流。我想知道，一個人像死一樣活著和像活著一樣死去到底是什麼樣的感受。人們如此懼怕死亡，然而卻並不真正熱愛活著，那麼死和活到底是不是反義詞？

我想要去魚島，可是該怎麼去呢？如果伊鳩真想邀請我去，為什麼沒有給出地址？如果我真的去了以後他不在，我會不會很失落？如果我沉浸在瀕死體驗中不想回來，那我到底是死了還是活著？

「叮咚！」

我停筆起身，門外站著郵差。

「梨子小姐，這些信全部被退回了。」

「全部？」

「哦，對了！有一封不是，是對方寄過來的，您看看吧。」

我拿著手上的退信嘆了口氣，伊鳩寄來的信上地址模糊不清，我憑著猜測寄了幾個地址，但是都被退回來了。我拆開那封寄過來的信，信紙竟然是一片巨大的乾樹葉：

您好，誤拆了您的信件，非常抱歉，但我想信件有回應總比石沉大海好。您信裡提到喜歡衝浪的伊鳩先生可能在我們這裡住過一段時間，但是已經走了很久了，至於去向，我們也不清楚，特此回信告知。

他竟然就這麼走了，去魚島還有可能嗎？我心中悵然。

七

至高無上的自由，無須愛情，無須金錢，無須信仰，無須名望，更無須美貌。我只要真實。

——《阿拉斯加之死》

二月二十八日，又是一個七的倍數日，我決定啟程去佛島，不過這次的我，不再像是一個逃兵。

抵達√7之後沒有看到雅圖，馬可見到我非常高興，在我的腿上蹭個不停，「喵嗚，你還好嗎？我一直在為你擔心。」

我抱起馬可，抓了抓牠的腦袋，「你上次不祥的預感確實發生了。」

「發生了什麼？」

我一五一十地說出了近期發生的事。

「嗚……你們人類真是以彼此折磨為樂。」

「是啊，在彼此折磨中消磨生命。」

「別想不高興的事了，我記得你問過我佛島上的蟲島人在哪兒，今天我就帶你去。」馬可繞著我發出興奮的呼呼聲，「在那裡，每個蟲島人都是欲罷不能！」

「讓蟲島人欲罷不能？」我心想，除了錢還能有什麼可以讓蟲島人欲罷不能。

「嗷嗚，跟我走，帶你大開眼界！」

我跟著馬可出門，不久之後走進一個地下通道，通道裡竟然是一片廣大的森林，森林猶如迷宮，走了很久之後，眼前赫然出現一大片綿延無盡的矮樓。

「這是哪裡？」

「人腦研究所。」

「人腦研究所？難不成你騙我過來摘腦袋？」

「用不著摘就可以換腦袋，這裡全是蟲島人。」

「他們在這裡幹什麼？」

「幸福地活著。」

「幸福地活著？地下森林裡？」

「他們都是在蟲島失去了希望的人，不知道從哪裡得到的消息，說佛島像天堂一樣，所以他們想盡辦法來到佛島。但是來到佛島以後，他們幾乎沒人成為真正的佛島人，因為他們戒不掉蟲島人的劣根性，所以拿不到佛島人的身分。佛島人會出於人道主義把他們送到這裡，提供他們生存給養，滿足他們一生的幻覺，讓他們在這裡幸福地活著。」

我隨著馬可走了進去，眼前是綿延無盡的、像是電子棺材一般的儀器，如同膠囊旅館一般，密集地一層疊著一層，一片連著一片。人們赤身裸體地躺在「膠囊」裡面，機器不斷地掃描著他們的身體，生物循環系統連通著他們的肉體，旁邊的儀表數字上上下下。他們像是一個個保溫箱裡的巨型嬰兒，不用接觸外界，全然活在自己的小宇宙裡，有些人興奮地哈哈大笑，有些人感動得潸然淚下，有些人緊繃肅穆如臨大敵。我被此情此景驚呆了，「怎麼會有這麼多人？不是只有一部電梯嗎？」

「不是只有一部電梯，有很多個，不過我聽雅圖說，這些年來這裡的蟲島人越來越多，可能所有通道都會陸續關閉。」

「我也是蟲島人，為什麼沒有進這裡？」

「因為你很少待在這裡，他們大多數想要長居佛島，過上佛島人的生活，但是他們舊習難改，沒有人推薦他們。最後難免都會被送到這裡。」

「這裡是怎麼提供幻覺的？」

「聽雅圖說，這裡有蟲島人的快感資料庫，他們知道蟲島人都有什麼樣的欲望，想要怎麼滿足這些欲望，演算法會與他的個人意志融為一體，不斷地推算出一個最能讓他為所欲為的快樂新世界。」

「可是每個人都不一樣啊，我是說欲望……」

「每個人在這裡都會有一個屬於自己的無盡世界。機器會對人做全身掃描，不僅能讀取你的大腦記憶，還能讀取你的身體記憶，比如人們在學會說話之前也是有記憶的，不過學會語言之後精神世界會重構，那些非語言記憶就會被深藏，只有借助這樣的機器，你才能清晰地回憶起那個時候的感受。」

「太不可思議了，說得我也想試試了，可是一直躺在裡面，他們不會累嗎？」

「不會，機器已經幫他們解決了一切。他們一旦躺下去，就再也體會不到時間，所有的劇情都會按照你期待的方向往前走。當然，為了讓你全副身心沉浸其中，偶爾會有波瀾，但那是為了更大的滿足做鋪陳。」

「可是，人完全脫離現實社會一直活在幻覺中，這樣真的好嗎？」

「當然好！與貓不同，人的大部分時間都活在幻覺中。人們喜歡看電影、看短片、無休止地焦慮、不斷地規畫未來、不停地擴展內心戲，其實都是幻覺。這裡提供的快感甚至比現實生活中的更強烈、更真實，而且更人道，因為在蟲島，大多數人畢生都沒有體會過被尊重、被愛、被渴望，但是在這裡，一切都可以實現。」

「天啊，如果習慣了這樣的生活，一個人離開後該怎麼自處呢？」

「到目前為止從來沒有人離開，他們都很喜歡這裡。」

「他們難道不需要自己的家人嗎？」

「除了吃喝與睡覺之外，很多需要都是虛無的，親情、愛情、成功、崇拜……都只不過是大腦的一種感受而已。在這裡，他們可以體會到任何形式的感情。想得到母愛就能得到母愛，想得到父愛就能得到父愛，很多原生家庭不幸的人會重新體會幸福的童年。」

「蟲島上也有一些小說和電影會讓人自我代入，產生類似沉溺的感覺。」

「在大腦研究所的人看來，要透過這麼複雜的過程讓人產生快樂成本太高了。人的情感變化不過是體內的幻想和激素的變動，這些，機器都可以實現，而且遠比那些電影和小說更讓人沉迷，這些人腦互動機會隨著資料的增加不斷地更新反覆運算，讓人們生活在一種快感沒有上限的世界裡。」

「這也是會有副作用的吧？」

突然，一個管理員模樣的人走了過來，馬可立馬躲在窗簾後面。

「你是新來的？」

「哦……是的。」我有些慌張。

「登記了嗎？」

「嗯。」

「使用方法知道嗎？」

「嗯……大概吧。」

「你可以去七四五八號房間。」管理員遞給我一張卡片，「這是房卡。」

我有點茫然。

「怎麼了？」管理員疑惑地打量著我。

「哦……只是有點懷疑，這裡能不能讓我快樂。」

「當然可以！」管理員瞪著我，似乎認為我的疑惑很多餘，「我們這裡不僅讓人再也不憂心生存，還能讓一個人的精神滿足達到此生的極限，這麼多蟲島人還沒有一個離開的。」他自信地把手指向一邊，「看到那個女人了嗎？來之前連續被兩任丈夫拋棄，過得比絕望還絕望，你看她現在面色多紅潤。」我仔細打量著那個女人，她眼睛微微睜著，面容潮紅鬆弛，散發出一種濕熱的氣息。

「瞧！這就是愛情的力量！」管理員旋即又指向另一個方向，「你看那個男人，他呢，在蟲島生意失敗了，老婆跑了，親戚朋友也躲著他，自殺失敗之後來了我們這裡。他現在非常自信，在這裡重新擁有女人對他的崇拜、別人對他的羨慕，連孩子都不用養就能體會到做父親的幸福。他們在這裡得到了比蟲島多得多的幸福。」我看著那個男人，他的臉上確實有一種蟲島人很難得的別無所求，與此形成鮮明對比的，是他手腕上的深疤。

「這裡能彌補所有的人生遺憾？」

「當然。不僅能彌補遺憾，而且能創造未來。」

「可以體會親情、愛情？」

「當然，最熱烈的那種。」

「可以變富有？」

「豈止富有，甚至成為任何……上流人物！」

「可以復仇嗎？」

「不要懷疑，通通都可以！你要知道，相比人的精神世界，他所能接觸的現實生活不過是巴掌大小。在我們這裡，相當於給你建立了一個由過去平滑進入平行宇宙的通道，讓你擁有嶄新的命運。一般來說，你進入機器的瞬間，腦子裡想的是什麼，劇情就會從那個點開始發展，你所看到的一切都是真實的，你會享受到絕對的自由，有應有盡有的快樂和永遠幸福的人生。」管理員伸出房卡，「快去吧，我至今沒見過後悔的，位置就在你背後不遠。」

我接過房卡，腦中拼命回想著過去一年的一切，難道那些沒有機會體驗的感受真的可以馬上體驗到了嗎？我感到既興奮又害怕，徑直走向七四五八房。

走向七四五八房的路上，我走近打量著其他人的機器，聽到他們各式各樣的聲音：

「我終於把他打到趴下了，也讓他嘗嘗當狗的滋味！」

「你不是嫌棄我長得醜嗎？她毀容之後你想起我了？」

「人啊，就是此一時彼一時，十年的委曲求全，就是為了今天看著你怎麼死。」

每一句話都像是一根針紮在身上，讓我心驚肉跳，我很好奇這是一種什麼樣的體驗，可以讓人如此赤裸地展露自己的欲望。這裡像是一個癲狂版本的蟲島，每個人的欲望都被充分放大、充分滿足，他們不再像活在現實生活當中，因為種種恐懼而自我約束。

機器很容易使用，在躺下的一瞬間，我的大腦像是進入了睡眠前期，陷入短暫的失神，接著腦子裡浮起各種熟悉的雜念——啊……我在拳館的辦公室裡，看著已經做好的維納斯。突然有人敲門，狄森屏竟然出現了，他對我笑著，那笑容好明媚，是前所未有的真誠。

「梨子，簡直太美了，你一直都是這麼有才華。」狄森屏看著蠟燭嘖嘖稱讚。

聽到這話，我心裡冷笑一聲，「你不是一直說，我做的盡是些沒用的玩意兒嗎？」

「你的才華讓我感到恐慌，我很怕失去你。誰又不想擁有一個如此特別的女人呢？如果你有一個無價之寶，你不會希望太多人看到。」

「你如果真的愛我，就不會去找林黛絲。」

「我是一時糊塗，Cici跟我說你和上司在一起了，所以我為了報復你才這麼做的。」

「可是你們都要結婚了，這能叫作報復嗎？」

「不，不會的，我們早就分開了，婚禮也取消了。」

「取消了？」

「對啊，林黛絲那樣的女人，我不是早就跟你說過嗎，見鬼了才會看上她。」

「可是這個蠟燭是做給你們的，我以為你們會結婚。」

「這個蠟燭是為我們做的不行嗎？這個味道……太迷人了……」

「對，它的名字叫海嘯，你會與那種力量融合。」

「不，梨子，我今天來是帶著真心來和你說對不起的。拉琪找林黛絲買的那間房子，我買下來了，寫你的名字，你一定會滿意的，這是我的誠意。」

「少跟我開玩笑了，你怎麼可能……」

狄森屏拿出一張房屋權狀，蟲島最好的位置，上面赫然寫著我一個人的名字，

「梨子，對不起，我真的不該那樣傷害你，我愛你……」他的眼睛裡噙滿了淚水。

「已經結束了，狄森屏。謝謝你的好意，但是……你是怎麼……」我很疑惑他哪來那麼多錢。

「即使你不接受我，它也是你的，我向你贖罪。」狄森屏皺著眉頭，渴望地看著我。

我不知道該說什麼好，狄森屏開始靠近我，「梨子，我愛你，我再也不會傷害你了。」

「不要這樣……」我試圖將他推開。

狄森屏開始抱我，漸漸地用力，不斷地在我耳邊呢喃，不停地說愛我。在海嘯的刺激下，我們變得無法自控，一種欲望與仇恨交織的感情在我的大腦中迅速蔓延。突然間，一股憤怒的力量布滿我的全身，我像是復仇的殺手，每個細胞都在告訴我，我恨他，我要吞噬他，我的身體變成了想要拆散他的刑具，而他毫無招架之力的臣服，像是沸騰的鐵塊落進了深不見底的冰海，他變得脆弱，他開始落淚，他不停喘息，在我辦公室的隔間裡，金色的燈光打在他的額角上，像是一片落地前拼命顫抖的秋葉，我目不轉睛地審視著這一切。這時，外面有人敲門，是林黛絲，林黛絲聽到了這一切，她在外面喊著狄森屏的名字，哭著讓他開門。可是狄森屏完全停不下來，他不停地說愛我，不停地喊著林黛絲是個婊子，這些話不斷地刺激著我的神經，房間裡撞擊的聲音，林黛絲哭泣的聲音，兩種哀傷瞬間扭結在一起，像是一種巨大的力量，瞬間將我連根拔起。「啊！」我一陣戰慄，一切都化為火焰。

「不該這樣！」我用力掙扎，結果頭硬生生地撞在了機器上。環顧四周我才意識到，這是一場夢境。我飛快地跳出那個機器。太可怕了，回歸現實的我充滿了羞愧與恐懼。在這個機器當中，人完全沒有善惡，你的精神像一匹脫韁的野馬，不顧善惡對錯，只顧跑向讓自己最爽的位置，可是那個精神舒爽的我讓我感到作嘔。然而，不管我怎麼控制，剛才的場景還是不斷地在我的腦中翻飛，一種強烈的羞恥感撕扯著我的心。

「馬可，我們不能在這裡，這哪是人腦研究所，簡直是撒旦俱樂部！」我跳出來呼喚馬可，「先生，房卡給你！」

「怎麼了？」對方有些驚愕。

「不用了，我不需要那麼多的快樂。」

「什麼？」他瞪著雙眼看著我。突然，外面的電話響了，他向外面走去，但依然回過頭驚詫地看看我。

我衝到窗簾旁邊，抱起馬可就跑。

「難以置信，他們在佛島所經歷的一切難道不是一場夢嗎？」

「是嗎？那你怎麼知道你在蟲島經歷的不是一場夢？」

「他們始終活在一場遊戲當中！」

「可是……怎樣又算沒活在一場遊戲當中呢？」

「不，我沒有，不管是現實還是遊戲，如果快樂的代價是讓我成為一個醜陋的人，那我寧可一輩子活在悲痛之中。」

「你這……」

「馬可，我已經不再是過去的梨子了，我不想要那麼多欲念，我只想回歸純粹的自己。」

穿越地下森林，終於到了地上的佛島，一念之間，宛如地獄與天堂。

八

回到$\sqrt{7}$之後，那種震撼的感受久久不能平復，我不禁思考，一個終生活在騙局當中但快樂的人和一個終生活在真實當中卻痛苦的人相比，誰的人生更值得一活？如果是一年之前的我，昨天會不會完全沉溺在那種幻覺之中再也不想離開？

這時，雅圖回來了。

「佛先生，我今天去人腦研究所了。」

「哦？有什麼感受？」

「他們為什麼不放那些蟲島人回去？」

「沒有人困住他們，是他們自己困住了自己。」

「可是他們一輩子待在那裡會廢掉的。」

「他們在蟲島早就是絕望之人，你是說讓他們回到絕望之中嗎？」

「這個……」我竟然不知怎麼回答，「我只是覺得，他們這樣，不像人了。」

「那人應該是怎樣的？」

「我不知道，但我想，一種好的生命狀態，應當是在真實的自我中體會真實的世界。也許他們很幸福，可是這種幸福是建立在虛假自我和虛假世界的基礎上，這樣走下去，真的算是活著嗎？」

雅圖笑了，「你覺得什麼樣算活著？」

「我不知道……我只記得第一次來佛島的時候，非常想離開蟲島，我想逃避那一切，只是想活得舒服些。現在經歷了浮華隕滅、劫後餘生，似乎對生命有了新的追求，我想要的可能並不是舒服可以形容的，我想要一種不要摻雜太多欲念的、真我對真實的那種純粹，這也是我這次來找您的原因。」

雅圖又笑了，「喔，好吧，你的進度比我想像的快，這幾天我們可以聊聊，怎麼回歸本真。」

九

第二天清晨，我很早就被馬可喚醒。

「快醒醒，我們今天去森林裡。」

「去森林裡？」

「對，雅圖在那裡。」

馬可帶著我一路奔跑，來到了一部電梯前。

「我們去哪裡？」

「跟我走就好！按一七三二〇五〇八。」

我按照馬可的指示按了下去，又是一陣劇烈的顛簸和眩暈，但是時間比去蟲島更久。出了電梯，眼前是一座綿延的五彩石山。

「這麼禿，哪裡有森林？」

「跟我一起爬上去。」

我跟著馬可沿著石山的路蜿蜒而上，很快到了山頂。這時我才發現，山下有一條藍色的河，而河的對岸有一大片彩色的森林，以河為中軸線，一邊是五彩石頭山瀰漫著溫暖的橘色，一邊是五彩森林散發出冰冷的黛綠，雖是一冷一暖，但都是極為濃烈的色彩。

「我們下去，坐船去對岸。」

很快，我和馬可到了森林裡。我發現這是我去過的植被最旺盛的森林，喬木幾乎將天空遮蔽得密不透風，每向前走一步都要突破眼前一簇簇的灌木群，大多樹木的根頸十分粗壯，向天看去宛如一個個飽滿巨碩的綠傘，樹和樹之間連著細密又堅韌的藤蔓，蛛猴在樹枝間飛來飛去。

走出不遠，前面有一條小溪，溪水旁有一棵鏤空的大樹，樹洞的兩旁寫了兩行字：

相逢不相識，
未語共知名。

「我們到了！」馬可先一步爬了上去。

我跟隨著馬可進入洞中，發現雅圖已經在這裡了。身旁有一個身材壯碩的女人替我們煮好了茶。我四下打量，發現樹洞非常寬敞，整個空間充滿了清新的茶香。更有趣的是，這個樹洞裡還有一棵樹，穿插於樹洞之中成為一棵樹中樹。

「佛先生，在這裡喝茶好幸福！」

「哈哈，當你在這裡住一個月，你會發現自己和馬可一樣快樂。」

我看了看馬可，笑著把牠抱在腿上。

「佛先生，其實昨天的事情讓我很不舒服，它更像是一種理性人對感性人的操縱，感性人在這種操縱中毫無招架之力。」

「佛島永遠不會束縛他們，也沒有蓄意操縱他們，他們被束縛是因為他們的熱情在於無窮無盡的欲望，而不是這個真實的世界本身。」

「可是他們想要的不就是在真實的世界裡得到物質和名利嗎，這還不夠真實嗎？」

「那是欲望的世界，不是真實的世界。」

「那您所說的真實的世界到底是什麼呢？」

雅圖沒有回答我，「梨子，你能告訴我什麼是樹嗎？」

「樹？樹……就是樹啊。」為了表示對樹很了解，我繼續解釋道，「樹是木本植物的統稱，由根、幹、枝、葉、花、果組成。」說完很自信地看著雅圖。

「如果你面前有一個小孩，你會如何教他認識植物？」

「我會指著不同的植物，讓他記住每種植物的名字。」

「但我認為，這只是語言，它只是浮在這個世界的表層，就像啤酒泡沫，品味它算不上品味啤酒本身。」

「可是……那泡沫的下面是什麼呢？除了用語言，難道還有別的方式解釋這個問題嗎？」

「很多父母會指著植物跟孩子說，這是花，這是草，這是樹，他們希望孩子把語言和植物聯繫在一起，記住的詞彙越多，認識的世界越大。但是不要忘記，語言才誕生多少年，這個世界遠比我們的語言更豐富，就像我們所在的這棵樹，樹上的每一片葉子都不同，也可以說每一片都在敘述著屬於自己的語言。但是站在旁邊的人是不會感知到這一點的，他們早就用『樹』概括了一切，所以便不再花精力去真正地了解它們。」

「可是，樹木不會說話，也不會動，怎麼才算了解它們呢？」

「看它、摸它、聞它、聽它，用任何一種方式了解它，唯獨不要用所謂的知識擋住你對它的親近。這樣，你才會真實地體會到一個生命，而不是一個熟悉到已經麻木的知識點。」雅圖指著這棵樹中樹，「你可以閉上眼睛，嘗試著用手跟它交流。」

我把手掌覆蓋在那棵樹中樹上，指尖在樹皮上來回摩挲，那種規律的、帶有紋理的、粗礪的質地不斷通過指尖傳遞到我的大腦，我意識到我不只是觸摸樹這麼簡單：我摸到了濕潤古老的苔蘚、蟲子乾癟的殘骸、摻雜著露水的泥土、死去了依然緊擁著樹幹的藤蔓。忽然間，樹幹開始微微顫動，告訴我它的頭上風正經過。

「它說話了嗎？」

「嗯。」這種非語言的語言竟讓我有一種久違的感動。我很久都沒有被人感動過了，今天竟然會被一棵素不相識的樹感動。「我完全忘記了上一次摸一棵樹是什麼時候，我每天都要經過很多的樹，但我從不會多看它們一眼，只覺得它們是無趣的綠色植物罷了。」我抬頭打量著這棵樹，「我重新認識了樹。」

「樹也重新認識了你。」雅圖笑了，「精密的理性讓我們擁有正確的思想，但是敏銳的感覺會讓我們真切地活著。」

「是，在蟲島上，不少人從小就覺得活著沒意思，可能理性的訓練讓人們忘了活著只是一種感受，這種感受的觸角如果消失了，自然體會不到活著的意義。」

「現代人活在一個被概念簡化了的世界，這個是樹，那個是草；這個是好人，那個是壞人；這個人成功，那個人平庸。人們會用文字概念對世界歸類，可是文字也給內心上了鎖，讓人們覺得自己已經了解一切，不再用心去觀察這個世界。」

「是否可以這樣講：語言會限制我們對於世界的理解？不對，我想應該是，我們活在一個被語言局限的世界當中……」

「對，知識往往是抽象的，但我們的生命是具體的，邏輯貫穿於學校的教育，但人是靠情感活著的。人生而有靈性才會有如今的文明。所謂感性和理性，只不過是靈性大樹上的枝椏，沒有靈性，人是沒有生命力的。」

「對，是靈性！這個詞說的就是我想要的那種感覺。我希望的純粹，就是擺脫觀念，擺脫麻木，擺脫恐懼，恢復一種天然的能量。」

「每個人出生的時候都是有靈性的，你會發現他們對世界充滿了熱情和好奇，但是成年之後，這種特質往往會消失。不過動物不會，你會看到小貓總是好奇地左嗅嗅右聞聞，即便成年之後依然這樣，因為他們一直作為一隻貓的角色活著。可是人就不一樣了，人長著長著就不再像是一個小動物了，而是成為學生、員工、丈夫、妻子、主管、下屬……每一個角色都讓他臣服於一種功能，從而有理由去對抗自己的本能。而這種對抗，也會讓我們的靈性日漸枯萎。」

「最可憐的就是成年人，想哭的時候不能當著別人的面哭，想發瘋的時候告訴自己要鎮定，想攻擊的時候說服自己要理性……好像很自然地，在現代文明中，人會離本能的一面越來越遠。可是怎樣才能恢復那種原始的靈性呢？」

「遠離那些你以為塑造了你的東西。」

「為什麼？沒有它們就沒有今天的我。」

「對，正因如此，不是嗎？」

「啊……」我深呼一口氣，似乎理解了他在說什麼。

「放下那些重擔，用全副身心去感受自己，感受自然。」

「我有些理解您在說什麼，但還是有一點困惑。如果我放下那些重擔，恢復感官的自由，算不算是一種無所事事的狀態？從小到大，我最怕這樣，在蟲島，我們只相信努力帶來改變，無所事事意味著原地踏步，沒有人相信這會改變一個人。」

「想要恢復靈性，首先要擺脫對生命的功利。孩子喜歡泥巴、喜歡樹葉、喜歡蟲子，是因為他們沒有受到過所謂成功、優秀、金錢之類概念的鉗制，所以自然而然地，敞開胸懷熱愛一切能讓他們感受到生命的東西。」

「是的，可是長大之後，我們都變了。」

「對，在蟲島人看來，把情感訴諸微小的事物是令人不齒的，只有宏大的戲劇化人生願景與藍圖才值得追求。然而，微小的事物往往最真實。哪怕是一朵小花，也有自然賦予它的意志，每一天它都是不同的，每一片花瓣也是不同的，從微小的事物之中察覺偉大，會讓人從那種自我關注的幻覺中解脫，心靈有了空間，靈性也會自現。」

「您說得對，其實束縛人的，往往是那些被灌輸的所謂最重要的事。」

「不要讓語言與邏輯桎梏你，放開身心去感受，去探索意識深層的感知。漸漸地，你就會擺脫智性邏輯的束縛，從意識的深海當中，看到真實的自我一躍而出。」

此時，那個壯碩的女人已經從外面採來了白色的野花，以及大小不一的彩色鵝卵石，女人把花插在眼前的水碗中，野花的白色泛著嬌嫩，鵝卵石團聚其周，襯得她野性的紅色面龐竟也溫柔了起來。

「所以，野花和石頭，也有它們的靈性，對嗎？」

「是的。當一朵花在你的面前綻放，雖然它沒有說出任何的話語，但是它已經向你訴說了它的幸福、它的狂喜、它生命的意義。所以，並非所有的事物都必須有具體的定義、苛刻的邏輯。它的存在本身就是一種表達，你客觀地接納它，就是最深刻的交流。」

我想起曾經的自己收到玫瑰時，最關注的是品牌是否高級、配色是否雋雅、包裝是否精緻，竟然從不曾關注每一朵花本身。此時此刻，沒有包裝，沒有配色，僅僅是一簇小白花，每一朵都在旁若無人地展示著生命的自信。

「好了梨子，不要聽我在這裡講了，語言永遠是有限的，和馬可去森林裡體會這種感受吧，甚至可以多住幾天，好好感受我說的話。」

「啊，這就結束了！」

「我已經說了全部，我說的相比你需要體會的，只是滄海一粟。」

「我竟然覺得沒有聽夠。」

「好吧，最後講一個故事，你們就去森林裡看看吧。」雅圖想了想，「這個故事是莊子講的，叫作混沌的故事。混沌的朋友們受到了混沌很多的恩惠，因此很希望報答他。他們經過商量得出一個結論，他們留意到混沌沒有感覺器官來分辨外在的世界，所以他們想要改變他。第一天，他們給他鑿了眼睛；第二天，又給他鑿了鼻子；第三天，給他鑿了嘴巴。這樣日復一日，他們把混沌變成了像他們一樣有感覺的人。然而，當他們為了自己的成功而互相慶祝的時候，混沌卻死了。」

十

只有純粹，才會輕盈有智慧。

——馬可

幾天後的清晨，我被一陣窒息的壓迫感喚醒，睜眼一看，馬可坐在我的臉上。

「快醒醒，今天我們去河邊。」

眩暈中，我跟著馬可出了門。牠帶我去了另一部電梯，又讓我按下一七三二〇五〇八。

神奇的是，這次電梯打開後，眼前並不是五彩石山，而是一個峽谷，峽谷之間是一條蜿蜒的溪流，馬可歡騰地向前奔跑，時不時嘗嘗溪中的流水，尾巴尖愜意地左右擺動。我跟著牠一直向前，直到眼前出現一個巨大的瀑布。

「看到瀑布上的鏈條了嗎？抓著那根鏈條爬到最高處。」馬可跳進我的背包，告知我向上攀爬，但眼前的瀑布卻帶給我最真實的恐懼，要是滑下來該怎麼辦？看著湍急的流水，我腦中一片空白。猶豫片刻，我還是鼓起勇氣走到瀑布腳下，但還沒站穩就一個趔趄，雙腿跪到了水裡，瀑布澆透全身，這時我才發現水裡有很多的白骨，像是曾經從山上落下來的人。

「你還行嗎？」馬可緊張地問道。

「沒事，你坐穩了！」說這句話的時候，我的舌頭都在顫抖。

我雙手握緊鏈條，聚全身之力向上爬，除了要對抗重力，我還要對抗自上而下的水流。瀑布不斷地從頭頂落下，我像是在一條豎著的河裡游泳，視線幾乎完全模糊。但我只能越爬越高，不敢有絲毫停歇，生怕一個分神就會被徹底沖落下去。更沒想到的是，瀑布爬過一條還有一條，就這樣，在毫無退路的情況下，我連續爬過了九條瀑布，終於抵達了最高層。登頂的那一瞬間，所有的恐懼從身體中消散，我倒在地上全身癱軟。

馬可從包裡跳了出來，「你快看我們到了哪裡！」

我抬起頭，發現眼前竟然是一個平原，滿眼是明暗相間的各色苔蘚，形成了一個又一個巴掌大的彩色小丘綿延向前。休息片刻之後，馬可帶著我向前走，這時我才發現，這些錯落的五彩苔蘚下面竟然是人的頭骨，它們被苔蘚覆蓋著，散發出一種死亡與生命俱在的衝突與靜謐。陽光鋪落在平原上，鍍得水霧金碧輝煌。

「一直往前走，你會看到一座房子。」

可是我一直向前，並沒有發現哪裡有一座房子，而且越向前水聲越大，我不禁懷疑前面還有一個瀑布。突然，一束光射進了我的眼簾，竟然是一座房子，一座透明的房子浮現在我眼前，如同一顆方形的鑽石，每一面都在熠熠發光，我興奮極了，抱著馬可向前衝去。

「天哪，這裡是懸崖！」走近才發現自己差點衝了出去。房子嵌在懸崖上，而懸崖的對面上千米的地方，有一個巨大的瀑布。

房子門口的地上有兩行字：

天上天下，唯我獨尊。
我若見之，殺與狗吃。

「佛先生竟然會用這麼粗俗的話。」我看著這句話笑了起來。踏進房子，才發現腳下是令人眩暈的深淵，而深淵的下面是深不見底的流水。我不禁心跳加速，雙腿發軟。

「快坐，嘗嘗這裡的水泡出來的茶和之前有什麼不一樣。」雅圖在房間裡自在踱步，彷彿根本看不到腳下的深淵。

我緊張地坐下抿了一口，竟然嘗不出茶有任何的味道。

「如何？」雅圖看著我的眼睛。

「我……我嘗不出味道。」

「哦？難不成是恐懼的味道？」雅圖看出了我的慌張。

「對……是恐懼的味道，我的舌頭竟然失靈了……」

「喔……這可不像是翻越九條瀑布的人會說的話。」

「您別取笑我了，剛才我哪有工夫恐懼，踩對當下那一步已經謝天謝地。」

「真實的危險你不恐懼，不存在的危險反而嚇退了味覺？」

我突然意識到確實如此，雅圖輕鬆地在裡面來回踱步，而我卻嚇得全身哆嗦，房子雖然透明，卻厚重牢靠，我緊張的只是一種視覺上的假象。

「這幾天在森林裡體驗如何？」

「身心喜悅。我突然發現，如果改變了看世界的視角，就會看到很多以前看不到的東西。」

「哦？具體說說？」

「我發現人看不到自己世界以外的東西……在蟲島的時候，我每天的生活都圍繞目的，所以和目的無關的東西我幾乎視而不見。但是我發現，如果不帶目的和先入為主的觀念，好像總是能看到新東西，就像重新變成小孩一樣。我懷疑人會預先在大腦中設定一個世界，然後去選擇性地看世界。就好像以前我覺得樹就是樹，都差不多，可是當我不再把樹概括為樹，就會發現它們的紋理、它們的顏色、它們的曲線，甚至每一片葉子在陽光下的光影，個個都散發出不同的自然意志。蟲島那種以目的為主的人生哲學雖然提升了效率，但也會把人封鎖在目標的局限性中，忽略這世界的大半邊風景。人一旦脫離了視角的有限性，就能脫離狹隘和麻木。」

「很好。」雅圖笑著點點頭。

「可是我還在想一個問題，脫離環境容易，改變視角也不算難，可是逃離恐懼很難。在蟲島上，驅動大多數人的並不是強烈的熱情，而是深深的恐懼，而且隨著年紀漸長，恐懼也會不斷增加——怕父母失望，怕失去工作，怕被人看不起，怕孩子不成器。每一個人生角色都伴隨著全新的恐懼，恐懼像影子一樣追著我們，讓我們變得不像自己。就好像在這個玻璃房子裡，雖然我是自由的，但我卻是僵硬麻木的，雖然恐懼的事情並沒有發生，可是人已經變得不成樣子，我該怎樣擺脫恐懼的束縛呢？」

「人之所以覺得恐懼，是因為把恐懼當成敵人，而自己，成了恐懼的觀察者。」

「恐懼的觀察者？」

「恐懼在物理世界是不存在的，你看不到任何一個叫作恐懼的實體。但是對於人而言，恐懼卻無處不在，人們會把很多事物定義為恐懼，並且去觀察它，這就是被恐懼影響的過程。就好像你把懸空定義為恐懼，那麼你凝視深淵就是觀察恐懼。」

「我在觀察恐懼？」看著腳下的深淵，我突然意識到它只是深淵，是我給它強加了恐懼的意向，「所以……就像孩子把成績差定義為恐懼，女人把衰老定義為恐懼，男人把貧窮定義為恐懼，他們總是在觀察這些恐懼，所以總是惶恐不安？」

「是的。就像一年前的你，把沒有工作定義為恐懼，把不能結婚定義為恐懼，每天觀察它們，耗盡了你的精力。」

「可是，人該怎麼做才能不去觀察恐懼呢？」

「你已經做到了。」

「我？不可能，我剛才還在恐懼。」

「你爬九條瀑布的時候，恐懼了嗎？」

「最大的恐懼在爬之前和爬之後，爬的時候我根本無暇想這些。」

「可是只有爬的時候你才在危險之中，為什麼不恐懼呢？」

「這個……」我才意識到這是很奇怪的一點，「可能是我的所有精力都在當下這一步上，根本沒有精力去觀察恐懼。」

「那麼，你看看天上的鳥兒、風中的落葉，他們有恐懼嗎？」

「鳥兒專注於飛，牠應當沒有空隙觀察恐懼；而落葉，生命就是此時此刻，好像不必恐懼。」

「是啊，人們之所以覺得恐懼，是因為給恐懼留了太多的空隙。為了克服恐懼會與它搏鬥，會想盡辦法逃避，所以，這種無休止的內戰會不斷侵蝕人們的理性，也會耗盡他們的精力。」

「可是如何才能停止這種內在的交戰呢？」

「回想你的經歷，那個產生恐懼的人和想要克服恐懼的人分別是誰？」

「這……都是我自己啊。」

「對，是『我』。恐懼就是『我』本身。」

「所以我就是恐懼？我在對抗我自己？」

「對，所以你明白為什麼爬瀑布的時候反而感受不到恐懼了嗎？」

「因為恐懼的我消失了，沒有自我交戰的空間……」

「正是這樣，當你專注於當下，甚至感受不到自我的存在，反而離苦得樂。」

「所以馬可總說，人總是因為未來徒增了很多的痛苦，如果能像牠們一樣活在當下，會自在很多。」

「對，動物的世界裡沒有未來，牠們的進化程度不足以讓牠們知道什麼是未來，更不會知道什麼是絕望。但也正是因為少了多餘的智性干擾，牠們才能自由地活在當下。」

「是不是沒有了恐懼，就會擁有自由？我越來越覺得所謂的自由只是一種虛浮的概念，人人都在討論它，卻沒有多少人見過它。」

「曾經在印度，佛教徒辯論怎樣才算是見道。有人說：『無所見、無能見，能所雙亡，即無所見的境界，也無能見的作用。』反方反擊：『既無所見，也無能見，又如何知道是見道了？』論題膠著持久，後來玄奘趕到，對教徒們說：『如人飲水，冷暖自知。』」

「所以，您的意思是……一個人自不自由只有自己知道？」

「對。如果有一天，你沒有恐懼、沒有勉強、沒有求取安全感的衝動，你會知道自己擁有了自由。」

「可是，怎麼做才能進入這樣的境界呢？」

「據說中國古代有一位藝術家，他在畫一棵樹之前，會一直坐在樹的面前，好幾天，好幾個月，他要看到自己在和那棵樹一起生長，他要看到自己變成了那棵樹。」

「可是，當他變成那棵樹的時候，就是自由了嗎？」

「那一刻，他真正脫離了自我的束縛。」

「那他最終畫的是那棵樹，還是他自己呢？」

「這已經不重要了，重要的是他在畫這棵樹的時候擁有了徹底的自由。如果觀察者能夠與他觀察的事物合二為一，那麼兩者之間的衝突就消失了。在這種狀態下，人獲得了最根本的自由。」

「那麼這個時候自我消失了嗎？」

「自我意識依然存在，只不過它不再感覺到自我而已。就好像一滴水進入了海洋，它不再局限於自我衝突當中，而是擁有了無限的廣闊。」

「對，今天爬瀑布的時候，有很多的瞬間，我甚至覺得自己就是這山的一部分，那種融為一體的感受甚至讓我感覺得到幸福。登頂的時候，與其說是一種恐懼的釋放，不如說是一種大我的完成。在登頂的路上，時間像是靜止了，而我，像是成為那座山。這是一種自我無限擴張的感覺。」

「對，如果人生始終能做到如此，那麼人生始終在實現自由。」

「所以，也可以說自由並不存在，它並不是一種目的，而是一種過程當中的感受？」

「對，自由是一種沒有動機的熱情，它並不是因為某種目的才被喚起，只要你純粹地忘我、純粹地奉獻，就會在過程中體會到自我邊界的無限擴張，自然會有真正的自由。」

「您解開了我長久以來的一種困惑。曾經我和很多人一樣，認為索取和擁有是在增加自由，得到的越多，自由就越多，但是我發現我最自由的時刻，並不是那種時刻關注著自我的時刻，而是那種不知自我在何處的時刻，衝浪、做蠟燭、畫畫，每當我做這些事情時，我根本不知道自己去了哪裡，只是成為大海的一部分、蠟雕的一部分、畫作的一部分，雖然時間是短暫的，但每個瞬間都是無窮無盡的。」

雅圖點點頭，陽光從他的背後落下，透明房子被照成了金色。所有人的面龐都是溫暖喜悅的。我也不再恐懼，安然地融於這份平靜，與這方形鑽石一同熠熠生輝。

「佛島送給你的禮物。」雅圖遞給我一個信封。

我接過，發現裡面是一封佛島邀請信。

「從四月開始，蟲島到佛島的路線就要關閉了，以後你可能不再有機會來佛島。我向佛島提交了申請，你會有在這裡永居的權利，當然，你也可以根據自己的意願，選擇接受或者不接受。」

「謝謝佛先生。」我曾夢寐以求的，以一個事實的方式出現在我的面前。

「不過，在佛島，你就要做好準備做一個佛島人，對真實充分地覺醒，向人類最高境界的理性前進。」

我點點頭，淚水盈眶，任陽光將我消融。

日期：三月五日

無數次地，我想離開蟲島，夢寐以求待在佛島這樣的永樂之地。如今機會清清楚楚地落在面前，讓我覺得原來曾經的渴望並不是幻覺，而是真實生活的前奏。雅圖遞給我通行證的那一刻，身後萬丈光芒，他如同慈悲的佛陀。我將永遠銘記這一刻。

我越來越覺得，一個背負著沉重枷鎖的文明人，他的重重枷鎖就是文明本身，如果他打破那些看似成熟的觀念、大而化之的概念，他就會從文明之中得到解放。人們常常以為，束縛自己的盡是一些醜陋之物，但如果反躬自省，那些發著光的、令人興奮的、讓人執迷狂熱的才是永恆的鎖鏈。我們為了配得上這個加速奔跑的世界，拼命扮演一個同樣先進的文明人，可是原始靈魂的呼喚離我們並不遠，我們依舊渴望那種原始的自由。人類給自己發明了時間的軸線，約束自己在軸線當中奔跑，這讓當下不再存在，它不再成為現在，而是被撕扯為過去與未來。

人是幸運的，也是不幸的。人類誕生於這個世界，上帝從未以讓人類幸福為念，人類飽受苦寒與飢餓的掙扎，受控於頻繁多餘的性欲，侵擾於遠超生存需求的心智，永遠掙扎於智性帶來的憂慮之中。然而，伊甸園的大門早已關閉，如何與痛苦共生是人畢生要面對的問題。我在蟲島所體會到的痛苦，並非因我不夠走運，而是生而為人必須穿越的宿命。而今，雅圖給了我這完美的機會，我是如此喜悅歡暢。可是我早已不若過往，不再會為一個「好」字、一個「樂」字而倉促下腳。生命的旅程是全然屬於個體的行為藝術，我只希望在我的創作當中能夠看到它的本來面目；我希望，對於未來的我而言，並不是環境改變了我，而是我選擇環境的那一刻，我回歸了真實的我。這才是我要做出的重要抉擇。

Chapter 07

飛翔的毛毛蟲

我的自由，與世界無關。

一

在佛島這些天，我得到了太多的啟迪，但是搬家的事近在眼前，我必須離開佛島了。離開前，在客廳見到雅圖，我突然想問他，在佛島這麼久，有沒有懷念過自己的家鄉。

「佛先生，您想念螺島嗎？」

「為什麼？」

「哦……我在想，似乎大多數人在精神上，都會和自己長大的地方難捨難分。」

「可能這世界上有三種人。第一種人和生養自己的地方密不可分，在那種文化中感受歸屬，汲取能量；第二種人並不認為出生的地方就是家鄉，他孜孜以求的，是把靈魂安放在自己心目中的家鄉；而第三種人，他們沒有家鄉，他們絕不願隸屬於任何一個群體和文化，但是他們並不會覺得孤獨，反而擁有了最純粹的自由。」

「您是第二種？佛島算您的精神家鄉嗎？」

「第三種。」

「所以您並不眷戀佛島？」

「對，在我看來，人一旦隸屬於什麼，就不得不表現得像它的一分子，思想上的自由和獨立也會隨之遺失。」

「我還不知道自己是第二種還是第三種。」

雅圖笑了笑，「還早。」

我點點頭，蹲下抱起馬可，「你希望我來佛島嗎？」

馬可用腦袋蹭了蹭我的下巴，「我不能回答你，佛島上的人是沒有勉強的。」

「被期待也是被勉強？」

馬可點了點頭。

「好……」雖然我並沒有聽到最期待的答案，但我還是用力抱了抱馬可，那種摻雜著柑橘和肉桂的味道讓我覺得平靜又親密。

道別之後我離開了$\sqrt{7}$，走在路上，我再一次打量著這個地方，它的精密，它的理性，它對於原始本能的摒棄，一切的一切都是人類更高級的樣子。我真的屬於這個地方嗎？這個地方屬於我嗎？我帶著疑問再一次踏進電梯，再一次經歷那熟悉的眩暈，再一次回到我那欲望橫流的家鄉。

在踏出電梯的瞬間，我突然覺得自己像變了身分，感到這裡的一切都變得與過去不同，人們的表情、街道的風貌、天空的顏色、空氣的味道……曾經習以為常的一切第一次變得新鮮，我像是一個異鄉人，用全新的眼光審視著這一切。

回家之後，我徑直躺在了床上，深吸一口氣，家裡依然是那種熟悉的、柔軟的、帶著乾樹葉味道的土壤氣息。看著眼前熟悉的一切，回憶起從小到大的那些瑣事，外婆臨終的日子，見到馬可的那個夜晚……生活總在計畫與意外的折疊中前進，帶著我們抵達很多不曾設想過的地方。人長大的路上，血肉不僅長在身上，也長在與自己密不可分的環境中，而現在，我就像是自己的母親，要自己為自己接生。離開這賴以生存的一切，尋找全新的生命之源。

二

我在黑鯊灘不遠處租了一個公寓，那裡沒什麼人，租金比蟲島便宜很多，我可以在那裡邊衝浪邊想想未來的去處。

租好公寓之後，陸陸續續地，我開始清理房間裡的舊物，丟掉不需要的，留下重要的，舊生活分別被安排在行李箱和垃圾桶裡，最後就剩下外婆的房間沒有整理了。自從外婆去世後，我就很少再去她的房間。在她人生的最後幾年，大多數時間都把自己關在房間裡。她看起來並不怎麼喜歡外面的世界，或者說我很少覺得她對外面的世界真的感興趣，偶爾我們會一起製作食物，照顧周圍的流浪貓，但在更多的時間裡她是封閉的，只留給自己。

我走進外婆的房間，開始整理她的遺物。她的房間很簡單，一桌一床一櫃就已經是全部。一直以來，她的衣服少得可憐，除了生存必需的那幾件之外，她並沒有任何一件多餘的。然而，在我掀開床墊的時候出現了驚人的一幕，床櫃裡竟然放了好幾箱日記。我從沒想過她會寫日記，震驚之餘，突然覺得我們之間多了一重甜蜜的連結。

我將日記從櫃子中一一挪出，發現外婆真像是一個嚴謹的圖書管理員，居然整整齊齊地在每個日記上標注了具體的年份和她當時的年齡，從二十歲記錄到七十五歲，整整五十五年。五十五年到底意味著什麼？幾乎是我所經歷的人生的兩倍，是時代的兩次轉身，是無數人命運的崛起與跌落。外婆那個時代，蟲島不像現在如此商業化，更像是一個殘留著大量傳統卻又被新生力量打破的荒蠻之地，冒險家們已經開始嶄露頭角，圍繞著蟲島的各項資源劃地占領，那個時候的他們恐怕並沒有想過，他們孫輩的命運取決於他們當時做出了怎樣的決定。那個時期的蟲島，女性已經可以接受教育，但是保守主義依然是社會對待女性的主流思想，幾乎所有的女性在與她們的丈夫結婚之前都沒有談過戀愛，結婚之後不論遇到什麼樣的不快都很少選擇離婚。在那個年代，大齡單身女性的存在是不被允許的，如果是單身媽媽，那麼她在社會上承受的唾棄無異於石刑。我曾經羨慕那個年代的人賺取財富是多麼容易，但當我看到女人的處境，又覺得現代要好很多，這一切都讓我感嘆——有好的時代，有壞的時代，但對於女性來說，從來沒有完美的時代。

二十九歲的日記本看起來很舊，像是被翻閱了很多次，我很好奇她在我這個年齡到底在想什麼。剛一翻開，一張照片落了下來，是一個女孩的全身照。「這是誰？」雖然是一張有些模糊的黑白照片，可是不知道為什麼，第一眼看去卻覺得那麼熟悉，分明像是在哪裡見過。女孩有一張溫柔的桃心臉，淺淺地笑著，白色的連衣裙隨著海風翻飛，背後是一望無際的大海。我仔細端詳著她的面容，不斷回憶到底是在哪裡見過她。「是夢……是夢裡！」是我夢中的那個白衣女孩，她在我前面跑著，最後消失在白色火焰裡。這個女孩不止一次出現在我的夢裡，可是我們從來沒見過，她到底是誰呢？

是外婆的朋友？姊妹？我百思不得其解，一遍又一遍地端詳著這張照片，突然發現她鎖骨上有兩顆連在一起的痣。「啊，難道是外婆？」我知道外婆在同樣的位置有兩顆痣，那個樣子簡直再熟悉不過。可是，她完全不是我記憶中的外婆，說是判若兩人也不為過。她是如此纖細玲瓏，白璧無瑕。但外婆完全不是這樣，她全身都布滿了歲月的傷痕與負擔，因為嚴重發福，她總是氣喘吁吁，有時候呼氣的聲音大到如同剛剛沸騰的熱水壺，曾有幾次我瞥見過她洗澡的樣子，層層疊疊衰老的肉體讓她像一個癱軟的花捲。我完全無法將我記憶中的外婆與這張照片聯想在一起。如果她真的是外婆，那她到底經歷了什麼？懷著巨大的好奇，我翻開這本日記的扉頁，墜入了她二十九歲的命運。

外婆對於我而言，有時是那麼熟悉，有時又覺得她是個謎。她前半生在外面做什麼，後半生在小屋裡做什麼，我全然不知，我也從來不知道自己的外公到底是誰，無論外婆還是母親，對這些事都是三緘其口。直到翻開這本日記，我才算靠近那些諱莫如深的祕密。

從我有記憶以來，外婆就是一個早出晚歸的超市收銀員，我絕不會想到二十九歲的她其實是一所中學的國文老師，那個時候的外婆尚有一個幸福的婚姻和一個四歲的女兒。但不幸的是，有一天夜裡她獨自回家，突然被黑暗中的陰影撲倒，而那一瞬間決定了她後半生的命運。

黑暗中的面孔並不陌生，那個人是她班上的學生，學生覬覦自己的老師，在欲望的支配下幹出大逆不道的事。事情發生後，外婆並沒有沉默。第二天，她把這件事情告訴了校長，校長卻以避免影響學校聲譽為理由，要求她保持沉默，多兩個月的工資算是補償。她並不認為這是正確的回應，於是她跑到警察局舉報了這個男孩，員警雖然帶走男孩，最終卻還是因為證據不足不了了之。然而事情並沒有就此結束，對於外婆而言，不甘沉默的代價是這件事情在學校裡人盡皆知。一開始她很欣慰丈夫能在身邊安慰她，可是後來隨著時間的推移，對方總是有意無意地引發爭吵，再後來丈夫回家的次數越來越少，終於在一次劇烈的爭吵後徹底地離開她。

我以為這已經是外婆命運的谷底，但往後翻才發現這只是厄運的開始。學校用各種理由將她調離重要崗位，讓她根本無事可做，緊接著以工作能力不足為由辭退她。外婆，一個單身母親，帶著女兒開始人生的後半程。名譽的受損堵死了她當老師的路，為了生活，她不得不去找一些糊口的工作，而這一切都將她推向了漫無盡頭的底層生活，她的世界裡不再有學生，不再有課堂，不再有書香，取而代之的是為了生存沒日沒夜的拼命和為了自保時時刻刻的掙扎。

墮入底層的外婆像是雛鳥落進了鬣狗群，周遭邪惡的男人像鬣狗一樣騷擾她、嘲笑她，恐嚇她，試圖從她身上占到便宜，而在毫無選擇的處境當中，為了年幼待哺的孩子，她只能忍受一切的折磨，咬著牙挨過一天又一天。在艱辛的生活中，日記似乎成為她唯一的、能夠讓意志自由馳騁的疆土，寫日記也是唯一能讓她得以喘息、與自我相處的時刻。絕望－努力－更絕望－更努力，她像是在地獄的深淵裡與魔鬼賽跑，不管多麼努力，依然置身於底層，骯髒的厄運依然如影隨形。

觸摸著這一本本的日記，太多頁的紙張字跡模糊，布滿了凹凸不平的淚痕，看著她身上發生的事，我淚流不止，淚水在日記本上隔空交融，那一刻的我恨著她的恨，痛著她的痛，祈禱著她未來的人生。我不斷地向後翻，希望從某一頁開始能看到生活的好轉，然而底層的人生，無非是從一種沉淪輾轉到另一種沉淪。三十五歲那天的她似乎已經精疲力竭，沒有慶祝，沒有期待，那一頁的日記上，孤零零地只留下了一句話：「假如生活欺騙了你……」我把這一頁抱在胸前，禁不住淚流滿面。

外婆幾乎參與了我的全部人生，但我竟然從來都不了解她，當我有了解她的機會，她卻已經離開這個世界。她一次又一次為了生存變換著工作，一次又一次地為了生存忍受著羞辱，比生活更讓她痛苦的，是這份羞辱也日復一日地浸染著她的女兒。她像是一隻受傷的母獅，顧不得自己的傷口，拼命地舔舐著心愛的孩子，但孩子恨母親帶來的這份羞辱，一次又一次撕扯著母親的傷口，這讓她內外交困，身心俱疲。

時間走到了四十歲的生日，這天她在日記上寫道：「終於擺脫了那些噁心的騷擾，有的女人認為美麗是天堂，但美麗生錯了地方，就是地獄的模樣。」我再一次端詳著那張照片，眼角、眉梢、秀髮、纖腰，上帝為她收集了每一處美麗，而美麗回饋給她的，則是永恆的心碎。

搬家的這幾天，我除了陸續整理東西，就是不停地翻看外婆的日記。年輕的時候人總是心懷希望，覺得從某一天開始生命就會徹底不同，但是在普通人的生活裡，生命又會有多大的不同呢？那些猝然發生的，往往不是彩蛋，而是再也攀不回來的深淵。二十九歲是外婆人生的轉捩點，從這天開始，人生變了天氣，每一天都是滂沱大雨，都說風雨之後有彩虹，但這並不是外婆的人生，她從一個體面的教師成為一個漂泊的打工者，餘下的生命徹底地淹沒在陰影當中。而她的女兒、我的母親在這份陰影中逐漸長大成人，她為什麼要成為教師呢？我很難理解母親的選擇。

然而，比母親的命運更讓我困擾的，是我自己。後來的日記裡，外婆反復提到母親結婚多年都生不出孩子，還因為這件事情而飽嘗壓力。我心想，生孩子哪是那麼容易的事，等到我出生那年，一切都會好的，於是很熱切地翻到我的生日那頁，我想那天外婆一定會寫點什麼，她會興奮？感動？失望？我假設著各種各樣的心情，可是翻到那一頁居然並沒有什麼特別的。她只寫了那一天一直下雨，她白天工作，晚上看書，一切如常。難道我就那麼不重要嗎？我的出生都不值得記錄寥寥幾筆？我不甘心，開始一頁一頁地往後翻，可是任何一頁都沒有關於我的內容，更讓我意外的是，外婆日記中的母親依然為了生孩子的事發愁。

直到半年後的一天，外婆這樣寫道：

今天，迎來了一個小女孩。女兒這些年不容易，終於得償所願。雖有遺憾，但也算有了自己的孩子。小女孩很漂亮，細長的眼睛，長長的四肢，雖然還不怎麼會說話，但眼神看起來很機靈。希望她健健康康，可以陪他們倆到老。

這不是我的生日啊，怎麼可能？我心中升起了一個巨大的問號。可是我還是不願意多想，於是迫不及待地翻到弟弟的生日，發現母親在那天確實誕下一個男孩。那一刻，我的腦中轟然空白。「為什麼？」我突然間意識到，一個我詛咒過萬千次的事情似乎早就是現實。一股涼意從脊背竄到頭頂，心跳聲震耳欲聾，「不可能……不可能……」我曾經無數次想像過這個可能，然而當真相擺在面前，又是那麼難以置信。

三

日期：三月十二日

無數次幻想，這世界上的某個角落有我的親生父母，如今，那些天真的幻想成了現實。

我曾經以為，如果是這樣我會開心很多，但在真相展開的瞬間，卻是一種從未體驗過的冰冷與空虛。突然間，我成為一個沒有來處的人，對於曾經各種回憶的情緒，都不得不以一種全新的身分重構。

人的思想有點像莫比烏斯環，當身分轉換，你看問題的視角也滑入了另一個面。曾經那些憤懣的、求而不得的，突然變得釋然；而那些本以為屬於我的，又少了許多理所當然。

「父親」與「母親」從某種執念式的存在突然成為一種稀薄的身分，突然間讓我明白，過去如此執迷於與他們的關係，何嘗不是一種枷鎖。執迷消失的片刻，我獲得了一種巨大的解脫。

四

人是自由的，是懦夫把自己變成懦夫，是英雄把自己變成英雄。

——沙特

關於新身分的接受速度完全在我的意料之外，情緒猛然進入巔峰，接著又突然停止。不知道是從哪一刻起，我的身體裡長出了無條件接受現實的能力。也許是因為那天海灘上的意外之舉，直到現在我都不知道我做的到底是對是錯，但它就是那樣發生了。發生的事情告訴我，這世界除了生死，一切都沒什麼大不了。

家裡還有一大落沉甸甸的日記，想必還有很多我不知道的祕密，我決定在搬家之前把剩下的部分看完。

母親工作之後，外婆終於可以鬆口氣，而她的靈魂也逐漸從命運的泥沼中拔地而起。

年復一年，生活變得穩定，外婆也有了越來越多的時間讀書，日記中不再充斥著對於生存的掙扎，而是逐漸脫離生存，進入了對各種思想的討論。她像是在庸常沉悶的生活中給自己撕開了一扇窗——縱身跳下，無人知曉，樂在其中。看著她每一天在日記中津津有味地思考，你會覺得如果精神世界也有地理定位，那麼她早已離開了蟲島。在她的日記中，我很驚訝她對哲學和社會學有如此多的認識，她甚至是一個馬克思主義的深入研究者，但是她幾乎從未與我討論過這些，我想，這也許是一種對我的保護，她不希望我與我生存的世界格格不入。或許她認為，相比一輩子不靠近真理，靠近真理又無法實踐才是真的痛苦。

直到外婆去世，她在所有人眼裡都是一個胸無大志、肥肥胖胖甚至有些膽小害羞的老婦人。她像是用那種愚笨的肉體把真實的靈魂穩妥地藏了起來，她不願意讓別人注意到她，她只想把自己的靈魂安排在方寸之間，與這世界上無限的真理對話。她的肉體與她的靈魂，像是進行著一場無人知曉的雙城記。每個清晨，那個平庸而笨重的她走出家門，參與著一個看似真實，實則虛空的世俗世界；每個夜晚，那個博學而深邃的她回到臥室，暢享著一個看似虛空、實則真實的精神世界。沒有哪個蟲島人看得出，她在方寸之間獨享的是整個蟲島最為富足的宮殿。這種富足無人知曉，更無須證明，如同雅圖所說的「如人飲水，冷暖自知」。外婆摒棄了那些虛無的概念與追求，給了自己最自由的放逐。

看到外婆日復一日地不斷地深入一種真正屬於自己的生活，我不禁為她感到欣慰。在她肉體最美麗的日子裡，她並不曾擁有最美麗的人生，但當那副肉體被摧殘殆盡之後，她反而進入一種毫無負擔的迷人之境。生命的美學就是如此，當我們的肉體有青春之美的時候，靈魂卻脆弱而乾癟，當我們的肉體變得脆弱而乾癟時，靈魂才徐徐展開它豐富的畫卷。

然而，與大多數人一樣，她的自我接納之旅也是漸進的。在停經的那天她寫道：「終於不用做一個女人了，沒有了這份負擔，我感到好輕鬆。」這句話讓我感到窒息。是因為作為一個女人，才不得不承受這麼多痛苦，還是因為承受了這麼多痛苦，才讓她變得不想做一個女人？雖然她擁有了精神上的自由，但似乎性別帶來的痛苦陰影並沒有從她的世界徹底清除。

這樣的狀態持續到了她人生的倒數第五年。七十歲生日那天，她在日記上寫道：「我的勇氣來得太晚，不過，它還是來了。」那天之後，她做出了一個很意外的舉措，那就是成為一個關注女性生存的撰稿人。對於她做出的這樣一個決定，我感到意外，但她在過去積累的那些精神資源又告訴我，這是一種必然。當經歷與閱讀讓你變得如此豐富，必然有一天，你會像火山一樣，將積蓄多年的能量噴湧而出。從那一年開始，她逐漸在各大雜誌和網站上發表自己的見解，而她的筆名就叫作飛翔的毛毛蟲。我崇拜她多年，卻不知道，我們之間只有一扇門的距離。

這五年裡，她似乎放棄了那些曾經固守幾十年的想法，開始在各大網路上展示自己的才華。她關注的是真正意義上的女性生存問題，她探討社會財富分化如何影響著大多數女性的人生決策；她探討蟲島的傳統語言結構如何影響女性的自我認同；她探討社會該如何給底層女性創造更多的生存空隙；她探討社會對女性貞操的大力保護是否反而加劇了對女性的壓迫；她探討婚姻制度的存在對女性的社會地位到底發揮了怎樣的作用；她甚至會抨擊那些表面為女權主義實則為自己謀利斂財的虛假面孔。探討面之廣、思維之深都讓我嘆為觀止，那些文字時而像涓涓細流，透露出一種溫暖的人文主義關懷；時而像冷銳的刀鋒，對這個社會切毒挖膿。雖然我們共處一室，她已垂垂暮年，但是她爭分奪秒地成為一個勇敢的戰士；而我，年輕有力，卻一步步淪為一個膽小麻木的蠕蟲。

看著外婆的日記，我時而落淚，時而欽佩，外婆不再像是那個外婆，而是一個多棱多面、在時光中不斷燃燒著的星辰。而我，是多麼幸運，跨越了時光去重新剖解那些我出生時就已經塵埃落定的人生。我遲遲不願意翻到最後一頁，因為我好怕，我好怕就這樣過完她的一生。我參與了她的青春、她的苦痛、她的掙扎、她的艱辛、她的覺醒，我多麼希望她人生的最後五年不要結束啊，我多麼希望在這些滾燙的人生碎片之間插入美好的劇情，可是人啊，是時間的奴隸，面對過去永遠是那麼無能為力。當死神宣判她的歸期之後，她似乎並不感到害怕，也許人生的折磨太多，以至於死亡並不是什麼值得大驚小怪的事吧。隨著病情越來越嚴重，她寫得越來越少，直到最後一頁，只有一句話：

我的自由，與世界無關。

我淚流滿面，不斷地向後翻，希望出現奇跡般的下一頁，可是眼前除了空白還是空白。我傷心不已，從第一頁到現在，像是我親手將她推向了盡頭。眼前如山的日記是無盡的唏噓，一個人在一生中有過如此之多的夢想與悲喜，在別人看來她卻是如此平凡，平凡到壓縮在幾十本日記之中。如果一個人死了卻沒有留下任何記錄，那麼與他最後一口氣同時殞去的，是他畢生賴以生存的真相。

我摩挲著筆記本，突然發現筆記本的背面貼著一封信，怎麼會有信？我迫不及待地拆開。

梨子：

當你看到這封信的時候，恐怕我已經不在了吧。不過，也許你已經看過我的日記，重新和我一起過了我的一輩子。

人在年輕的時候，總是不覺得人生短暫，在那些痛苦的日子裡，甚至會覺得人生太長。如果像我一樣，在垂暮之年才覺醒，一定會意識到人生的寶貴。可是沒有辦法，這條路只有這麼長，我只能走到這裡了。不過我想，人生就像一條河，時而清澈時而渾濁，裹挾著我們所有的苦樂湧向遠方的盡頭，生命的終結也有可能是另一個層面的永生，我們匯入了宇宙的大海，完成了宇宙的意志，讓生命以消失的方式達成了永恆。所以，通向永恆的路又有什麼好怕的呢？

珍惜人生的時光，不要縮手縮腳，勇敢地做你自己吧，我的孩子。

五

外婆的信裡除了信，還有一張字條，囑咐我把這些年的稿費取出，她決定都留給我。我整理好外婆的日記、字條、稿費合約一併帶去母親家，告訴她關於外婆的祕密，而且我決定放棄外婆留給我的一切，把它們還給母親。

翻看那一落落的日記和稿費合約，母親無比震驚，抑制不住地慟哭起來，那哭聲尖銳淒涼，比外婆去世時更為真摯絕望。

「媽，這些都給你。」

「外婆給你的，你真的不要了嗎？」母親抑制不住地抽噎著。

「你們給我的已經夠多了。」第一次，我看著母親的眼睛，能自在感恩地笑著。

母親眼眶又紅了，淚珠大顆大顆地落了下來。我鼓起勇氣，平生第一次主動抱了她。

「梨子，有時候，人沒有辦法選擇自己的命運，這不是誰的錯。」

我點了點頭。

「但我們會把它們當作錯誤，懲罰別人，懲罰自己。」

「是的，媽媽，我也是剛剛明白這一點。」

聽到這句話，母親抱緊了我，伏在我肩上痛哭起來。

「媽，你要好好的。你看外婆最後的日記，她離開的時候是心滿意足的。」

母親點了點頭，淚水如瀑布一般。

我緊緊地抱住她，「媽媽，謝謝你，我走了。」

「你去哪裡？」

「我？去衝浪。」

我開著車，拭去臉龐的淚痕，像是卸去了半生的重殼，遊走在公路上一身輕盈。

六

駛向公寓的路上又一次路過了蟲島大廈，拉琪的宣傳影片不停地輪播，對面的海馬體咖啡館依然人頭攢動，一切都像是從未過去，也像是從未發生。我突然想起我在辦公室暗室裡的那座雕像。我該找誰把它帶過去呢？想來想去，我撥通了Cici的電話。

「Cici，我是梨子。」

「哦，梨子……」Cici顯然有些意外。

「嗯。」

「有什麼事嗎？」

「你去參加林黛絲的婚禮嗎？」

「會。」

「之前我跟她說過要送她結婚禮物，但是那天我有事去不了，你能幫我拿過去嗎？」

「哦……禮物啊。」電話那頭明顯鬆了口氣，「當然可以啊！」

「謝謝Cici，麻煩你了。」
「太客氣……梨子……你還好嗎？」
「還好。」
「好久沒見了。」
「是呢，以前可是每天並肩戰鬥呢。」
「是啊。」Cici沉默半晌，突然說道，「有空我請你喝點東西。」
「今天天氣不錯。」
「好……我找地址。」
鬼使神差地，我促成了這次見面。其實我很想知道時隔這麼久，她到底怎麼看待過去發生的一切。
晚上我們約在公司附近的酒吧，Cici姍姍來遲。沒想到的是，一年時間，她的臉像是馬鈴薯田換了玫瑰園。曾經的那張臉因為生活的重擔早已被挖空了營養，只剩下凹凸無序的憔悴不堪，而這次見到她，整個臉彷彿是充滿水的膠氣球，每個點都發著光，散發出一種並不真誠的年輕感，至於身材更是枯甘蔗化身葫蘆瓶，她所過之處，男人都不免多看兩眼。一套大工程做下來想必花了不少錢，我很詫異一向節儉的她竟然會這麼做，如果不是出現在約定好的位置，我一定認不出她是Cici。

「梨子，好久不見，太想你了！」Cici拍拍我的肩膀坐了下來，手掌很有力量，比曾經多了不少自在。

「看你做得很不錯呢，真替你開心！」

「哪有，沒有你，好多事情我都做不來。」

「你太謙虛了，你是很有能力的，公司早就應該看到你的能力。」

「運氣而已。咦？你怎麼想到要送林黛絲結婚禮物？」

「哦，我們偶然遇到了，然後談到這件事，我就說送她一份禮物，不過我最近正好要出趟遠門，所以想請你幫個忙。這是我辦公室的鑰匙，禮物是個雕像，放在房間暗室的櫃子裡，個頭不算小，到時候恐怕要給你添麻煩了。」

「真是沒想到……」Cici把鑰匙裝進包裡，意味深長地笑了笑。

「結婚嘛，肯定要有點祝福，我總不能揪著過去不放，也算是讓自己對過去告一段落。你呢，什麼時候好事將近？」

「哪有，你看我像要結婚的人嗎？」

「不會吧，我記得之前就有個很不錯的男生圍著你轉，追你很久了吧？」

「九年。」

「九年？」這個數字著實讓我感到意外，「這麼久了，你怎麼不答應他？」

「呵，和窮人過日子，你不怕嗎？」

我不置可否。

「說真的，女人還是應當清醒得早一點。以前我年少無知，以為我只是缺愛，所以沒有拒絕他。可是如今這世道，沒有錢要愛有什麼用？不能讓你升官發財，不能讓你的孩子上更好的學校，更不能讓你當飯吃。我要他做什麼呢？」說完她嘆了口氣，吞下一大口酒。

我訝異於她的直接，曾經的她在我面前多半時候都是謹言慎行的，以至於我從未發現她如此實際的一面。

「Cici，感覺你變了。」

她似乎並不在意我的詫異，苦笑著搖搖頭，「我說得沒錯。」

我點點頭，「所以你們不在一起？」

「在不在一起都是一樣的，早晚會出軌的。」她沒有直接回答我。

「那還是不在一起比較清爽。你現在是越來越美了，除了他，池子裡肯定有不少大魚吧？」

「是，生活好多了。喝飲料有人轉瓶蓋，上飛機有人拎箱子，男人見了你從假裝不認識變得似曾相識，一切待遇都因為你換了一張臉。」

「哈，男人嘛，腦子長在褲襠裡，認真不得。話說霸道女老闆以後還有升職計畫嗎？」

「沒有。」

「沒計畫？這不像你啊。」

「計畫只是拿給別人看的，很多事情靠計畫沒用的。」

「怎麼會沒用呢？」

「我算是看明白了，窮人想靠努力翻身，只會任人榨乾你的最後一滴血，窮人只能靠賭，賭贏了你就得到一切。如果賭輸了……不過和以前一樣，生不如死罷了。」Cici又吞下一杯酒，桌上的兩瓶酒轉眼已經見底。

「你現在這麼好，不要太悲觀了。」

Cici沉默了，抱著頭安靜良久，像是在想該怎麼跟我說，也像是酒精開始發揮作用，她突然抬起頭，臉上兩行淚痕：

「如果你的母親得了死不了的絕症，而你的父親又是個沒用的傢伙，你就不會這麼想了。在這個世界上我只活半條命，另外半條早就搭在他們身上了，我從小就羨慕那些陽春白雪一樣的傻女孩，她們傻著過就能享受幸福。而我呢，即便是機關算盡，也只是這輩子少些苦澀而已。」

聽到機關算盡，我心裡一陣緊張，「在蟲島活著就是這麼難，不要對自己太苛刻。」

Cici沒有理會我，自顧自地又說了起來，「不瞞你說，我有時候會想，為什麼老天還讓他們活著。」

「活著？難道你希望他們……」

Cici嘆了口氣，「不是你想的那樣。他們是我的親人，我當然希望他們活著。可是你知道嗎，老天讓他們生不如死，他們活著的每一天不是為了目標，不是為了享受，而是為了忍耐新一天的煎熬，那還活著做什麼呢？在上帝的遊戲機裡玩自取其辱的遊戲嗎？」Cici搖搖頭，低聲抽噎起來。

我不知道該說些什麼，只能坐在一旁看著她哭，哭著哭著，她抱住了我，似乎想對我說些什麼，但只是大聲地嗚咽著：「狄森屏是個垃圾男人，離開他對你挺好的，真的，你能離開他……真的，運氣……」接著她又開始碎碎念，開始回憶我這些年教會她什麼，沒有我的這些日子裡她是多麼難過。那些她對我做過的事似乎早已被她選擇性忘記了，涕泗橫流的傾訴中盡是對我的感恩。眼前的Cici突然讓我覺得——人們哭泣時的理由大多是不純粹的。

強烈的情緒和酒精很快讓Cici幾乎不省人事，只能靠我送她回家，走進她家的那一刻，我才算真正理解了她的命運。

我們走進一個充滿了屎尿氣味的街區，一進家門就聞到一陣腐敗般的惡臭，那是一種人正在死亡的味道。Cici的母親幾乎半裸著躺在床上，布滿青筋的胸部如同兩攤發霉的剩飯，而身上的褥瘡散發出刺鼻的氣味。而他的父親靠在床的另一邊滑著網路影片並不理會，在我經過時只是用一種奇怪的眼神瞪了我一眼。我感到可怖極了，努力把她扛進臥室。

打開臥室的那一瞬間，我被房間裡撲面而來的榮譽震撼了。Cici從小到大得過的所有獎項，竟然密密麻麻地填滿了整個房間。牆壁上，是各式各樣的證書和獲獎時候的紀念照，櫃子裡是琳琅滿目的獎盃，以及各種翻到起毛捲邊的學習資料。想起曾經的自己是多麼喜歡反復翻看獲獎的照片，我能理解這一切對於她的意義。我扶Cici上了床，她很快就昏睡過去。我一個人站在房間裡打量著眼前的一切，看到一個我從不了解的Cici。Cici遠比我以為的更努力、更優秀，在學生時代，她幾乎每年都能拿到數一數二的獎學金，而在她拼命工作的這些年裡也完全沒有喘息，幾乎考了一切可以證明自己水準的證書。大大小小的各種榮譽與證書竟然落在這樣一個貧民窟，擠在這樣一個黝黑逼仄的房間裡。在靠床的牆壁上，有一張巨大的照片，學生時代的Cici留著齊耳短髮，稚氣的劉海下面是一雙澄澈的大眼睛，笑起來滿臉都是膠原蛋白，她手中捧著傑出學子的獎盃，獲獎的眼神羞怯又充滿希望。我是第一次如此認真地凝視她的眼睛，這雙眼睛中有著她後來徹底失去的東西，那是一種光，不知道從哪一天開始逐漸湮滅，直到她成為今天的Cici。這不是一個貧民窟裡的普通房間，而是一個由榮譽和希望堆砌的堡壘。它替這個女孩對抗著人生而不公的絕望與憤怒，保護著一個底層女孩近三十年來不堪忍受的卑微。我坐在Cici窄小的床頭，聽著她輕微的鼾聲，突然看到床頭和牆壁之間有一行小字：「當我們髒時愛我們，別在我們乾淨時愛我們。乾淨的時候人人都愛我們。」這行字用鉛筆寫下，雖然顏色已經變得很淺，但是牆上依然留下了刀刻般的凹痕。看著這行字，看著這個屋子，我不禁淚流不止，就算是曾經的恩怨也無法消解此刻我一廂情願的傷感。這是一個多麼拼命的Cici啊，但所有的優秀都不及把良心放在骯髒的祭壇上更能換來好的生活。這一刻我是多麼沮喪，這一刻我真正理解了什麼叫作沒有答案的生活。

七

日記還給母親，禮物找到代送人，關於分離的一切都安排妥當，我決定只帶少量的東西離開。離開家之前，我又一次蜷縮在那最熟悉不過的衣櫃裡，想要體會曾經無限迷戀的、方寸之間的無限自由。可是不管我多麼努力，竟再也找不到那個地方，曾經的那種感受消失了，彷彿與這個屋子一同離我而去，黑暗中的我惘然若失，但又覺得莫名解脫。我從衣櫃中走出，最後一次打量這個房間，帶著不多的行李駛向黑鯊灘。

黑鯊灘的公寓裡，沒有朋友，沒有事業，沒有家人，沒有那麼多眼花繚亂的觀念，似乎像是一種人們嗤之以鼻的孤獨生活，如果是曾經的我，一定會慌張不堪，如今我只感到徹底的放鬆，那是一種更加靠近生命的真實。每天我都會在海上待一陣子，疲憊了之後躺在沙灘上，默默消化這些日子得到的一切，然而更多的時候，我什麼也不想，在海水拍擊沙灘的聲音中睡去。我終於覺得，孤獨是如此自在的事。當有一天你突然發現，自己不被親情捆綁，不被觀念束縛，沒有目的限定，像第一次來到這個世界上一樣，充滿好奇地觀想世界的無限，就會明白這是多麼廣闊而自由的感受。雖然人們常常渴望這個世界愛自己，但是如果你忘我地犧牲於自己想要的生活，那你就得到了這個世界全部的愛。

日期：三月十七日

我不再想無止境地追求所謂的意義，活著本就是虛無，唯有當下是稍縱即逝的真實。人們為了對抗虛無，編造出意義的概念，人們相愛、受苦、成長、忍耐、成功、失敗，世間所有事都以意義的名義交代，但是用意義歸納人生的一切何嘗不是一種更大的虛無。

如果人生必須要有智慧，那麼沒有智慧的人的人生無意義；

如果人生必須要有成功，那麼沒有成功的人的人生無意義；

如果人生必須要有愛情，那麼沒有愛情的人的人生無意義；

如果人生必須要有子女，那麼沒有子女的人的人生無意義；

如果人生必須要有追求，那麼沒有追求的人的人生無意義……

所以意義到底是什麼？一場觀念的大型騙局。

我們編造了太多的觀念以確認自己活著的理由，卻又在對觀念的追逐中，忽略了自己正在活著。此時此刻，我只想遠離人類文明的羈絆，回歸自然主義的生存，我真正想要的，無非是一顆原始自由的靈魂。在那樣的世界裡，不再有觀念引導我喜歡什麼、討厭什麼，追求什麼、放棄什麼，努力什麼、倦怠什麼，這一切的一切都是觀念的暴政。我只想回歸自然的意志，成為它真實自由的一部分。

這幾天，去不去佛島的事情縈繞於心，但答案日漸浮上水面。我靠著佛島對我的影響，有了如今的勇氣與意志，但這種勇氣與意志並不應當成為我選擇佛島的誘餌，不斷追求某種理性的光輝，何嘗不是一個文明人的虛榮。我想要的生活，就好像一朵花、一棵樹，並不需要為了誰改變什麼，而是在存在中存在，在自由中自由。

曾經想要去魚島，可是我怕不知如何抵達，我怕抵達後見不到伊鳩，我怕孤單一人無力應對全新的世界。但如今我終於明白，純粹的人生並不需要那麼多，不需要誰給我肯定，不需要誰給我認可，不需要誰給我依靠，當我不再需要這一切，我才有力量捍衛一個完整而自由的靈魂。就如外婆所留下的那句話：「我的自由，與世界無關。」

我要上船，我要上岸，我要在那虛無縹緲的航程中體驗再也回不去的瀕死體驗。

八

為了知道伊鳩是如何去魚島的，我去見了所有認識伊鳩的人，但是沒有人知道伊鳩為什麼離開，更不知道伊鳩前往魚島的方法。我依然不斷翻看伊鳩寄給我的信件和冊子，想從裡面找出他如何去魚島的蛛絲馬跡，但是來來回回根本找不出頭緒。後來我想，既然他是坐船去魚島的，那麼出發點一定在海岸附近，所以我每天都會去海邊找新來的陌生面孔搭訕，問他們是否有人見過一條去魚島的船，但幾乎所有人都是一臉愕然，沒有人能告訴我答案。但我沒有放棄，既然這條船無人知曉，那很有可能是夜晚發出的，所以我開始每天晚上去海邊尋找，試圖找到一隻突然停靠的異鄉船，但是依然沒有見到，也沒有人知道有這樣一條船。終於在一個漆黑的夜裡，我已經決定打道回府的時候，眼前出現一個走路慢悠悠的老人，他背著一條巨大的魚，在海灘上一搖一擺地朝我的方向走來。他看起來是那麼蒼老，眼神卻依然倔強，一種莫名的信任湧上我的心頭，這樣一位老者想必對過去的奇人異事能知曉一二吧，於是我衝上前去。

「老先生，請問您有沒有聽說過這附近有一條去魚島的船？」

「你找它做什麼？」老人用狐疑的眼神看著我。

「我想去魚島。」我感覺他的眼神像是知道些什麼。

「你想去那裡？」

「對，您知道？」

「那你最好不是一時興起。」

「當然不是，我是都想好的。」

「那裡確實是個好地方，去的人想必不會後悔，但那裡有食人族，很多人再也不會回來。」

「那……您知道怎麼去嗎？」

「就在這片海灘上。」

「但是在什麼時候呢？我在海灘上這麼久，從沒有見過那條船。」

老人沒有理會我的問題，「那幫人不好對付，他們只選擇自認為適合的人。」

「我是說，什麼時候才能見到那條船？」

「碰運氣。」

老人不再回答我，自顧自地向前走去，我在他身後再三詢問，但他再也不回答，只顧著沉默向前。

看著老人的背影，我有些失落。這算是答案嗎？我還是不知道怎麼去魚島。我必須盡快找到去魚島的方法，可以等一週兩週，一個月兩個月，但如果太久不工作而被敬業員警找到，就必須被送到敬業所治療，我便再也不可能找機會去魚島了。老人說的食人族也讓我十分意外，一想到他們身披濃毛、獠牙沾血的樣子就十分可怕。這麼久都聯繫不到伊鳩，難道是……這個可怕的可能我不敢再想下去，我只希望他一切安好，只不過去了另一個地方。

九

時間兜兜轉轉走到三月二十七日。一大早醒來，我的手機彈出一條新聞：有漁船在海上打撈出一具早已面目全非的屍體，警方經過DNA比對後發現是他們一直在追蹤的強暴犯，該強暴犯從敬業所中逃出，然後開始連續強暴犯案。他每次都是先姦後殺，蟲島上記錄在案的已有五名女性受害者，但警方一直沒有抓到他。雖然找到他的屍體讓受害者家屬鬆了一口氣，可是警方依然在尋找其死亡原因。

我愈加感到蟲島不能久留，但老人說的話不僅沒有告訴我答案，還讓我徒增困惑。如果我最終找不到魚島，只有去佛島才是更穩妥的選擇，可是去佛島的通道四天後就要關閉了，如果留在那裡，不知何時才能去魚島。我又一次陷入了兩難之中。但佛島關閉的時間近在眼前，我必須去一趟佛島，與馬可和雅圖好好道個別。

想到去佛島告別，我徹夜未眠，本打算一早出發，但在天空濛濛亮的時候，一種不安感驅使著我開始整理行李，那種權衡利弊的算計感闊別已久後再次出現，讓我心生慌亂。

熟悉的時間，熟悉的地點，我再一次踏進電梯，再一次踏上佛島，再一次踏進

$\sqrt{7}$。我一進去就開始喊馬可的名字，可是卻無人回應，我走進雅圖的客廳，發現裡面空無一人。

「佛先生，馬可！你們在嗎？」我很疑惑他們去了哪裡，在樓裡反復喊著，可是卻無人回應。

我在$\sqrt{7}$來回游走，突然嗅到了一絲異樣的感受，這裡的味道似乎與過去不同，感覺很長時間都沒有人待過了，散發出一種孤獨的木質氣息。我很擔心他們發生了什麼不好的事，就一層一層地找，然後一層一層地失望。我再一次爬上那個旋轉樓梯，進入曾經去過的藏書館，那些先哲們日夜辯論的地方，希望他們在某個書架的後面突然轉身對我說：「梨子，我在這裡。」可是，我在裡面來來回回，依舊沒有找到他們。

就這樣，我在$\sqrt{7}$一直等待著他們，連續三天，都沒有人回來。

轉眼時間到了三月三十一日，過了這一天，我就再也回不到蟲島了，我依然抱著一絲希望，希望他們能在下一刻出現，可是從白天等到傍晚，房間裡依然是一片寂靜。夕陽過後，窗外的海水顏色漸深，在墨藍色天空的映襯下近乎黑色，而黑色的水面上升起一輪巨大的圓月，圓月的下面，幾隻小船晃晃悠悠地駛來。

「月圓之夜，月神吐納芳蹤，烏浪行船，自由人登島毗鄰……」此情此景，我不禁念出了伊鳩的這首詩。突然，我身體一陣冷戰，「月圓之夜？烏浪行船？登島毗鄰？這是……難道……」我腦子中瘋狂地翻轉著這幾個詞，心中有一種異樣的感覺。看著天上碩大的明月，我突然意識到，今晚就是去魚島的時間，一種強烈的非理性力量灼燒著我。看著窗外的月亮不斷升高，我意識到時間有限，必須為這個突然迸發的答案冒險。我飛快地留下一張字條，告訴雅圖與馬可我要去魚島了。伴隨著不斷爬升的明月，我飛速衝向去蟲島的通道。

回程的途中，我突然想起人腦研究所的那些蟲島人，如果錯過今天，他們再也不會有機會回到蟲島了。時間不等人，我飛快地衝進人腦研究所，拉響火災警報，站在中間對他們喊：「你們醒醒啊！你們不知道嗎？你們一直活在幻覺中啊！今天是回到蟲島的唯一機會，回到現實中的唯一機會！」他們被警報聲驚得一個個坐了起來，但他們似乎並不關心我說了什麼，有些人痴痴地笑著，有些人說我精神出現問題了，更多的人不耐煩地喊著「滾」。沒過多久，所有人都躺了回去，自然而然地回到原有的劇情。沒有人認為我才是真實的人，他們只不過以為自己在精彩的生命中偶爾做了一個惱人的噩夢。我一個人立在中間看著管理員自得的微笑，突然間意識到自己的衝動是多麼可笑，只好在一片鄙夷中黯然離開。

走在通向電梯的路上，我突然想起了那天在乞室中看到的那段話：

你不接過人們的自由，卻反而給他們增加些自由，使人們的精神世界永遠承受著自由的折磨。你希望人們能自由地愛，使他們受你的誘惑和俘虜而自由地追隨著你。取代嚴峻的古代法律，改為從此由人根據自由的意志來自行決定什麼是善、什麼是惡，只能用你的形象作為自己的指導——但是難道你沒有想到，一旦對於像自由選擇那樣可怕的負擔感到苦惱時，他最終也會拋棄你的形象和你的真理，甚至會提出反駁嗎？

越想越覺得自己可笑。我打量著偶爾經過的佛島人，他們溫和而理性，可以看得出他們是這個世界上最聰明的一群人，他們高度認同自己是人類文明的代言，他們將蟲島人關在地下，試圖建設一個脫離劣根性的人類文明。但是這種分別心難道不是一種劣根性嗎？表面上，佛島是一個代表著理性智慧的烏托邦，可是在地下，是無窮無盡的絕望之人的狂歡，彷彿是精神操控的集中營。他們始終以優化人類族群作為選擇人進入的標準，這又何嘗不是一種功利主義呢？只不過蟲島的功利主義包裹在金錢之中，佛島的功利主義包裹在對人類命運的選擇之中。一顆自由原始的靈魂，想要的是原始的自由地，而不是以智性為名義的集中營。

我從電梯裡走出，依然是燈火通明如同海螺般的蟲島大廈。想到這裡可能再也不會有屬於我的故事，是一種失落與興奮共同摻雜的快樂。我開車衝向黑鯊灘，路過外婆家的時候短暫停留。突然，一隻黑貓不知從何處躥了出來，牠轉頭看了看我，眼睛發出螢綠的光，緊接著消失在夜色裡。一片黑暗中，外婆家的燈突然間點亮，陌生的身影在裡面來回徘徊。

「過去的我就留在這裡吧。」我轉身離去，不再回頭。

十

存在是永恆的；

因為生命的寶藏保存在許多定律中，而宇宙從這些寶藏中汲取著美。

——歌德

離開外婆家，我幾乎是飛著奔向黑鯊灘。到了海灘，我沿著海岸線一直跑，似乎沒有發現任何新停靠的船，但我很堅信自己的判斷，朝著月亮的方向一直跑著，沒想到在同樣的地方又遇到了那個老人。他沒有對我說話，只是默默地向後指著一個方向，我想他指的一定是船的方向，頓時興奮極了，拼命地飛奔向前，終於看到一個綠色的光點，下面隱隱約約是一艘小船。我向船近處走過去，發現竟然已經有二、三十個人在那裡等待了。

不一會兒，船長走了出來。他瘦削而高大，像是一隻人形的駱駝，窄長的臉被一對深邃細長的眼睛劈成兩半，駝峰鼻插在一對起飛的八字鬍上面，看起來嚴肅堅毅。他雙眼粗掃一遍人群開始發話：「朋友們，每次只有十個人的名額，我們只會帶適合的人走，沒有適合的，我們寧可空船。現在，我要問問大家為什麼想去魚島。」

這時人群中開始有些聲響，大家開始自發地排起了長隊，準備逐一接受船長的「盤問」。這時我才發現，想去魚島的人什麼樣子都有。有的很年輕，似乎還沒有經過社會的蹂躪；有的已經是步履蹣跚的老人，滿面溝壑流淌著滄桑；有的人舒展得好像剛熨過的羊絨毯子，過往的日子多半養尊處優；有的人雖然僅是中年，但是背部已經開始彎駝，像是用盡全力扛起自己的腦袋。似乎每個人都有一肚子自己的故事，所以才會選擇半夜三更登上一條陌生的船，去往一個陌生的地方。

「孩子！你多大了，為什麼想去魚島？」船長詢問他眼前那個十六、七歲的少年。

「我十七歲了，從懂事起，父母就讓我不停地學這學那，說是為長大做準備，如果學不會就會沒飯吃，這讓我厭倦長大，我怕長成他們那個樣子。」

「蟲島的父母很奇怪，小孩出生時，他們總說孩子是上天派來的天使，可是在撫養的過程中，又以愛的名義把他們培養成地地道道的凡夫俗子！」船長一臉的不解，繼而轉向男孩身後那個雙眼滲出鐵銹紅、佝僂瘦削的中年男人，「你呢？」

男人囁嚅半天，「我受夠了，當個男人！」

「噢，先生，去魚島可不能讓你變成一個女人。」

「你不覺得做一個男人很可憐嗎？男人終身的使命就是一個捐精者、一個供養者。一個男人，組織一個家庭就為了傳承自己的基因，可是我因此要沒日沒夜地幹活，我要為太太活，為孩子活，活著還不算，我還要讓他們有體面地生活，滿足他們的一切虛榮和攀比。這一切都是當年那一粒精子犯下的錯，我厭倦了！」

船長若有所思地點了點頭，船長轉向後面那個介於中年與老年之間的男人。男人衣服線條熨貼細膩，鬍子精緻得如同日式盆景，顯然要比前面的那個男人過著更舒適的生活。

「哦，我想要人生的真相。很不幸，我很年輕的時候就已經擁有了別人想要的一切，金錢、美女、社會的羡慕眼光。但後面的日子可不好過，太多人打著愛我的名義寄生在我周圍，只為了滿足那些上不了檯面的欲望，我沒法假裝自己是個窮人，也沒法逃開他們，我已經離開真實的世界太久了。」

「女士，你年齡這麼大了，真的打算要遠航嗎？」

一個約莫六十來歲的女人頓了頓，輕扶鼻樑上的金絲眼鏡，「我一輩子為了孩子和老頭子把自己耗成了一把乾柴，老頭子不愛我也罷，還經常下重手打罵我，長年的忍氣吞聲讓我得了癌症，我以為自己活不長了，沒想到那個大惡人死在我前面。兩個月前我竟然發現癌症痊癒了，我重生了！我決定找一個不需要費心的地方重新活一次。」

接著，船長把眼光挪向了一個全身紋身、只圍了一條布的男人。

「哦，該我了？去他媽的！」他將腰上的布條扔在地上，「我厭倦了那些脫離靈性的當代藝術，鋼筋水泥早已抽乾了人身上的靈性！我想回歸簡單生活，回到自然中。」

我身旁一副幹練女強人模樣的女人看著我，「我先說嗎？」

「你先說。」我對她點點頭。

「我沒有結婚，也沒有生孩子，而且也沒辦法再生孩子了，在蟲島，我不會有作為人的尊嚴，所以我要離開。」

我心中緊緊一抽，摟了摟這個女人的肩膀。

「那你呢，姑娘？」船長問我。

「我？尋找人類追逐文明時遺落的靈魂。」說話時，我看著船長的琥珀色眼睛，力圖證明這句話在自己內心的真實性。

船長就這樣一個又一個地發問，每一個人在決心離開他們的過去時，都有一個必須離開的理由，但船長只會讓一部分人上船。大部分人只能用離開的心過著陳舊的生活，在表裡不一中延續後半生。

幸運的是，我被船長選中了。登船後，船長說道：「我們不歡迎逃避生活的人，他們並不是真的愛魚島，我們只歡迎追求自然主義生活的人，他們會在魚島上熱愛自己的熱愛。」

被選中的人登船之後，船舶緩緩地離開海岸，漸漸地駛入大洋之中，天空越來越亮，初升的太陽如同少女的乳頭，從一個明亮的尖尖散發開來，彌漫出粉色的迷人光彩。在這樣的天地間，你會沉浸於那種背叛過去的興奮感與全然忘我的自由自在。在航程中，船長會拿出一箱沒有注明名字的黑膠唱片，讓每一個乘客自行抽取，聆聽自己選出的音樂彩蛋。傍晚時分，我也抽了一個，是一首名為〈Slow Boat to China〉的曲子。「慢船去中國。」我笑了，回憶浮上心頭。人們對於旅行的興奮往往在於目的地，只有漫無目的的旅行才會真正地享受過程。

漂在茫茫大海上，關於蟲島的記憶不時在腦中浮現，我想起了一年前懦弱的自己，如今居然真的離開蟲島了。那時的我還不認識現在的我，不知道現在的我能有如此的勇氣實現曾經的奢求。終日裡汲汲營營的蟲島，恐怕沒有人會在意一個女人的消失。如果某一天被人知曉，也許有的人認為我是一個懦弱的逃離者，有的人認為我是一個勇敢的越獄者，但這兩者不過是尊嚴高低的區別罷了，概念而已，它們共同的真相是堅定地支持了自己。外婆的日記給了我最後的勇氣，她用她平凡而跌宕起伏的一生告訴我，人生與別人無關，本就是一場自我對自我的救贖。

就這樣，像是漫無目的地，我們在海上漂了好多天。又是一夜群星初上，船長開始給大家開香檳，慶祝我們即將抵達，「每個人心中都有夢，不是嗎？哈，最勇敢的莫過於去新的地方做新夢，而不是在舊夢上縫縫補補，這才是夢和現實的距離，嗯……是一種永不妥協的精神。」

我看著身邊的老婦人，「您會害怕陌生的旅程嗎？」

「害怕？我已經死了大半輩子，重新活著又有什麼可怕？」老婦人仰頭喝盡手中的酒，深深地呼了一口氣，彷彿要吐盡半生的疲憊。

「年輕人，你以前是做什麼的？我總覺得見過你。」那位穿著體面的老先生湊了過來。

「我以前？我以前在蓋亞拳館。」

「蓋亞拳館？就是那個失火的蓋亞拳館嗎？」

「蓋亞拳館失火了？」

「你不知道？就在我們出發前一天的夜裡，火勢很大，等到消防人員進入的時候，拳館幾乎已經全部燒毀了。」

「可是半夜拳館不會有人在，怎麼會失火呢？」我對這場火災感到意外。

「新聞裡說，是一對男女在辦公室的暗室裡引發了火災，好在兩個人都逃出來了，不過女孩很不幸，男人出來了很久她才出來，出來的時候臉已經燒毀了。」

「Cici……」我腦中浮現她那張剛剛年輕不久的臉，「她帶著……」

突然一陣眩暈，船像是倒了過來，所有的意志瞬間瓦解。我像是一滴水縱身融進海裡，被一束強烈的光包裹著捲入另一個世界。

一片無比寬闊的花海出現在我的眼前，但它們並不像是我在地球上見過的任何一種花，而像是以花的形態拼命湧向我的光之海。那些花形態各異又能彼此融合，它們顫動著、搖擺著、歡笑著從我身旁飛過，它們的身上是我在地球上從未見過的顏色。猶如盲人睜眼看到了一百種顏色的彩虹，強烈的幸福感震撼著我。眼前的空間不斷地發生著旋轉和扭曲，我完全喪失了對時間的覺知。當我低頭看自己時，發現我也成了一束光，其他的光束瘋狂地湧向我，它們快樂地朝我打著招呼，熱烈地愛我、歡迎我、擁抱我。那是一種我從未體驗過的、無限的溫柔與包容，它們會歡笑著融入我的身體，共同流動著成為更加絢麗的光。我歡快地向前飛舞著，好奇地觸摸著眼前的花。當我觸摸一朵花，自己也會變成花，成為它們的一分子，被它們熱情地擁抱與親吻。那是一種極度釋放的感覺，沒有壓力，沒有恐懼，甚至可以說我和世界之間的界限消弭了，界限的消失讓我不再緊繃，而是陷入無窮無盡的自由。

我沒有雙腳，卻能飛速地向前奔跑，我看到前方很遠的地方有一個巨大的穹頂，穹頂的前面是一條極寬的河。恐懼的感知好像從我體內消失了，我興奮地像鳥兒一樣飛向那條河，瞬間成為河的一部分。在河裡，我像是一個氣泡，飛快地湧動著，不斷地與其他氣泡融合，向前流動，不分你我。但是我很快發現，這條河並不是河，它更像是一種看起來像河的無窮能量，而我借著這種能量向穹頂飛去。

穹頂的下方有一道光不斷地閃爍著，一種無比親切的感覺誘惑著我，我朝它飛去。我們融為一體，快樂地旋轉著，那是一種前所未有的包裹感，像是一雙溫熱的大手，又像是飽含愛意的子宮，有著極為熟悉的體溫和氣味，讓我確信那是我的初生之地。我看到了一對熟悉的男女，我們像是很久以前就認識，他們對我笑著，似乎很滿意地點著頭。他們對我說：「歡迎你回來，這是你出發的地方。」聽到這句話，我突然變得很亮很亮，一種強烈的幸福自內而外地燃燒著。緊接著，我像是進入了另一雙手，竟然是外婆，我激動地喊著外婆，這時才發現我發出的不是聲音而是光。外婆告訴我，她見到我很幸福，我問她，我可以一直在這裡待下去嗎，她說我會去魚島，魚島會有屬於我的生活。我又問外婆，可是我離開你，你不會孤單嗎？外婆笑了，說這裡從沒有孤單。我想和外婆繼續說下去，可是像我來時一樣強烈的那道光出現了，我知道我要回去了，於是用盡全力對著外婆喊道：「飛翔的毛毛蟲，我喜歡你！」那一瞬間，我看到外婆那束光突然變得無比絢爛，像孔雀開屏般顫動著展開，散發出上百種顏色，一種無與倫比的愛之感受震撼著我。

瞬間，我進入另一個隧道，身體在裡面飄浮著，竟然看到了這一生每一個瞬間的自己，她們並不是連續的，而是處在平行的迴圈之中。我看到了自己每一個當下的存在，從小到大，那麼久遠而漫長的時光，一幕幕地重演，而我就在裡面無限徜徉，直到飄浮至最後一個瞬間——我緊閉著雙眼坐在去往魚島的船上。突然，光芒消失了，我感到身體變得異常沉重。我用力睜開眼，發現自己還坐在原來的位置，而手表的時針竟然還停留在原處，如此漫長的一生竟然不到幾秒鐘的時間。在那個世界裡，每一瞬間似乎都會被拓展成無限的永恆，而空間也不再是三維的，而是一種難以形容的巨型能量場。你會看到一切的美，它們會在你的心中駐足，成為一種永恆的幸福。

Chapter 08

「在！在！在！」

真正的幸福並不需要無盡的尋找，
也並不藏在那些宏偉的理想之後，
它們總是靜靜地在你眼前，等你頓悟的那一刻去發現。

一

男人和女人夢見了造物主正在夢見他們。

——《火的記憶》

我推開窗戶，窗臺上的花開得滿滿當當，牆壁上一朵又一朵的小白花落在藤上。晨曦穿過花瓣的邊緣，各自戴上金色皇冠，驕傲得令人感動。我不禁想起了丁尼生的一首詩：

牆上的花，
我把你從裂縫中拔下；
握在掌中，拿到此處，連根帶花，
小小的花——如果我能了解你是什麼，
一切一切，連根帶花，
我就能知道神是什麼，

人是什麼。

回到房間，我拿起了筆。

來魚島十個月了，我終於體會到「Dolce Far Niente」，不過我來的時候伊鳩已經離開，恐怕不再有機會與他分享這份遲到的快樂了。

在這裡，日子聽得到、摸得著，活著與生活之間沒有任何蹩腳的縫隙。如伊鳩所說，這裡風景之綺麗，會讓你懷疑這是上帝在地球上的最後一個祕密。整個島嶼如同一個剛出爐撒了五彩糖果的粉色甜甜圈，任何一個在城市裡待久了的人在登島之初的那些日子，都會如同嗑藥一般無限沉溺於此。這裡的每一種顏色都飽和而熱烈，像是上帝主觀的偏愛，讓你幾乎以為自己活在馬諦斯的畫裡。這裡的空氣更是特別，它散發出一種濃烈的情欲，每一次風吹過都彷彿一雙濕熱的手掌，反復地輕巧揉捏著你，讓你陷入渴求已久的柔情無法自拔。然而面對這一切，語言是那麼貧乏之，任何詞彙都無法形容出它百分之一的美，在這裡，任何一個因為疲憊生活而變得麻木的人都會被重新喚醒，原始的靈性如野馬般肆意馳騁。

魚島的中央有一個足球場一般大小的深坑，裡面燃燒著熊熊的白色烈火，第一次走近它的時候，我恍如夢中，這不就是我曾經在夢裡見過的白色火焰嗎？它們竟然真的存在。白色的巨大火苗在我的眼前飛舞、跳躍，整個火坑像是一個巨大的月亮落在你的身邊，灼熱的月光會燒紅你的臉。每到夜晚，火焰都會比白天更為洶湧，生長出紅色、黃色、藍色的火焰，它們如同熱情的果實，彼此交融後再一次變成月光般的白色。火焰上方是巨大的光暈，空氣被扭曲成水流般的夢幻形態，一切都會失真，在水流般的空氣中成為一個張力十足的夢。睡不著的夜晚，我常常在這裡看火，隨著溫暖的熱氣墜入夢境。

第二天清晨，我會被鳥聲叫醒，在魚島上有種奇怪的鳥，腦袋極小，骨頭和羽毛都是透明的，牠們飛得很慢很慢，總是成群結隊在天上飄啊飄，如同微風拂過時的蒲公英種子，那種夢幻迷離的自由常常帶給我一種莫名的感動。鳥兒們有著極大的粉色嘴巴，鑲在小腦袋上就像是一個三角形的水泥鏟子，牠們的叫聲很特別，終日在天上發出「在！在！在……」的聲音。每當看到牠們出現，我都會下意識地看看我在哪裡、我在做什麼、我剛才因什麼而苦惱。牠們的存在讓我明白，真正的幸福並不需要無盡的尋找，也並不藏在那些宏偉的理想之後，它們總是靜靜地在你眼前，等你頓悟的那一刻去發現。它們在風中，在光中，在樹中，在熱烈生長的花鳥魚蟲中。在這裡，你會自然而然產生一種文明無用的感受。我每天在這裡跑啊跑，總是不覺得累，因為每一步都是為了這一步，從不為了下一步。在這裡，人就像是一棵跳躍的樹，只要勇敢踩在肥沃的土地上，就會收到源源不斷的能量。

在魚島上還有很多特別的植物，有一種植物有著紅色的球形果實，成熟之後，紅色的果皮會如同眼瞼一樣裂開，露出白底黑珠如同眼睛一般的果肉，去採摘它們的時候，你會覺得無數的眼睛在盯著你，分外有趣。然而更有意思的是，在你吃了它之後，當你吞下那眼睛一般的果肉，會發現世界比你曾看到的更多彩，你會看到人類不曾看到的顏色，而且每個人不同，看到的顏色也會不同。但是相同的，是每個人都會在全新的世界中收穫屬於自己的快樂。我不知道該怎麼給它命名，於是我改裝了「孤獨」這兩個字作為它的名字——「樂瓜樂蟲」（lulu），與孤獨的意思相反，樂瓜樂蟲是說一個人快樂地活著，享受自己才懂的快樂。在這裡，我已經習慣了以水果和魚肉為食，有時會配上一點樂瓜樂蟲，它們讓我健美輕快得如同一隻小鹿。還有一種很特別的草，長著透明的葉片和紫色的血管，我都叫它「zen」，只要把少量的zen吞進肚子，它就會讓你的精神產生真空，再也沒有雜念和記憶的占據，瞬間成為一個空靈之境。我想zen帶來的感受類似於人類所有的極樂，譬如極致的性愛、極致的美景、極致的美食、物我兩忘的禪定，它們在那個高潮的臨界點都將人的思維甩之一空，讓你沉入一種真空的寂靜。

魚島上也並不全是夢幻般的愜意，它有著比文明社會更多的生存威脅。曾被沙灘上的老人告知這裡有食人族，我登島不久後發現確實如此。在固有的社會觀念，人們認為食人族是一種惡，文明的力量總是會拿獵槍瞄準他們。但如果你不帶分別心，就只會覺得他們與我們一樣，只是萬千動物的一種。食人族與我們平日裡見到的人類並無太多差異，只不過體格更為粗野，犬齒更為尖利，手掌和腳掌有著遠大於都市人的骨節，不過這一切都是生存的必需。在長達十個月的日子，我已經學會與食人族共生，他們也讓我從另一個角度重新理解人。相比於食人族，人最荒謬的是時時刻刻都無法抑制地想證明自己是人，這是我們痛苦的來源。但食人族從不知自己是人，他們既不追求人的尊嚴，也不縛於人的道德，他們載歌載舞地享用每一頓人肉，絕不會為之心生愧疚。他們與人類都殺人，但動機完全不同，他們殺人只是因為飢餓，絕不會殺死超出自己需要的人，也不會把細皮嫩肉的男女圈禁在一個地方規模化增殖，因為他們從不思考明天，所做的一切都只為了今天。你會看到他們用人的頭骨喝著肉湯，甚至在你經過的時候邀你一同用餐，人性之中原始的暴戾與慷慨會展露在同一個瞬間，一切看起來是那麼荒誕，但是又那麼自然。

在魚島，早期登島的人建設了少量的房子，它們多半低矮而樸實，如同在島上自然生出的蘑菇一般。得益於一些島民的消失，房子需求並不那麼吃緊，我通過交換衝浪技能，換到一棟矮矮的黃房子。一樓的一半被用來陳列我帶來的旅行書籍，我給它起名為「Slow Boat」。同時，我還創辦了一個同名的不定期雜誌《Slow Boat》，雜誌中會記錄魚島人特別的生存方式，我想這種內容在某一天一定會對那些生活在「工具理性」當中的人有所啟發。另一半被我叫作「ikigai」，專門用來接待那些想讓我教他們衝浪的人，雖然我沒有接受伊鳩的邀約，但是我確實成為一名身材火辣的衝浪教練，很多喜歡衝浪或者希望我教他們衝浪的人都會來這裡。

黃房子的二樓是我的起居室。不清楚這個房間有過多少任主人，但是當我第一次踏進這個房間時，曾被刻在門梁上的「勝利者一無所獲」深深震撼。不知道是什麼人留下了這樣一句話，而這樣一句話又是留給什麼人的。房間的窗戶很寬，讓我每一天都能享受到奢侈的白晝。我回歸手工的製作，用帶來的銀色小魚乾拼成了一張立體的馬可畫像，如果馬可看到，不知道牠會留著它還是吃掉它？在魚島，我接觸到上百種植物，把它們做成標本，日復一日地，貼出了一張巨大的《我們從哪裡來？我們是誰？我們到哪裡去？》。做蠟燭的工作並沒有停止，這一年，我兢兢業業，做出了我迄今為止最滿意的作品：《貝殼上的維納斯》。維納斯從海中升起，不帶一絲目的，自由地站在貝殼之上，作為一種純粹的美的存在。我在蟲島上的作品，維納斯總是在試圖對抗什麼、解決什麼、壓抑什麼，而這一次，她自由地站在貝殼之上，沒有任何的欲念與目的，其存在本身就是一種神性美的完成。這也是我第一次在自己的作品中感受到神性，我意識到，人之所以成為人，是因為人的身上有一種不完整的神性，它與人的原始獸性相交纏，讓人飽受誘惑的折磨。而現代社會又像是一片冷酷的利刃，它先切去你的一部分神性，再切去你的一部分獸性，讓你對麻木束手就擒，成為完全服務於金錢的工具人。

身處魚島這個當下之地，過去與未來似乎並無差別，只不過一個被我們放在身後，另一個被我們放在眼前。但它們共同的特點則是並不存在。這裡的日子永遠是那樣隨意，沒有人會催促你，你也從不會被時間追趕。在河邊，有的人會梳理自己的秀髮一整天；在樹下，有的人會聽雨聽一整夜，絕不會有人說他們在浪費時間。在這裡，我不用工作，我享受陽光，我為所欲為，我從未像現在一樣活得像個人，我也終於明白，人不該為自己活得像個人而感到絲毫愧疚。我喜歡這裡的食物，它們新鮮而天然；我喜歡這裡的人，他們有陽光賦予的膚色和從未被失望壓垮過的身軀，他們更不會用畢生時間去征服自己的欲望。他們來這裡就知道，享受自然給予的一切即是生命本身。兩年前的我，還在為是否能用工作證明我、別人到底愛不愛我而飽受折磨，如今我早已扔掉了這些蹩腳的拐杖，告別了那個精神上的瘸子，學會了像樂瓜樂蟲一樣活著。我從來沒有像如今這樣擁有的東西如此之少，但也從來沒有像如今這樣與自己如此靠近。我終於明白，人對自己的發現不是通過有，而是通過無。如果我們擁有的東西太多，就會總是被那些東西所蒙蔽，以為那就是真實的自己，但只有脫離了那些自認為必要的裝點與誘惑，簡簡單單與自己相處的時候，我們才會看到自己的真相。

我像是用另一種方式繼承了外婆的生活，她擺脫了對這個社會不切實際的依賴，將自己拋進無窮無盡的精神探索之中。而我擺脫了過去與未來的束縛，做回了原始自由的靈魂，我選擇的生活告訴我：我的自由，與世界無關。

梨子於魚島
二月十二日

我寫了一本書記述這些年的生活，這是這本書的結語，也是我在魚島一年來的真實體悟。然而，有時我會覺得，生活在魚島這樣的地方，所有的回憶都會變得可疑，很多往事都像是不知何處而來的幻覺與想像。我甚至會假想自己只不過是某個作品中的人物，所謂的命運不過是為作者的某些想法留下了必要的注釋。

在瀕死體驗之後，我們很快就抵達了魚島。在魚島的一年裡，我始終沉溺在原始的自由和無窮無盡的精神生活當中，我常常想起曾經與外婆的討論——大溪地上的高更是幸福還是不幸的。不過，恐怕很久之後我才能告訴她我如今的答案。我也曾試圖在島上尋找過伊鳩，在近一年的時間裡，我幾乎用腳步丈量過這個島的每一個位置，但是始終沒有見到他。不過，在尋找他的過程中，我看到了一條瀑布，這條瀑布像極了我在佛島上見到的那一條，只不過那次我在它的對面。但我想，蟲島去佛島是那麼近的距離，來魚島卻幾乎經歷了半個月，也許只是似曾相識罷了。不過每次看到這條瀑布，我都會忍不住想起在佛島的日子，想起馬可來找我的那個奇妙夜晚，一切恍如夢境。因為當下的與世隔絕與過去的不可觸摸，我常常想，自己那麼多年追逐的所謂「我」，到底真的存在嗎？如果真的存在，十年前的我和現在的我是同一個我嗎？如果我沒有意識到我的存在，我還存在嗎？由於肉身的可視性，所以它具有不可否認的真實性，而精神世界被我們建構的那個我，更像是一種一廂情願的觀念罷了。真正在這個世界上發生的，不過是一個無毛生物綿延不斷的一個又一個的瞬間；而我們始終執迷的那個「我」，無非是一連串的資訊和想法。想到這一點，我又自由了很多。

在魚島，人們並沒有與外界通信的熱情，偶爾收發信件也只是拜託船長幫忙，漂洋過海幾乎不知何時能送到。我唯一一次寄信，是給母親。我告訴她，我一切安好。她的回信很長，告訴我一些蟲島上的故人舊事：

在我離開蟲島的前一晚，Cici帶著狄森屏去了我的辦公室取蠟像，不知什麼原因在暗室裡引發了火災，狄森屏跑得快保全了自己，可是更晚逃出的Cici卻被毀容了。事故之後，Cici把拉琪告上法庭，她認為是拉琪辦公區的易燃物質才導致這一切，但是拉琪拿出了他們未經允許進入辦公室的證據，Cici被判敗訴。而且由於他們引發的火災讓蓋亞拳館損失巨大，所以她和狄森屏面臨著對拉琪的巨額賠償。狄森屏為了自保，拿出Cici約他的證據。在多方證據之下，Cici成為火災最大的責任人，被判處賠付拉琪一千六百萬島幣。然而，這樣的結果是Cici無法接受更無力承擔的，於是她想盡辦法收集了拉琪的醜聞來威脅她，逼她放棄索賠。但是拉琪不為所動，執意要將Cici送進監獄。Cici在巨大壓力之下決定魚死網破，向社會大眾爆料出拉琪靠男人上位的黑歷史，同時爆出拉琪孩子父親的身分。讓我意外的是，我曾以為對方是企業界人士，可是沒想到企業家只是個殼，那個人是更有分量的政界權貴。在這些醜聞當中，我之前十分困惑、玄之又玄的拳賽結果也有了答案，原來每一次的拳賽背後，拉琪都聯合投資方操縱了假拳賽，並且順勢為自己圈進大量財富。隨著惡意新聞的連環爆，一夜之間，拉琪的偶像身分轟然倒塌，但是拉琪並沒有選擇沉默，而是順藤摸瓜，把涉及抹黑她身分的人全部告上法庭。由於證據不足以及法庭的傾向性，官司最終以拉琪勝訴告終。

這場事故之後，蓋亞拳館的經營大受影響，但是因為過往的成功運作和殘留的品牌價值，它以極低的價格被投資方買走。而促成這把交易的，是一甲集團的投資部負責人林黛絲。被狄森屏徹底傷透了心後，林黛絲放棄了對婚姻的最後一絲希望，回歸父親的集團，試圖以事業為重，重振家族業務的雄風，而蓋亞拳館則是她回歸家族之後的第一個大手筆。這條新聞在網上掀起了新一輪的狂歡，網友們認為這是一場戀愛腦富家女的逆襲之旅：富家女認清負心漢本質，將其送進監獄，然後痛定思痛接手家族使命，開始在商業世界中呼風喚雨。媒體用各種充滿想像力的措辭給她戴上了一種女英雄式的光環。

至於拉琪，她打贏所有的官司，在輿論的熱度下降後，那些黑料很快就從網路上消失了。拉琪深知金錢就是蟲島的普世語言，只要有人羨慕她所擁有的財富，就會好奇她講出的一切。拉琪並沒有選擇退出江湖，也沒有全然否定過去的黑歷史，而是對自己的經歷修枝剪葉，從全新的角度敘述了一個底層女孩不得已而為之的攀緣過程，很多因為她獨立女性人設而不喜歡她的攀緣派成為她的新粉絲，她很快成為另一群女性的偶像，她不再講述那些白蓮花式的純粹獨立，而是赤裸裸地告訴人們，如何通過男權與能力的交織，為自己創造出財富帝國。這些言論引發的影響力比之前更大，那些因為這一點喜歡上她的女性也對她更加忠誠。

至於Cici，她的存在耽誤了所有人的利益，是拉琪和林黛絲都不想再見到的人，很快就被以蓄意縱火罪、蓄意毀壞他人財物罪、誹謗罪，以及各種罪行投入監獄。Cici進監獄不久就選擇了自殺，自殺那天是她的生日，也是一個月圓之日，那天的深夜裡，她用床單將自己吊死在鐵窗的柵欄上。她死後，人們在她緊握的手心裡發現了我曾在她床頭看到的那句話：

「當我們髒時愛我們，別在我們乾淨時愛我們。乾淨的時候人人都愛我們。」

後來我才知道，這是蕭士塔高維奇曾說過的話，他畢生都屈服於那些不得不承受的壓力，身懷巨大的才華卻飽受道德的折磨。等待一次不知道什麼時候發生的槍決，是折磨了蕭士塔高維奇畢生的命題。

至於母親，她只是希望我好，對自己的生活並未多提。

二

二月十三日，我在海上，海水連著天空，從藍到紫到紅。

我專注地，全身跟隨著大海的韻律向前，如同一首沒有結尾的音樂。我就在這種物我兩忘的幸福中，經歷著自己的生日，彷彿這一天可以一直進行下去。

突然衝浪板的前方一陣抖動，我全身翻入了水中。「好奇怪，這是怎麼了？」我很疑惑，浮出水面定睛一看，原來是兩隻浮起的粉色尖角。我不敢輕舉妄動，生怕是什麼奇怪的海洋生物。突然，那兩隻尖角快速升起，是一隻貓臉，一隻沾滿水的貓臉。

「馬……馬可……」

「馬可．奧理略！」貓頭的白色下巴沾著海水一開一合。

「啊！馬可！」我尖叫著游了過去，緊緊抱著牠游向岸邊。衝到沙灘上，我興奮得又哭又笑，抱著馬可滿地打滾，「你怎麼來的，你怎麼知道我在這裡？」

「唔……來這裡很難嗎？」馬可舔了舔我的鼻子。

「我真的太高興了你知道嗎？我太想你了！」

「小魚乾還有嗎？」馬可抖著身上的海水。

「有啊，等會帶你去！你不在的日子裡，小魚乾全都是你的模樣。」我忍不住哈哈大笑，拿起自己的衣服開始給馬可擦水。

「喵嗚！」馬可迫不及待地叫了起來。

「走！」我抱起馬可，「帶你過生日去。」

我狂奔著衝向黃房子，從未想過在生日這天會有如此巨大的驚喜。當我走過ikigai的門口，突然聽到一陣熟悉的聲音：「我想報名做ikigai的衝浪教練，可以嗎？」

「是誰呢？」我轉身後，看到一張熟悉的面孔，「伊鳩！」我驚詫地看著眼前的這個人，他竟然站在我的面前。

伊鳩笑著，他比以前更黑了，襯得那一對楔形門齒好像白色的反光鏡，他手裡揮舞著《Slow Boat》，「看你在《Slow Boat》上說，你要出書了？」

「是的，剛剛寫完。」

「書的名字叫什麼？」

「名字？名字……名字叫作《梨子小姐與自己相處》。」

一樓的客人全都看著我，竟然一致地鼓起了掌。

我給了伊鳩一個大大的擁抱，馬可跳到了我的肩上。夕陽下，黃房子閃閃發光，今晚注定是最幸福的三十歲盛宴。

三

日期：二月十三日

《我自由了，自由我了》

如果有人問我：

你打算去哪裡？

我哪也不打算去。

你的夢想在哪裡？

我的夢想在原地。

在原地你能做些什麼呢？

有什麼好過擁有此時此地？

三十歲這天，我想好了最新的墓誌銘：

A rose is a rose is a rose.

想必它會用很久，很久，很久。

——全劇終

梨子小姐與自己相處

作　　者　白輅
主　　編　林玟萱

總 編 輯　李映慧
執 行 長　陳旭華（steve@bookrep.com.tw）

出　　版　大牌出版 / 遠足文化事業股份有限公司
發　　行　遠足文化事業股份有限公司（讀書共和國出版集團）
地　　址　23141 新北市新店區民權路 108-2 號 9 樓
電　　話　+886-2-2218-1417
郵撥帳號　19504465 遠足文化事業股份有限公司

封面設計　朱疋
排　　版　新鑫電腦排版工作室
印　　製　中原造像股份有限公司
法律顧問　華洋法律事務所　蘇文生律師

定　　價　400 元
初　　版　2024 年 04 月

電子書 E-ISBN
9786267378748（PDF）
9786267378755 （EPUB）

國家圖書館出版品預行編目資料

梨子小姐與自己相處 / 白輅 著 . -- 初版 . -- 新北市 : 大牌出版 , 遠足文化發行 , 2024.04
352 面 ; 14.8×21 公分
ISBN 978-626-7378-76-2（平裝）

857.7　　113003700